भारत कथा माला

21 श्रेष्ठ युवामन की कहानियां

राजस्थान

सतीश छिम्पा

डायमंड बुक्स

www.diamondbook.in

प्रकाशक : डायमंड पॉकेट बुक्स प्रा. लि.
X-30, ओखला इंडस्ट्रियल एरिया, फेज-II
नई दिल्ली-110020
फोन : 011-40712200
ई-मेल : sales@dpb.in
वेबसाइट : www.diamondbook.in
संस्करण : 2022
मुद्रक : रेप्रो (इंडिया)

---

21 Shreshth Yuvaman ki Kahaniyan : Rajasthan
By : Satish Chimpa

प्रकाशकीय

मैं कई वर्षों से चिंतन कर रहा था कुछ ऐसा साहित्य प्रस्तुत किया जाये जिसमें भारत के जन साहित्य का प्रतिनिधित्व हो सके।

हर वर्ष एक नया प्रयोग करने की इच्छा के अनुरूप 1 जनवरी, 2021 की सुबह मैंने यह संकल्प लिया कि **'भारत कथा माला'** उभरते हुए रचनाकारों की रचनाओं को प्रकाशित किया जाए। यहीं से भारत कथा माला का जन्म हुआ।

स्वतंत्रता की 75वीं वर्षगांठ (**अमृत महोत्सव**) पर डायमंड बुक्स द्वारा 28 राज्यों और 9 केंद्र शासित प्रदेशों की विभिन्न भारतीय भाषाओं की हिन्दी में रचनाएं प्रकाशित की हैं जिसमें प्रत्येक राज्य से चार पुस्तकें 21 श्रेष्ठ नारीमन की कहानियां, 21 श्रेष्ठ बालमन की कहानियां, 21 श्रेष्ठ युवामन की कहानियां और 21 लोक-कथाएं शामिल हैं।

इस कथा माला में शामिल रचनाकार पुष्प के समान हैं जिनमें साहित्य की महक मौजूद है, जिनके हर फूल में सुगंध है। मैं उन सभी कलम के जादूगरों व कलम के सिपाहियों, जिन्होंने अपनी श्रुति, स्मृति और विद्या से इस कथा माला को संवारा, का अभिनन्दन करता हूं।

भारत कथा माला के द्वारा मुझे अवसर मिला है कि इसके हर पुष्प को मैं समर्पित करूं। एक प्रकाशक के रूप में मैं उन सबका ऋणी हूं, जिन्होंने मेंरी 60 वर्षों की प्रकाशन यात्रा में गर्व करने का अवसर दिया।

यह पुस्तक समर्पित है,
राजस्थान के माननीय मुख्यमंत्री, अशोक गहलोत जी को।

मेरा मत है कि भारत एक विशाल देश है, जिसमें अनेक सभ्यताओं, परंपराओं का समावेश है। विभिन्न राज्यों के त्योहार-पर्व, रहन-सहन का ढंग, शैक्षिक अवस्था, वर्तमान और भविष्य का चिंतन, भोजन की विधियां, सांस्कृतिक विकास, मुहावरे, पोशाक और उत्सव इत्यादि की जानकारी भी कथा-कहानी के माध्यम से मिलती है। इस बात का ध्यान रखते हुए कि

भारत के सभी प्रदेशों के निवासी, साहित्य के माध्यम से एक-दूसरे को जानें, समझें और प्रभावित हो सकें, इसलिए ऐसा साहित्य उपलब्ध करवाना हमारा प्रमुख उद्देश्य बन गया था। 2 साल की कड़ी मेहनत के बाद डायमंड बुक्स द्वारा इस वर्ष **'भारत कथा माला'** का प्रकाशन संभव हुआ। 28 राज्यों और 9 केन्द्र शासित प्रदेशों के लगभग 3000 लेखकों और 100 सम्पादकों की अथक मेहनत का परिणाम है 'भारत कथा माला'। इस कथा माला में लगभग 126 पुस्तकें प्रकाशित हुईं जिनमें 3000 से अधिक रचनाओं को शामिल किया गया है। 'अमृत महोत्सव' की इस पावन बेला पर यह एक महती कार्य हुआ है जो हिन्दी के पाठकों के लिए एक अलग तरह का अनुभव प्रदान करेगा।

डायमंड बुक्स ने अपनी लम्बी यात्रा में हिन्दी, अंग्रेजी और भारत की अन्य प्रमुख बारह भारतीय भाषाओं में लगभग दस हजार से अधिक पुस्तकें प्रकाशित की हैं। प्रतिदिन एक पुस्तक प्रकाशित करने का हमारा रिकॉर्ड आज भी कायम है।

यह प्रेरणा हमें अपने दादा जी से मिली, जिन्होंने 1928 मुलतान (पाकिस्तान) से प्रकाशन शुरू किया, यह प्रकाशन यात्रा दिल्ली में 1948 से शुरू हुई और अब चौथी पीढ़ी तक अनवरत चली आ रही है।

नरेन्द्र कुमार वर्मा
nk@dpb.in

राजस्थान की हिंदी कहानी

सतीश छिम्पा

राजस्थान का कथा साहित्य बहुत समृद्ध है। यहां 'बात साहित्य' की एक उज्ज्वल परंपरा रही है। 'लोक कथाओं' का संसार इतना विस्तृत है कि अगर इन्हें संकलित किया जाए तो विजयदान देथा की 'बातां री फुलवारी' के सभी खंडों से अलग और भी कई खंड प्रकाशित किए जा सकते हैं। इसका प्राचीन, मध्य कालीन, आधुनिक कालीन, स्वातंत्र्योत्तर काल, समकाल कहने का मतलब है कि हर एक कालखंड में यहां कथाओं का एक अनुपम और समृद्ध भंडार रहा है। वात या बात साहित्य हो या लोक कथाएं। अनगिनत प्रेम कहानियां भी यहां मौजूद रही जिनमें ढोला-मारू, मूमल-महेंद्र, बाघा-भारमली, जलाल-बुबना, केहर-कँवल, उजली-जेठवा, रामू-चनणा, बणी-ठणी (यह चित्रकला के किशनगढ़ स्कूल का विख्यात चित्र भी है।), प्रदेश की सबसे ज्यादा प्रचलित प्रेम कहानी मूमल-महिंद्रा अमरकोट (अब पाकिस्तान में) के राजकुमार महेंद्र व लोद्रवा (जैसलमेर) की राजकुमारी मूमल के बीच की है। इस कहानी में महेंद्र नित्य रात्री अमरकोट से लोद्रवा तक एक तेज चलने वाले ऊंट पर सवार होकर मूमल से मिलने आता था। इसके अलावा 'जलाल-बूबना' प्रेम का दुखांत है।

हम इसके आरंभिक युग में ना जाकर अगर उसके बाद के समय की बात करें तो राजस्थान के हिंदी कथा जगत में कुछ जरूरी कथाकारों के नाम सामने आए यथा- ओंकारनाथ दिनकर, शंभुदयाल सेन यादवेंद्र शर्मा चंद्र, मोहन सिंह सेंगर, रांगेय राघव, सुंदर लाल गर्ग आदि। राजस्थान में हिंदी कहानी कई आंदोलनों से होकर समकाल तक आती है। आदर्शों के सबसे अजीब रूपों को लेकर चलने वाली यह विद्या जब प्रेमचंद तक पहुंचती है

तो इसका स्वर धरातलीय होना शुरू होता है। मानव जीवन का यथार्थ कहानी में आना शुरू होता है। इसमें गुलेरी जी की कहानी 'उसने कहा था' भी शामिल है। उस कहानी के लेखन काल से लेकर प्रेमचंद के स्थापित हो जाने के समय तक किसी भी कहानी ने लोक की चेतना और उसके सरोकारों का इतना विराट धरातल प्रस्तुत नहीं किया था। यही वो काल था जिसमें यथार्थ की इक्का दुक्का किरचें कथाओं में आने लगी थीं। आगे जाकर कुछ आंदोलन हुए जिन्होंने कहानी के सभी पक्षों को समृद्ध किया था।

नई कहानी, अकहानी, समांतर, सक्रिय कहानी, सहज कहानी, जनवादी कहानी, समकालीन कहानी आदि कथा आंदोलनों का विशिष्ट, सुदृढ़ और गुणवत्तापूर्ण रूप सन 1985 से 1995 तक के दशक में देखने को मिला जब राष्ट्र स्तर की हिंदी कहानी में औचक ही सृंजय, संजीव, शिवमूर्ति, संजय खाती, रघुनंदन त्रिवेदी, उदयप्रकाश, श्याम जांगिड़, मालचंद तिवाड़ी, सत्यनारायण, प्रियंवद आदि बहुत से युवा कहानीकारों की अद्‌भुत कहानियों का प्रकाशन शुरू हुआ। खास बात यह है कि अलग-अलग गांव, कस्बे, शहरों से आए इन ज्यादातर उस समय के युवा लेखकों को राजेंद्र यादव ने बहुत मजबूत मंच 'हंस' के रूप में दिया था। इनमें राजस्थान से रघुनंदन त्रिवेदी, सत्यनारायण, मालचंद तिवाड़ी, श्याम जांगिड़, आनंद संगीत, लवलीन, क्षमा चतुर्वेदी, ईशमधु तलवार और बाद के समय में मनीषा कुलश्रेष्ठ प्रमुख रूप से शामिल थे।

इन कथाकारों की कहानियों में जो रंग है वे बहुत नए थे (आज भी है)। पुरानी स्थापनाओं से अलग और कुछ बेहतर। यह शाश्वत है कि नया पुराने को खारिज नहीं करता। कर भी नहीं सकता बल्कि वो उस पुराने की कमियों, गलतियों और भूलों को हटाकर वहां तत्कालीन स्थितियों और उनके प्रभावों को जोड़ता है और उनकी जड़ें मजबूत करते हुए उसके भविष्य की छवि को स्थाई बनाने के काम करता है ताकि लगे कि यह मिलन बिन्दु है जहां पुराने ने नए को जिम्मेदारी पकड़ा दी हो। भीतरी-बाहरी लोक के मूल्यांकन और विपरीत तत्वों की आपसी संवाद की स्थितियों को पैदा करके- स्थापित करने के अद्‌भुत प्रयास बहुत कारगर साबित हुए।

सत्तर और उसके बाद के दशक या समय में जो हिंदी के रचनाकार

राजस्थान से उठे और स्थापित हुए थे उनमें पानू खोलिया, शरद देवड़ा, स्वयं प्रकाश, यादवेंद्र शर्मा चन्द्र, कमर मेवाड़ी, मणि मधुकर, आलमशाह खान, हबीब कैफी आदि बहुत से नाम हैं। राजस्थान के ही रचनाकारों ने एक लंबे समय तक मुख्यधारा के हिंदी साहित्य को गति दी थी जबकि यहां के रचनाकारों को उस तरह से नहीं जाना जाता है जिस तरह से अन्य जगहों के, अपवादों को छोड़कर। क्या आपने कभी गौर किया है कि कंटेंट की शानदार और उच्च स्तरीय उपस्थिति के बाद भी हिंदी आलोचकों ने न केवल राजस्थान के रचनाकरों बल्कि रचनाओ को भी दूसरे दर्जे की समीक्षात्मक टीप में समेट दिया था। मणि मधुकर, शरद देवड़ा, माधव नागदा आदि नाम देखे जा सकते हैं। स्वयं प्रकाश तो बहुत चर्चित हुए थे। आलमशाह खान का नाम फिर भी आ ही जाता है मगर बेहतरीन होने के बावजूद यदा-कदा, भूलवश, जबकि हिंदी के चर्चित और बेहतरीन लेखक - उपन्यासकार हबीब कैफी के रचाव की स्तरीयता अद्भुत है। हबीब कैफी के अब तक छः उपन्यास, पांच कहानी संग्रह प्रकाशित हो चुके हैं।।

सन 1970-71 के बाद से राजस्थान की कहानियां राष्ट्र स्तर की हिंदी की प्रायः सभी प्रतिष्ठित पत्रिकाओं में लगातार छपने लगीं और उन्होंने पाठकों को आकर्षित भी किया। 'सारिका 'हंस', 'मध्यमा', 'आवेश', 'वातायन', 'कहानी', 'ज्ञानोदय', 'लहर', 'अणिमा', 'बिंदु', 'मधमती, सरस्वती, 'उत्कर्ष' आदि अनेक साहित्यिक पत्रिकाओं में राजस्थान के कथाकार लगातार प्रकाशित होते रहे और इनकी नई शैली और अप्रचलित कथावस्तु की अनेक आधुनिक कथाओं ने लेखक जमात, पाठक, आलोचकों संपादकों और समीक्षकों का ध्यान आकर्षित किया। हिन्दी में यह समय कमलेश्वर के नेतृत्व में सारिका के और समांतर पत्रिका के मार्फत समांतर कहानी आन्दोलन का था। आलमशाह खान, अशोक आत्रेय और मणिमधुकर विशेषतः उभर कर आए।

राजस्थान की कथा यात्रा में यहाँ के कथाकारों ने कहानी में घटनाओं के साथ-साथ सामाजिक पारिवारिक द्वंद्व के साथ ही भीतरी दुनिया और मानसिक- जद्दोजहद और मनःग्रंथियों के मनोवैज्ञानिक विश्लेषण पर भी बहुत सी कहानियां लिखी हैं। अपनी कला के माध्यम से ही वे सामाजिक बदलाव और उपभोक्तावादी अपसंस्कृतिक समय में मनुष्य जीवन की गरिमा

को स्थापित करने के बेहतरीन प्रयासों से वे कथा के दार्शनिक पक्ष को पुष्ट करते हैं। ये कहानीकार पारिवारिक- सामाजिक, अलगाव, अकेलापन, संत्रास, अवसाद, अकेलेपन, घुटन, कुंठा, जैसे सामाजिक मनोविकारों और वैयक्तिक कमजोरियों आदि के बारे में विद्वता प्रदर्शन की जगह आम जन के लिए रचाव करते हैं। आलमशाह खान राजस्थान के इसी तरह के एक कहानीकार थे जो समाज में रहकर उसके साथ हथाई करते हुए उसके निजी, राज और बातों का किसी पेशेवर सर्जन की तरह ऑपरेशन करते थे और फिर उनका समाजशास्त्रीय निचोड़ निकालकर कहानियों के माध्यम से सरेआम करते थे। इसमें कोई दो राय नहीं है कि वे अपने समय से बहुत आगे के कहानीकार थे। विकास, प्रतियोगिता और पूंजीवाद की चकाचौंध में खो गए एक ऐसे वर्ग के लोगों के जीवन के चित्रकार थे जिनका अस्तित्व, जिनका श्रम और जिनके जीवन के हर हिस्से का धनपति खून चूस लेते हैं। प्रताड़ित जीवन को शब्द देना आम बात नहीं है। आलमशाह सत्तर के दशक के -'समांतर कहानी आंदोलन' के सबसे महत्त्वपूर्ण कथाकारों में से एक थे। सन 1974 ई. में कमलेश्वर द्वारा संपादित 'सारिका' पत्रिका में आलमशाह खान की कहानी 'किराए की कोख' छपी थी। यह इतनी चर्चित हुई कि खान रातों रात चर्चित और विख्यात हो गए। कारण था उस कहानी का व्यापक विरोध। इस कहानी के खिलाफ असंख्य पत्र छपे थे। उनको शारीरिक नुकसान पहुंचाने तक कि कोशिश भी हुई। यहां तक कि उनके खिलाफ लेखकों-पाठकों ने मोर्चा तक खोल लिया था। जाहिर सी बात है कि साहित्य में जिसका ज्यादा विरोध होता है वह ज्यादा चर्चित होता है।

सत्तर के दशक के बाद इस मौजूदा अपसांस्कृतिक अवमूल्यों और तथाकथित नैतिकता वाले इस प्रदूषित समय में मुझे ठोस, व्यापक आधार स्तंभ वाला सांस्कृतिक बल्कि राजनीतिक रूप से भी कोई प्रतिबद्ध लोकपक्षधर रचनाकार नहीं मिला- लेकिन वहीं जब हम दोनों कालों का समांतर रूप में मूल्यांकन के बाद परिवर्तित हुई चीजें और विचार, तथ्यों आदि पर ध्यान दें तो दो कालखंड और दो स्वर-शरद देवड़ा, स्वयं प्रकाश, आनंद संगीत, रघुनंदन त्रिवेदी, सत्यनारायण और आलमशाह खान के पास जो अकूत संपदा है उसमें 'पत्थर का लैंप पोस्ट', 'नीलकांत का सफर',

'लिफाफे', 'वह लड़की अभी जिंदा है', 'फटी जेब से एक दिन', 'किराए की कोख' और 'पराई प्यास का सफर', आज तक भी स्थापित है। सांस्कृतिक बदलाव के नाम पर इन फासिस्ट्स मानवद्रोही तत्वों के सामने प्रतिरोधक बैरीकेड की मजबूती और सतर्कता से खड़े ये रचनाकार हमेशा नजर आते थे और वही वो बिंदू जो अंतर्द्वंद्व का बहुत महीन, तीखा मगर सघन स्तर, कालांतर में वैचारिक टकराहट के बाद लोकरंजक्ताओं के माध्यम से स्त्री और पुरुष और उनके अंतरंग मिलन की सर्वोच्च गुण मूल्य के साथ उभर कर स्थापित होता है।

समांतर कहानी आंदोलन नई कहानी के मद्धम पड़ने लगे। असर और कमलेश्वर ने खुद के लिए भी इस आंदोलन को मजबूत बनाया मगर गहन विश्लेषण के बाद लगता है कि जैसे आलमशाह खान, मणि मधुकर और पानू खोलिया के अलावा तो बचा ही नहीं रहा कुछ भी, जैसे सतही या औसत तो बिलकुल ही नहीं, गंभीर भिन्नता होते हुए भी लोक चेतना का गहरा और गंभीर वैचारिक धरातल, प्रतिबद्धता और सरोकारों का जुड़ाव, कहानी को उसकी उसी मौलिकता में लेकर आने और साहित्यिक रूपों व धुनों का प्रयोग भी इनके उसी लोक रंजकीयता और सरोकारों के कंसेप्ट के जीवन की जरूरत के अनुसार होता है। यह बहुत ज्यादा सघन और ठहरे भाव अधीन उन्नत रूप में आता है।

राजस्थान की कहानियों में इसके बाद सबसे बड़ा और ठोस बदलाव आया। अब यहां की कहानी सोशल कंडक्ट टाइप के खोखले आदर्शवाद और नकली नैतिकतावाद से मिलकर खड़ी की गई झूठे मूल्यों की सामाजिक दीवार को यहां की कहानियां एक-एक करके तोड़ रही थीं। यह एक रचनाकार का उत्तरदायित्व भी है कि वो सामाजिक प्रपंच को ध्वस्त करके एक सुंदर संसार और महामानव के निर्माण की कल्पना कर, व्यवहार में ढालने की कोशिश करे। सही बात तो यह है कि ऐसे लेखक ही सच्चे अर्थों में वे सामाजिक सरोकार के रचनाकार होते हैं- इनमे लवलीन, रत्न कुमार सांभरिया, चरण सिंह पथिक, भागचंद गुर्जर, किशोर चौधरी, फतेह सिंह भाटी, कृष्ण आशु, सुरेंद्र सुंदरम प्रमुख है तो समकाल में उमा, दिव्या विजय, रूपा सिंह, माधव राठौड़ आदि मुख्य नाम हैं। उनकी ज्यादातर

कहानियां इसी सामाजिक ताने-बाने से मिलकर बनी होती हैं। पढ़ने पर सहज ही पता लगता है कि वे समाज की नसों के भीतर उतर कर आत्मालोचना की प्रक्रिया के दौरान कहानी को हासिल करते हैं। साहित्य में मार्क्सवादी सौंदर्यबोध प्रगतिशील लेखन की आत्मा का काम करती है। क्योंकि जब इन कहानियों में संवाद की स्थिति पैदा हो रही होती है तब लेखक का दार्शनिक पक्ष उभर कर आता है।

राजस्थान के क्लासिकल कथाकार स्मृतिशेष करणीदान जी बारहठ की कहानियों और उपन्यासों ने युवा मन की थाह लेते हुए एक ऐसे संसार का रचाव किया है जो अंधकार और उजास के बीच लटका है। यह यथार्थ का कठोर पक्ष है जिसे वे 'खुरदुरा आदमी' जैसी रचनाओं में लेकर आते हैं। राजस्थान की कहानी परम्परा में इन्हीं के समकालीन एक और महत्त्वपूर्ण और बेजोड़ नाम 'रामकुमार ओझा' का आता है। कोई भी रचना कालजई तभी होती है जब वह अपनी समय सीमा को लांघकर आगे के समय में दखल दे, और उनकी कहानियां यही कुछ करती हैं। हैरान हूं कि अस्सी के दशक में छपी उनकी कहानियां समकाल की सच्चाई लिए हुए होती हैं।

जनवादी कहानी आंदोलन और बाद में अस्सी के दशक के अंतिम दिनों में कहानियो में जो परिवर्तन आया था उसको समझना और बदलाव को कहानी के सभी पक्षों पर एक साथ लागू करना बहुत टेड़ा काम है। पूंजीवादी अपसांस्कृतिक कलाओं के समानांतर मानवीय जीवन की गरिमा और उज्ज्वलता को स्थापित करना और सामाजिक और राजनीतिक आर्थिक दवाब से घिरे समाज की विध्वंसात्मक होते हुए भी सकारात्मक परिणीति है। इसी कड़ी में सत्यनारायण की कहानियां जीवन के यथार्थ को बड़ी गहराई से रूपायित करती हैं। इसलिए ही उनकी वे रचना जो सामाजिक व्याधियों, विसंगतियों के फलस्वरूप आती है लोक में कहीं ज्यादा गहरी उतरती हैं। 'रामी' हो या 'सितंबर में रात' - वे सर्वहारा और अर्ध सर्वहारा के जीवन संघर्षों के रचनाकार बनकर उभरते हैं।

साहित्य वही पूर्णकालिक और श्रेष्ठ होता है जो लोकधर्मी या जनपक्षधर हो। सामाजिक आर्थिक रूप से विशिष्ट होना, असामाजिक होना ही होता है। लोक में तब ही रमा जा सकता है जब लोक से लौकिक होकर मिला जाए,

एलीट होना, आपको हाशिए पर ले जाएगा जहां जीवन और जीवन मूल्यों की कोई कीमत नहीं होती। रत्न कुमार सांभरिया ने दमितों के उस जीवन को छूकर देखा है जिसकी उपस्थिति साहित्य को जीवंत बनाती है, मगर जो उपेक्षित और शोषित है। मध्यवर्गीय सचेतनता के कारण बहुधा एक वैचारिक परिप्रेक्ष्य भी मिल पाता है। रतन कुमार सांभरिया जिस हाशिए के इंसान की व्यथा कथा कहने की कोशिश वे 'हुकुम की दुग्गी' या 'काल' तथा अन्य कहानियों में करते हैं- वो सदियों से दबाया और कुचला गया आदमी है। इसी तरह आलम शाह खान की कहानी 'आवाज की अरथी' की छग्गी हो या तोत करते भिखमंगे जीवन के तिलिस्म में उलझे लोग हो। 'लोहे का खून' का करीम पूंजीवादी व्यवस्था और दकियानूस समाज के भीतर जिस द्वंद्व को देखने की कोशिश करता है वो अधूरी रह गई इच्छाओं की पीड़ाओं सा सालता है। 'दण्डजीवी' सामंतवाद के खिलाफ जनवादी प्रवृतियों के विद्रोह और स्थापना की कहानी है। इस कहानी में खान की सामाजिक प्रतिबद्धता और निष्ठा का तो पता लगता ही है- बल्कि मार्क्सवादी सामाजिक थियरी को भी वे स्थापित करते चले जाते हैं। मानवीय कमजोरी, नैसर्गिक घटनाओं और जड़ सत्ता के ढांचे को कुशलता से बनाया और ध्वस्त किया गया है। 'पंछी करे काम', 'दंडजीवी', 'आवाज की अरथी' और 'मुरादों भरा दिन' आदि कहानियो के पात्रों का सामाजिक और मानसिक संघर्ष, द्वंद्व जिस स्तर पर प्रकट होता है वह व्यवस्था से मोहभंग का संकेत हैं। जिन्हें बार बार आलमशाह खान अपनी कहानियों में देते चलते हैं। 'सबसे बड़ी बात कि वे सामाजिक विद्रूपताओं को किसी माहिर सर्जक की तरह कैच करते हैं। उनका लौकिक नजरिया भले जिस तरह का हो मगर हर बार वे मार्क्सवादी द्वंद्वात्मक शैली के साथ समाज को देखते पकड़ते हैं। उनकी कहानी 'मुरादों भरा दिन' कहानी में मुख्य पात्र सत्तर जो अपनी पार्टनर या कहें बीवी को देहव्यापार के लिए जिस तरीके के द्वंद्व और उलझन के साथ तैयार किया गया है वह बड़ा रंजकताओं की चरम स्थिति है। और फिर उसके अंतर्द्वंद्व का बेहतरीन ब्यौरा, आलमशाह खान के अलावा और कर ही कौन सकता है। वे निश्चय ही हिंदी कहानी की धरोहर समान हैं।

हम अगर रघुनंदन त्रिवेदी के कहानी संग्रह 'वह लड़की अभी जिंदा

है'- पर बात करें तो पाएंगे कि उसमें स्त्री पुरुष संबन्धों को सामाजिक मनोविज्ञानिक शैली के साथ प्रकट किया गया है। कहा जा सकता है कि रघुनंदन त्रिवेदी समाज के कुशल चितारे थे। और उनके लोकानुभव से उपजे इस गुण से स्वाभाविक है कि कहानियों में लोक रंजकताओं का होना उनके सौंदर्यबोध के उच्चतम स्तर को दर्शाता है। राजस्थान के ही एक और मुख्य कथाकार हैं हसन जमाल जो पहले हसन जमाल छिम्पा के नाम से लिखा करते थे। वे राजस्थान की उस कथा पीढ़ी से हैं जो सत्तर के दशक में तूफानी तरह से उभर कर आई थी। वे बेहतरीन लेखक हैं लेकिन उनको निरन्तर उपेक्षित किया गया। अब तक उनके पांच कहानी संग्रह छप चुके हैं। इनकी 'चश्मदीद मुजरिम' बहुत चर्चित कहानी थी। 'अंश-अंश-दंश, आबगीना, तीसरा सफर, यह फैसला किसका था, चश्मदीद मुजरिम' उनके संग्रह है। हालांकि यह बात सही है कि उनको लगातार अनदेखा किया गया मगर फिर भी पाठकों के बीच में चर्चित है, बस एक संपादक के रूप में हालांकी एक बेहतरीन कथाकार को इस तरह अनदेखा करना अब जैसे आम हो गया हो, बहुत बड़ा अपराध है।

एक और जरूरी नाम है जिससे पुरानी पीढ़ी के ज्यादातर लोग वाकिफ थे। नई पीढ़ी ने शायद इनका नाम भी नहीं सुना होगा। में बात कर रहा हूँ 1960- 1970 (साठोत्तरी कहानी) के बीच राजस्थान से उभरने वाले हिंदी कहानीकारों में शीर्षस्थ 'पानू खोलिया' की। अगर आपने पानू खोलिया को नहीं पढ़ा तो इसका मतलब यही है कि आपने अभी तक बहुत कुछ नहीं पढ़ा है। पानू खोलिया हिमाचल के थे लेकिन उनकी कर्मभूमि राजस्थान के भरतपुर और डीडवाना रही है- यही कारण है कि उनकी कहानियों में इस क्षेत्र का जीवन धड़कता है।

पानू खोलिया ने ज्यादा नहीं लिखा, मगर जितना भी लिखा, अद्भुत लिखा। उनके दो कहानी संग्रह 'अन्ना' (1981 ई.) और 'दण्डनायक' (1986 ई.), व दो उपन्यास - सत्तर पार के शिखर (1979 ई.), टूटे हुए सूर्यबिम्ब (1980 ई.), प्रकाशित हैं। और उनकी अपने समय में सबसे ज्यादा चर्चित और प्रमुख कहानियाँ रूकमन, दण्डनायक, चोर! चोर! गिद्ध, अन्ना, प्रतिचोट, पहली औलाद, औकात, तुम्हारे बच्चे, पेड, रूकमन, इर्द-गिर्द,

सुरंग, पनचक्की, एक ही चाहना, एक की रति, शीशकटी, गुनहगार, दुश्मन, रतना, धरणी चाचा आदि है। जिसमें 'रुक्मण', 'सुरंग' और 'पनचक्की" मेंरी प्रिय कहानियां है। पिछले वर्ष इनका देहांत हो गया था।

फटी जेब से एक दिन, रामी, सितंबर में रात, रेगिस्तान के इस तरफ आदि कहानियों के रचयिता डॉ. सत्यनारायण ने एक निरंतर चलने वाली संघर्षमय यात्रा की कहानियां लिखीं जो उन्होंने समय को श्रोता बनाकर एकालाप में बहुत गहरे उतरकर कही है। दरअसल इस तरह कि कहानियां जो शास्त्रीय विधानों से आजाद होती है या होनी चाहिए। जब भीतर का कुछ अतिभावुकता के साथ श्रंगारिक रूप में या याद बनकर आता है तो उसमें लॉजिकल फैक्टर की गुंजाइश ही नहीं रहती है- अतिभावुकता के साथ होते हुए भी बहुत बार इसका पल्ला छोड़ते हुए वे किसी और ही भाव या मूल्य को स्वर देने लगते हैं और इसी एक अनायास आए भाव के कारण इन कहानियों में कृत्रिमता बिलकुल समाप्त हो जाती है। सत्यनारायण के यहां लेखकीय चालाकी नहीं है- वे इससे भी अनजान हैं कि किन उपमाओं और बिम्बों के माध्यम से भावों को परोसना है। चिंतन और विचारों को उद्देश्य के सातवें आसमान से उतार कर अपनी हद में बांधकर सत्यनारायण कविता की मुलायमियत और शब्दों की गरिमा सीधे कहानी में उतार लाते हैं और उनको बनाए रखते हैं। डॉ. सत्यनारायण की सबसे बड़ी खासियत है उलझे हुए भावों को सुलझी हुई भाषा में लिखना तब ही तो एक ही सिटिंग बिना ऊबे पढ़ा जा सकता है। संसार में वे ही कृतियाँ अमर हुई हैं जिनमें सुख, दुख, पीड़ाएं निहायत निजी होने के बावजूद साझा होती हैं, सामूहिक होती हैं, अलग- अलग रूपों में। इसको पढ़ते हुए जाने कौन-सा तिलिस्म आपको बांध लेता है और आप बिना उठे, बिना करवट बदले पूरा पढ़ते हैं।

नब्बे के दशक में एक और नाम बहुत ठोस रूप में सामने आता है। माधव नागदा- हालांकि ये अस्सी में सक्रिय थे लेकिन नब्बे में इनकी कहानियां और कथाकार जिस फलक पर विस्तार पाता है- वह अद्भुत था। माधव नागदा अद्भुत कथाकार हैं जो कि राजसमंद के नाथद्वारा शहर में रहते हैं। अपने पेशे से ये व्याख्याता हैं। माधव जी की लेखन शैली आकर्षक हैं। राजस्थानी और हिन्दी भाषा में ये लिखते हैं व काफी सारी

पत्र-पत्रिकाओं में इनकी रचनाएं प्रकाशित हो चुकी हैं। 'उसका दर्द', 'शाप मुक्ति', 'अकाल और खुशबू', 'आग',पहचान, 'उजास', 'सोनेरी पांखा वाही तितलियाँ', 'उसका दर्द' और 'ठहरा हुआ वक्त' जैसी जोरदार रचनाएं आपने लिखी हैं जो कि अपने आप में बेजोड़ रचनाएं हैं।

रत्न कुमार सांभरिया, चरण सिंह पथिक, लवलीन, भगचंद गूजर, कृष्ण आशु, सुरेंद्र सुंदरम, नीरज दइया ने राजस्थान की कहानी को एक अलग तरह का सोशल क्रिटिक्स दिया तो वहीं समकाल में उमा, तसनीम खान, दिव्या विजय, तराना परवीन, खालिद, सारिका चौधरी, संगीता सहारण, राजेश कमाल, माधव राठौड़, अरमान नदीम, कुलदीप सिंह भाटी आदि युवा इस परंपरा को आगे लेकर जाते हुए दिखते हैं।

विषय सूची

कमर मेवाड़ी

संक्षिप्त परिचय
कमर मेवाड़ी संक्षिप्त परिचय
जन्म : 11 जुलाई, 1939,
कांकरोली, राजसमंद
(राजस्थान)

प्रकाशनः 8 मार्च, 1959 के साप्ताहिक हिन्दुस्तान में पहली कहानी प्रकाशित. तब से अब तक अनेक महत्त्वपूर्ण पत्र-पत्रिकाओं में नियमित प्रकाशन, आकाशवाणी एवं दूरदर्शन से प्रसारण।

प्रमुख कृतियां : रोशनी की तलाश (1976), लाशों का जंगल (1977), उनका सपना (1990), ऊंचे कद का आदमी (1999), जिजीविषा और अन्य कहानियां (2012), चांद के दाग (1970), आखिर कब तकः एक लंबी कविता(1973), बहस अभी जारी है (1977), फैसला होने तक (1993), वह एक (1974- उपन्यास)।

अनुवाद : अंग्रेजी, उड़िया, उर्दू, राजस्थानी, मराठी तथा पंजाबी भाषा में रचनाएं अनूदित।

संपादनः हिन्दी की साहित्यिक त्रैमासिक पत्रिका 'संबोधन' का 1966 से संपादन।

विशेषः दूरदर्शन (नेशनल) द्वारा कहानी 'ऊंचे कद का आदमी' पर टेली फिल्म। विश्वविद्यालय अनुदान आयोग क्षेत्रीय कार्यालय भोपाल के सौजन्य एवं जयनारायण व्यास विश्वविद्यालय, जोधपुर में कहानियों पर पी-एच.डी. एवं एम.फिल. के लिए शोधकार्य. 'दो बार राजस्थान साहित्य अकादमी के सदस्य और दो बार आकाशवाणी, सलाहकार समिति उदयपुर के सदस्य मनोनीत।

सम्मान: राजस्थान साहित्य अकादमी के डॉ. रांगेय राघव पुरस्कार तथा विशिष्ट साहित्यकार सम्मान

सहित पंद्रह से अधिक महत्त्वपूर्ण सम्मान एवं पुरस्कार प्राप्त।

मो. 09829161342/ 09413671342

हजारों आंखों वाला चेहरा

आसमान साफ हो गया है। बादल छंट गए हैं और धूप का एक शहतीर खिड़की के रास्ते मेरे कमरे में झांक रहा है।

मौसम सुहावना है। रास्ते धुले-धुले और साफ। पहाड़ियों की छाती पर हरी-हरी नर्म और मखमली घास उग आयी है।

इतना सब कुछ होते हुए भी प्रकृति मुझे अपनी ओर आकर्षित नहीं कर पा रही है। मेरे दिल और दिमाग पर भय का एक भारी बोझ है जो कुष्ठ रोग की तरह मेरे शरीर पर छाया हुआ है।

मेरे दिन बड़े उदास और गमगीन हो गए हैं। रातें लंबी और भयानक। मेरी आंखों के सामने दो चेहरे हरदम नाचते रहते हैं और मैं आकंठ भय के समंदर में गोते खाता रहता हूं। उन दो चेहरों में पहला चेहरा है सलमा का। सुतवां नाक, लंबा और छरहरा बदन, घुटनों तक काले बाल, बड़ी-बड़ी आंखें, गोरी चिकनी बांहें और गोल चेहरा। ये सब खूबसूरतियां मिल कर सलमा की सृष्टि करते हैं।

सलमा एक करोड़पति सेठ की बीवी है। पहली बीवी के मरने पर सेठ सलमा के गरीब बाप को रुपयों का लालच देकर ब्याह लाया। शादी हुए दो साल हो गए। इस बीच सलमा के एक मरियल-सा बच्चा हुआ जो दिन रात बीमार रहता है। सलमा का हुस्न और जवानी उसकी जिन्दगी के लिए अजाब बन गए हैं।

इस वक्त सेठ की उम्र साठ साल है और सलमा की बीस साल। सलमा कभी-कभी वक्त निकाल कर मेरे पास आ जाती है। वह मुझे अपने प्यार के आंचल में छुपा लेती है और मैं किसी दूसरी ही दुनिया में विचरने लगता हूं।

सलमा के बाद दूसरा चेहरा है नूरे खां का। ठिगना कद, काला रंग, भेड़िए जैसी चालाक आंखें। बदन पर बिना धुले लट्ठे की शलवार-कमीज

और सिर पर वैसे ही कपड़े की गोल टोपी। मुंह में पान और चेहरे पर हर दम नाचती शैतानी मुस्कराहट।

नूरे खां मेरा जानी दुश्मन है। क्योंकि यतीमखाने के धन का गोल-माल करने पर मैंने एक कहानी इस पर लिखी थी। तब से यह मेरा दुश्मन बन गया है। फिर एक बात और हुई जब इसकी बीवी का इन्तेकाल हो गया और यह अपने इकलौते लड़के रफीक के साथ रहने लगा। एक दिन रफीक की बीवी के साथ उसका हल्ला उड़ गया। तब से तो नूरे खां मेरा जानी दुश्मन बन गया है। सुना है जुमे की नमाज के पहले बिना नागा वह छुरे पर धार मारता है ताकि मुझ जैसे काफिर को कत्ल कर सके। मैं इन दोनों चेहरों से काफी भयभीत और आतंकित हूं। लगता है किसी न किसी दिन सलमा के प्यार या नूरे खां की नफरत का निशाना बन जाऊंगा।

कल की ही बात है। मैं कमरे का ताला लगाकर बाहर जाने की सोच रहा था कि सलमा दौड़ी-दौड़ी आयी और कहने लगी, "कुछ दिन बाजार जाना बन्द कर दो।"

"क्यों?"

"इसलिए कि बाजार जाने से तुम्हारी जान को खतरा है।"

"लेकिन घर में बन्द रहने पर भी तो सुरक्षित नहीं हूं।"

"वह कैसे?"

"तुम जो दौड़-दौड़ कर आ जाती हो।"

"पर मैं तो तुम्हारी दुश्मन नहीं।"

"दुश्मन नहीं तो और क्या हो! तुम मुझे प्यार से मार डालना चाहती हो, वह नफरत से। दोनों का मतलब एक है।"

मेरी इस बात से उसे आघात पहुंचा।

उसकी हिचकियां बंध गयीं। चेहरा गुस्से से लाल हो गया और उसकी झील जैसी शांत आंखों से एक बेपनाह तूफान उमड़ता हुआ दिखाई दिया। वह चुपचाप मेरे दरवाजे से बाहर निकल गयी।

मैं फिर दस दिन तक मुतवातिर कमरे में बन्द रहा। बाहर नहीं निकला। क्योंकि संभव है नूरे खां हाथ में लपलपाता छुरा लिए कहीं घात लगाए बैठा हो।

पर ये दस दिन बड़े मजे से गुजरे। सलमा हर रोज मेरे पास आती

रही। यह इसलिए हो सका क्योंकि उसका करोड़पति सेठ अपने व्यापार के सिलसिले में कहीं बाहर गया हुआ था।

पर फिर भी मेरे दिल से दहशत कम नहीं हुई, बल्कि बढ़ी थी। क्योंकि उस शहर पर नूरे खां का कब्जा था। नूरे खां के हुक्म के बिना उस शहर में एक पत्ता तक नहीं हिल सकता था। यहां तक कि शादी–ब्याह से लेकर खुशी और गमी के इजहार के लिए भी उसकी स्वीकृति की मुहर जरूरी थी। पूरा शहर नूरे खां का हुक्म मानता था। नूरे खां की इज्जत एक शहंशाह से भी ज्यादा थी। एक शंहशाह का हुक्म जनता टाल सकती है। लेकिन मजहबी शहंशाहों का हुक्म टालने की कुव्वत जनता में नहीं होती और नूरे खां एक मजहबी शहंशाह था। जनता को उसका खास फरमान था कि मुल्क के शहंशाह का हुक्म मानने के बजाए उसका फरमान पहले माना जाए। और आप जानते हैं मुर्दा और कायर कौम के लिए मजहब अफीम का काम करता है। इसलिए उस शहर पर मुल्क के शहंशाह का नहीं नूरे खां का हुक्म चलता था।

मेरे दिल में दहशत बढ़ गयी थी। दहशत बढ़ने की बुनियाद में यह बात खास थी कि शहर की जनता को नूरे खां ने मेरे खिलाफ कर दिया था। उसका कहना था कि मैं काफिर हूं। क्योंकि मैं उसका फरमान नहीं मानता। इसलिए नूरे खां का हुक्म था कि मेरे जैसे काफिर को खत्म कर देना हर आदमी का फर्ज है। यही वह बात थी जिसने जनता को मेरे खिलाफ उकसाने में मदद दी थी। और शहर का हर फर्द मुझे नूरे खां लगने लगा था।

मुझे हर आदमी खूनी दिखाई देता। लगता कि यह कहीं खून करके आ रहा है या अब करने वाला है। मैं सोचता, मुमकिन है उसने अपने आस्तीन में खंजर छिपा रखा हो और नजदीक आने पर वह उसे मेरे सीने में घोंप दे।

एक दिन शाम का वक्त था, सलमा फिर आ गयी और कहने लगी, "आज घर से बाहर मत निकलना।"

"क्यों?"

"इसलिए कि तुमने हुकूमत के सामने नूरे खां के राज खोल दिए हैं।"

"मैं उसके राज ही क्या जानता था सो खोलता?"

"पर लोग ऐसा ही कहते हैं।"

"कहते होंगे, इससे क्या फर्क पड़ता है? लोगों की तो आदत बन गयी

है। नूरे खां को खुश रखने के लिए कुछ न कुछ उड़ाते ही रहते हैं।" मैंने बे-बाकी के साथ कहा।

"तुम्हें डर नहीं लगता?"

"नहीं! अब मैं बिलकुल नहीं डरता। मैं इनकी असलियत पहचान गया हूं।"

वह कुछ देर चुपचाप खड़ी रही। मौन! मैंने चुप्पी तोड़ने के लिए कहा- तुम बैठो न! खड़ी क्यों हो!"

"ना बाबा! मेरे पास ज्यादा वक्त नहीं। मैं सिर्फ पांच मिनट के लिए आयी हूं, पर पांच मिनट में क्या हो सकता है!"

"अच्छा सुनो, तुम्हारा बच्चा कैसा है?"

"अब वह जल्दी ही मर जाएगा।"

"ऐसा क्यों कहती हो?"

"मैं सेठ की हर यादगार मिटा देना चाहती हूं।"

"तुम बच्चे को जिन्दा रखने की कोशिश करो। सेठ को मैं मार डालूंगा।"

"नहीं। तुम सेठ को नहीं मार सकोगे।"

"क्यों?"

"इसलिए कि तुम सिर्फ प्यार कर सकते हो, किसी को मार नहीं सकते।"

"नहीं, नहीं मैं एक दिन जरूर तुम्हारे वाले सेठ और नूरे खां दोनों को खत्म कर दूंगा।"

"और वह दिन कभी नहीं आएगा।"

"वह दिन अभी और इसी वक्त आएगा, तुम इधर मेरे पास आओ"

"नहीं, सेठ आने वाला है। मैं सिर्फ पांच मिनट के लिए ही तुम्हारे पास आयी हूं। और पांच मिनट में तुम कुछ नहीं कर सकोगे।"

मैंने आगे बढ़कर सलमा को अपनी ओर खींचा और सीने से लगा लिया। मेरे दोनों हाथ सलमा के इर्द-गिर्द लिपटे थे और हाथों का घेरा कसता चला जा रहा था।

मुझे लग रहा था कि मेरे हाथ में नूरे खां की गर्दन आ गयी है और आज मैं इस शैतान को खत्म करके ही दम लूंगा। इसने मुझे एक लंबे अर्से से परेशान कर रखा है। मेरे दिल का चैन और रातों की नींद हराम कर दी है।

आज यह मेरे हाथ से बचकर नहीं जा सकता। आज मैं इसका नामो निशान मिटा दूंगा। इस ख्याल के दिमाग में आते ही मेरे बदन का खून उबलने लगा।

शरीर की नसें उत्तेजित हो फड़फड़ाने लगीं।

मेरी सांस तेज-तेज चल रही थीं और मैं पागलों की तरह नूरे खां से जंग लड़ने में मशगूल था।

नन्द भारद्वाज

परिचय
नन्द भारद्वाज
जन्म : 01 अगस्त, 1948
जन्म : स्थान ग्राम माडपुरा,
बाड़मेर, राजस्थान

कुछ प्रमुख कृतियाँ
झील पर हावी रात (हिन्दी में कविता संग्रह), अंधार पख (राजस्थानी में कविता संग्रह)।
विविध 'सांम्ही खुलतौ मारग' उपन्यास पर केन्द्रीय साहित्य अकादमी पुरस्कार (2004)।

आपसदारी

सवेरे जब गाड़ी दादर पहुंची तो अनुराग डिब्बे के सामने ही खड़ा था। दरवाजे से नीचे उतरते ही लपक कर उसने मुझे गले लगा लिया। हंसते बतियाते हम बाहर आए और उसकी गाड़ी में अटैची रखते हुए जब उसे अपने संस्थान के गैस्ट हाउस का पता बताना चाहा तो वह बनावटी गुस्से से बोल पड़ा, "अब रहने दे अपनी होशियारी। मुझे पता है, तेरे महकमे वालों के इंतजाम, पर यहां तेरे महकमे की नहीं चलेगी। बैठ जा चुपचाप गाड़ी में। आया बड़ा पता बताने वाला।" उसके स्वर में एक मीठा उलाहना था, जो मुझे अच्छा लगा। आगे बढ़कर उसने कार का दरवाजा खोला और मुझे बैठने का इशारा कर खुद दूसरी ओर से बैठ गया।

हम दोनों बचपन के दोस्त थे। अनुराग को यह कैसे मंजूर होता कि मैं उसके शहर आऊं और अपने ठहरने का बंदोबस्त कहीं और करूँ। यहीं

अंधेरी में उसने एक अच्छा मकान ले रखा था। मकान बड़ा न होता तब भी मैं जानता हूं, हमारे पास एक-दूसरे के लिए स्पेस की कमी कभी नहीं रही। स्कूल के बाद की पढ़ाई बेशक हम दोनों ने अलग रहकर पूरी की हो, लेकिन सीनियर सेकेण्ड्री तक हम साथ ही पढ़े थे, एक ही क्लाश और एक ही सेक्शन में। उसके घर के सभी लोगों से मेरा अपनेपन का रिश्ता था। अनुराग की बहन प्रिया, जो उससे तीन साल छोटी थी, उन दिनों एक कॉन्वेंट स्कूल में पढ़ती थी। वह मुझे बचपन से ही अच्छी लगती थी। मेरी गहरी दोस्ती भले अनुराग से रही हो, पर घर में आकर्षण की एक वजह प्रिया अवश्य रही।

अपनी पढ़ाई पूरी करने के बाद मैं यहीं लोक प्रसारण माध्यम की नौकरी में लग गया, जिसका एक प्रशिक्षण केन्द्र मुंबई में था। इस बार जब दो सप्ताह की ट्रेनिंग के सिलसिले में मेरा मुंबई आने का संयोग बना तो मैंने अनुराग को सूचित कर दिया। अनुराग ने फौरन वापस जवाब भेजा कि वह मुझे रिसीव करने के लिए स्टेशन पर मौजूद मिलेगा। जब मैं उसके घर पहुंचा तो परिवार के सब लोगों को देखकर अचंभित रह गया। उस बहुमंजिला इमारत में उनका मकान ग्राउंड फ्लोर पर ही था। घर का दरवाजा प्रिया ने ही खोला था। एक भरी पूरी युवती लग रही थी वह। मुझसे नजर मिलते ही उसकी आंखों में हल्की-सी चमक और मुस्कुराहट तैर गई, लेकिन शुरू के दो दिन तो वह मुझसे कम ही बोली। औपचारिक ही बनी रही। घर में बैठक और डायनिंग रूम के अलावा दो बड़े बैड रूम और एक छोटा गैस्ट रूम था। फिलहाल गैस्ट रूम पर प्रिया का कब्जा था और एक बैड रूम में मां और सोनू सोते थे। मेरे ठहरने का बंदोबस्त अनुराग ने अपने ही कमरे में कर लिया था।

दो तीन दिनों में ही मैं उस परिवार के सदस्य जैसा हो गया और प्रिया की बची खुची शर्म हिचक अपने आप लुप्त हो गई। मुझे यह जानकर खुशी हुई कि वह अपने बचपन के दिनों को भूली नहीं थी। कई बार उसके साथ पास के बाजार तक घूम फिर आता था और उसने मुझे मुंबई की जीवन शैली की कई ऐसी बातें बताई, जो मेरी तो कल्पना में ही नहीं थीं, जैसे जवान लड़के लड़कियों का साथ अकेले घूमना यहां आम बात है, जबकि मैं तो उसके साथ बाजार जाते हुए भी संकोच कर रहा था। उसने बताया कि यहां

ऐसी कितनी ही स्त्रियां हैं, जो बिना शादी किये अकेले रहना पसंद करती हैं। जिस बिल्डिंग में उनका फ्लैट है, उसमें दो ऐसे जोड़े भी हैं, जो सालों से पति पत्नी की तरह साथ रहते हैं, लेकिन उन्होंने आज तक औपचारिक रूप से शादी नहीं की। यह बात मुझे कुछ अटपटी-सी लगी, जबकि प्रिया का नजरिया साफ था, "यह उनकी मर्जी है, उसमें किसी और के एतराज का क्या मतलब।" घर से बाहर प्रिया की यह उन्मुक्त सोच मेरे लिए वाकई नयी थी। अनसोचे ही उसके प्रति मेरा आकर्षण लगातार बढ़ता जा रहा था।

रोज मैं शाम को जल्दी घर पहुंच जाता, लेकिन कभी देरी भी हो जाती। तीसरे दिन शाम को जब देर से घर पहुंचा तो पता लगा कि उसी शाम अनुराग को अचानक दिल्ली जाना पड़ गया था। इस खबर से उत्साह यों ही ठंडा हो गया। दिन भर की माथा-पच्ची और लोकल ट्रेन की यात्रा के कारण थोड़ी थकान भी थी, इसलिए मैं कमरे में आकर लेट गया। शायद मुझे झपकी आ गयी थी। थोड़ी देर बाद खुले दरवाजे पर हल्की दस्तक हुई तो मेरी आंख खुल गई। दरवाजे पर प्रिया खड़ी दिखी। उसने अन्दर आते पूछा, "क्या हुआ, सो कैसे गये? तबियत तो ठीक है न?"

"हां, मैं ठीक हूं। यों ही दिन भर के काम और लोकल की यात्रा के कारण थोड़ी थकान हो रही थी।" मैंने उठकर संभलते हुए जवाब दिया।

"चाय बना दूं थोड़ी, सुस्ती उड़ जाएगी।" उसने हमदर्दी जताते हुए कहा।

"नहीं-नहीं, चाय की इस वक्त जरूरत नहीं। बस अभी मैं बाहर आता हूं। सोचता हूं, नहा लूं, उससे थोड़ी स्फूर्ति आ जाएगी।" कहकर मैं बिस्तर से उठ खड़ा हुआ। मुझे नहाने के लिए तैयार होते देख वह वापस लौट गयी।

जब नहाकर कमरे से बाहर आया तो टेबल पर खाना लग चुका था। अनुराग की मां ने अपने साथ मेरा भी खाना लगवा लिया था। मां बेटी ने खूब चाव से अपनी पसंद की सब्जियां बनाई थीं और पूरी मनुहार करके खाना खिलाया। मां को शायद डर था कि अनुराग के घर से बाहर होने की वजह से मैं कहीं अनावश्यक संकोच न करने लगूं।

खाने के बाद प्रिया अपने कंप्यूटर पर मीडिया का एक प्रोजेक्ट लेकर बैठ गई, उसने सोनू और मुझे भी अपनी मदद के लिए बुला लिया। सवा दस के आसपास सोनू तो मां के पास जाकर सो गया, लेकिन मैं ग्यारह बजे तक प्रिया के साथ लगा रहा। घर में सबको सोया देखकर मैं भी उसके

कमरे से बाहर निकल आया और कुछ देर ड्राइंग रूम में बैठ गया। ड्राइंग रूम में लगे टी.वी. को ऑन किया ही था कि प्रिया पानी का ग्लास लेकर आ गई। उसने ग्लास मेरी ओर बढ़ाते हुए अनायास ही पूछ लिया, "कॉफी पीना पसंद करेंगे।"

"हां, पी सकते हैं, लेकिन आधा ही कप।" मैंने उसका मन रखने के लिए हामी भर दी, जबकि चाय या कॉफी की कोई खास तलब मुझे नहीं थी। वह रसोई में कॉफी बनाने लौट गई। मैं भी टी.वी. स्क्रीन की ओर देखते हुए रिमोट से चैनल बदलता रहा। एक न्यूज चैनल पर समाचार देखने के लिए कुछ देर रुक गया। एक न्यूज स्टोरी पूरी हुई ही थी कि तभी प्रिया कॉफी लेकर आ गई। कॉफी का प्याला मुझे पकड़ाकर, अपना हाथ में लिये वह मुझसे दूर एक सिंगल सोफे पर जाकर बैठ गई।

टी.वी. की आवाज धीमी कर मैंने उससे मांजी के बारे में पूछ लिया। उसने बताया कि वे सोनू के पास सो रही हैं। बातचीत के लिए आवाज धीमी रखने की गरज से मैंने उसे अपने नजदीक आकर बैठने का आग्रह किया। वह हिचकिचाते हुए अपनी जगह से उठकर मेरे करीब लगे दूसरे सिंगल सोफे पर आकर बैठ गई। यहां आने के बाद प्रिया के साथ घर में अकेले इस तरह बात करने का यह पहला ही मौका था और मन में कहीं यह आशंका भी कि वह मेंरी किसी बात का बुरा न मान जाए। मैंने अपना मन पक्का करके आखिर उसे यह बता ही दिया कि में उससे कितना लगाव रखता हूं। मेरी बात सुनकर एकबारगी तो वह मेरी ओर देखती ही रह गई। फिर मुस्कुराती हुई अपने आप में खो गई। मुझे यह देखकर तसल्ली हुई कि उसने मेरी बात का बुरा नहीं माना, बल्कि एक तरह से अनुकूल रुख ही जाहिर किया।

डायनिंग हॉल और ड्राइंग रूम के बीच की खुली जगह को जाली के पर्दे से अलग कर दिया गया था। पर्दे से छनकर आती रोशनी से ड्राइंगरूम में पर्याप्त उजास था, इसलिए वहां की बत्ती जलाने की जरूरत नहीं पड़ी। टी.वी. स्क्रीन का प्रकाश भी कमरे को अच्छा खासा रोशन किये था। उस हल्के उजास में प्रिया की आंखों में अपने लिए एक अमूर्त सा लगाव में जरूर महसूस करने लगा था। ऐसे ही कोमल क्षणों में जब पहली बार मैंने उसकी ओर अपना हाथ बढ़ाया तो उसने भी अपना हाथ मेंरी हथेली पर रख

दिया। कच्चे नेह में डूबी हमारी ऊष्मा को अब किसी अतिरिक्त भाषा की जरूरत नहीं थी। मैंने एक कदम और बढ़ाते हुए उसके हाथ को अपने होठों के नजदीक लाकर ज्यों ही छूने की कोशिश की, उसने धीरे से अपना हाथ वापस खींच लिया। गजब का आत्मसंयम था उसमें। बहुत नपे-तुले शब्दों में उसने मुझे यह जता दिया कि इस तरह मां और भाई का विश्वास तोड़ना उचित नहीं होगा। मैंने उसे भरोसा दिया कि में इसका पूरा ध्यान रखूंगा।

इस पहले इजहार के बाद आपस में हल्का अरस-परस तो चलता रहा, लेकिन आवेग में कोई कदम बढ़ाने की नौबत कभी नहीं आई। अनुराग के वापस आने से एक रात पहले उसने मुझे यह बात कहकर और असमंजस में डाल दिया कि में अभी अनुराग या मां से अपने रिश्ते को लेकर कोई बात न करूं। पहले वह खुद अपने घर में बात करके उनका रुझान जानेगी। उनका अनुकूल रुख होने पर ही मैं अनुराग और अपने घरवालों से आगे बात करूं तो ज्यादा बेहतर होगा।

प्रिया ने अपनी बातचीत के दौरान एक अप्रत्याशित जानकारी यह भी दी कि उसके जोधपुर वाले ताऊजी कुछ महीने पहले उसके लिए बीकानेर का एक रिश्ता लेकर आए थे। उसकी मां तो उस रिश्ते के लिए तैयार हो गई और बात तकरीबन पक्की ही थी, लेकिन अनुराग को जब यह जानकारी मिली कि उस लड़के की यह दूसरी शादी है और उसकी पहली पत्नी ने आत्मघात किया था, तो वह इस रिश्ते के लिए तैयार नहीं हुआ। बाद में ताऊजी खुद यहां सफाई देने के लिए आए थे कि वह लड़की खुद पहले से ही किसी दूसरे को चाहती थी और उसके घरवालों ने धोखे से इस लड़के के गले बांध दी। शायद इसी कारण उसने आत्मघात कर लिया। पुलिस ने भी इस बात को मान लिया है। इसमें उस बिचारे का क्या कसूर है, वह तो बहुत सीधा-सादा लड़का है। लेकिन अनुराग ने उनकी कोई बात नहीं मानी। उसका एक ही तर्क था कि ये सारी बातें रिश्ता तय करने से पहले साफ होनी जरूरी थीं। इस विवाद की वजह से परिवार में कई दिन तक तनाव रहा। इसी वजह से उसे घर में फिलहाल अपने रिश्ते की बात करने का उपयुक्त माहौल कम दिखाई देता है।

तीसरे दिन अनुराग दिल्ली से लौट आया और घर में सब कुछ सामान्य ढंग से चलता रहा। प्रिया अनुराग और अपनी मां के सामने मुझसे बहुत

औपचारिकता का व्यवहार करती थी, जैसे हमारे बीच कोई खास रिश्ता न हो। मैं खुद ही अपनी मर्यादा में बंध गया था। वैसे मैं एक सम्मोहित प्रेमी की तरह उसके इशारों पर वह जहां चलने को कहती, चलता रहता। एक छुट्टी वाले दिन तो वह मुझे सवेरे से शाम तक मुंबई दर्शन के बहाने गेटवे ऑफ इंडिया, म्यूजियम, जहांगीर आर्ट गैलरी, मालाबार हिल्स, मरीन ड्राइव, नेहरू भवन और गोरेगांव फिल्म सिटी की रमणीक जगहों पर सारे दिन घुमाती रही और मैं खुशी-खुशी उसके साथ घूमता रहा। मैं उसे वर्ली किनारे अपने मीडिया इंस्टीट्यूट भी ले गया, जिसे वह गहरे चाव से देखती रही।"

दिन भर के मुंबई-दर्शन के बाद उस शाम जब हम जुहू के समंदर किनारे पहुंचे तो प्रिया पानी में उतरने के लिए मेरा हाथ खींचने लगी, जबकि मेरा तो समंदर के नाम से ही जी घबराता है। न मुझे तैरना आता है और न चढ़ती-उतरती लहरों के बीच पांव टिकाकर खड़े रह पाना। फिर भीगे हुए कपड़ों में वापस घर लौटना तो और भी अटपटा लगता। मैंने साफ मना कर दिया कि यह मेरे बस का नहीं है। आखिर उसके बहुत आग्रह करने पर अपनी पतलून की मोरी को उलटकर मैं किनारे-किनारे उसके साथ चहलकदमी के लिए जरूर राजी हो गया। हम देर तक टखनों को भिगोती लहरों की आवाजाही के बीच दूर तक चलते गये और दूर किनारे की रेत से बने एक ऊंचे टीले पर जाकर बैठ गये। हम देर तक चुपचाप बैठे लहरों का आना-जाना देखते रहे। यों इस समंदर किनारे में पहले भी कई बार आया हूं, लेकिन प्रिया के साथ आज समंदर मुझे कुछ अलग ही रंग में दिखाई दिया। उसकी लहरों का शोर मेरे मन में लगातार बढ़ता जा रहा था और में चाहता था कि इस शोर के पार किसी नतीजे पर पहुंचूं। आखिर प्रिया से पूछ ही लिया, "तो फिर क्या फैसला किया तुमने, प्रिया।"

"फैसला मेरे हाथ में कहां है, निखिल! मैं तो खुद उस समय का इंतजार कर रही हूं, जहां कुछ कहने करने की सूरत बनती दिखे। भैया और मां को मनाना तो आसान है, लेकिन चाचा-ताऊ और मां के भाई वगैरह का तो यही दबाव है कि रिश्ता उनकी जात बिरादरी के दायरे में ही हो। खासकर मां अभी इस बात को लेकर थोड़ी दुविधा में है।"

"फिर हमारी इस आपसदारी और रिश्ते का क्या होगा?"

"हम कोशिश कर रहे हैं, यों अधीर होने से कैसे काम चलेगा। तुम

पुरुष हो, तुम्हारे लिए चटपट फैसला कर लेना आसान हो शायद, लेकिन हम लड़कियों को बहुत आगा-पीछा देखना होता है।"

"ठीक है। तीन दिन बाद मुझे वापस लौट जाना है। अगर इतने दिनों में कोई फैसला नहीं हो पाया तो देख लेना, अपहरण करके ले जाऊंगा।" मैंने हंसी में बात को समेटने की कोशिश की।

"घुटनों तक पानी में उतरने की तो हिम्मत नहीं दिखाते और मेरा अपहरण करोगे। चलिये, यह कोशिश भी कर देखिये। कहीं तो आपको साहस दिखाने का मौका मिले।" इस व्यंग्यात्मक टिप्पणी के साथ वह हंसते हुए उठ खड़ी हुई, लेकिन उसकी बात में छिपी चुनौती से मैं एकबारगी सतर्क जरूर हो गया। मैं अकेला ही उस स्थान से उठकर लहरों की ओर बढ़ गया था और उसे उकसाते हुए बोल उठा, "अच्छा, तो रानी साहिबा को हमारे साहस में ही संदेह है। चलिये, बढ़िये दरिया की ओर। देखें कौन कितनी दूर साथ देता है।"

"फिलहाल तो मुझे अंधेरी ईस्ट जाना है। इस समंदर में उतरने का साहस फिर कभी देख लेंगे। आइये, बाहर टैक्सीवाला इंतजार कर रहा होगा।" प्रिया ने वहीं खड़े-खड़े उत्तर दिया और विपरीत दिशा की ओर चल दी। मैं भी उसकी ओर बढ़कर साथ हो लिया। आज दिनभर की घुमाई से वह काफी खुश नजर आ रही थी। चलते हुए हम दो तीन मिनट में अपनी टैक्सी के करीब पहुंच गये थे। मैंने टैक्सी का गेट खोलकर उसे अन्दर बैठने की मनुहार करते हुए कहा, "आइये, फिलहाल तो आपका साथ देना ही बेहतर है। अगले अभियान पर फिर कभी।"

"मेरी खुशनसीबी।" मुस्कुराते हुए वह टैक्सी में सवार हो गई। मेरे अन्दर बैठकर गेट बंद करते ही टैक्सी वापस चल पड़ी थी।"

मुंबई दर्शन के तीन दिन बाद मेंरी वापस रवानगी थी। यह उससे एक दिन पहले की बात है। अमूमन मैं और अनुराग सवेरे घर से साथ ही निकल जाया करते थे। वह वर्ली में मुझे अपने इंस्टीट्यूट के आगे छोड़ देता। लेकिन आज अनुराग को थोड़ा जल्दी निकलना था और मुझे थोड़ी देर के लिए कुछ जरूरी कागजात लेने जाना था, इसलिए दसेक बजे तक आराम से निकलने के लिए मैं तैयार हो रहा था। प्रिया को भी नौ बजे तक कॉलेज के लिए निकलना था। वह अपने समय से निकल गई।

आधे घंटे बाद मैं घर के पास वाले स्टैंड के शेड के नीचे खड़ा बस का इंतजार कर ही रहा था कि इतने में एक छोटा लड़का जाने कहां से निकलकर मेरे पास आया और एक बंद लिफाफा यह कहते हुए मेरे हाथ में पकड़ा गया कि अभी प्रिया मैडम आपके लिए देकर गई हैं। मैं लिफाफा हाथ में लिये उलट-पलट कर देखने लगा। कुछ पूछने के लिए नजर वापस घुमाई, लेकिन लड़का उससे पहले ही जा चुका था। एकाध मिनट तो मैं लिफाफे की ओर देखता रहा, जिस पर अंग्रेजी में सिर्फ तीन शब्द लिखे हुए थे- 'जस्ट फॉर यू।' मैं लिफाफा खोलने वाला ही था, इतने में स्टेशन की ओर जाने वाली बस आती दिख गई। मैंने लिफाफा कमीज की जेब में रख लिया और बस में सवार हो गया। बस सवारियों से भरी हुई थी। अंधेरी स्टेशन पास ही था, इसलिए यही सोचकर लिफाफा जेब में पड़ा रहने दिया कि ऑफिस पहुंचकर आराम से पढ़ लूंगा, यदि प्रिया ने घर में बात होते रहने के बावजूद यह पत्र भिजवाया है, तो कोई जरूरी बात ही होगी।

इंस्टीट्यूट पहुंचकर मैं सीधा वेटिंग रूम में सोफे पर बैठ गया और जेब से लिफाफा निकाल लिया। खोलने पर भीतर एक तह किया हुआ पत्र दिखाई दिया, कोई पौन पेज के करीब लिखा हुआ था और पूरे मजमून के आखिर में लिखा था, 'आपका एक शुभचिन्तक'। मुझे आश्चर्य हुआ कि यह पत्र प्रिया की बजाय किसी शुभचिन्तक ने भिजवाया था। सोचने लगा, मेरा ऐसा शुभचिन्तक यहां कौन आ गया और यह क्या चाहता है?

मैंने आसपास देखकर सावधानी से पत्र पढ़ना शुरू किया, "प्रिय बंधु, आपको मेरा यह पत्र थोड़ा अटपटा और अप्रत्याशित तो लगेगा, सहज रूप से विश्वास कर पाना भी आसान नहीं होगा। यह भी सोचेंगे कि मैं कौन होता हूं आपको इस तरह लिखनेवाला। आपकी ये सब शंकाएं सही होंगी, पर मेरा मानना है कि ये सब जानना आपके लिए ज्यादा जरूरी नहीं है, आप तो वह जान लें, जिसे जानना आपके लिए बेहद जरूरी है और वह आपको मेरे अलावा कोई नहीं बताएगा।

आप अभी जिस बालिका के प्रेम पाश में बंधे हैं, उसके अतीत और अन्दरूनी इरादों से लगता है आप परिचित नहीं हैं, और होंगे भी कैसे, वह स्वयं तो आपको बताएगी नहीं और न ही उसके घरवाले। बालिका देखने में सुन्दर है, होशियार है, मुंबई की कल्चर में पूरी तरह रची-बसी, किसी भी

युवक को आकर्षित कर लेने वाले सारे गुण और लक्षण हैं उसके पास। बस एक ही अतिरिक्त खूबी है, जो इन सारे गुणों पर भारी पड़ती है और वह है उसके चित्त की चंचलता। वह किसी एक की होकर नहीं रह सकती। आप शायद तीसरे या चौथे क्रम पर आए हैं और मेरा मानना है कि आप भी अन्तिम नहीं होंगे। पहला भुक्तभोगी मैं स्वयं हूं और मेरे बाकायदा उसके प्रेमजाल में बने रहते हुए ही जब उसे दूसरे को सौंप देने की तैयारियां होने लगीं तो ये बाला टुकुर-टुकुर देखती रही। मैंने एतराज किया तो मुझ पर ही उल्टे-सीधे आरोप लगाने लगी। आप भी याद करें, आपको इस बाला ने पहली बार किस तरह लुभाया होगा और फिर क्या-क्या लुभावने सपने दिखाए होंगे। आप तो भले घर के दिखते हैं, आपने तो तुरन्त शादी के लिए मन भी बना लिया होगा, लेकिन उसका मन बनना इतना आसान नहीं है। इन दिनों कई बार आपको इसके साथ देखा है, कल जुहू पर आप दोनों को साथ देखा, तो जान गया कि इसने आपको भी पूरी तरह फांस लिया है। एक इन्सानी रिश्ते के नाते मैंने बहुत कड़ा मन बनाकर आपको यह हकीकत बयान की है। मैं उसका पहला प्रेमी रहा हूं, उसका इतना बुरा भी नहीं चाहता, लेकिन आपकी सज्जनता को देखकर थोड़ी चिन्ता जरूर हुई। आपके दोस्त अपनी बहन की हकीकत को बहुत कम जानते हैं, वे आपको मुंबई में बनाए रखने के लिए शायद आपकी हर संभव मदद करना चाहेंगे, अब यह आप पर है कि आप मुंबई में इस बला की गिरफ्त में रहना पसंद करेंगे या इससे जल्दी से जल्दी छूट जाना। यकीन मानिये मेरा इसमें कोई स्वार्थ नहीं है, लेकिन आपको आगाह करके बचा लूं तो समझूंगा एक पुण्य का काम हो गया। आगे जैसा आप उचित समझें। आपका एक शुभचिन्तक"

पत्र पढ़कर एकबारगी तो मेरा सिर चकरा गया। वेटिंग रूम की दीवारों पर सजी सारी तस्वीरें मुझे घूमती-सी नजर आईं। कौन हो सकता है ऐसा पत्र लिखने वाला। जो भी है, प्रिया और उसके घरवालों को और खुद मुझे अच्छी तरह जानता है, परन्तु प्रिया ने तो कभी ऐसे किसी आदमी का जिक्र नहीं किया। मैं बात भी करना चाहूं तो किससे करूं।

पत्र पढ़ने के बाद घंटे भर तक मेरे भीतर सन्नाटा-सा बजता रहा। ट्रेनिंग पूरी हो जाने के बाद सर्टिफिकेट और कुछ रिपोर्ट्स की प्रतियां लेनी थीं, जो मैंने याद करके ले लीं। दो घंटों में अपना सारा काम निपटाकर सवा दो बजे

तक मैं संस्थान से बाहर आ गया था। अंधेरी के लिए वहीं से एक टैक्सी लेकर अपरान्ह तीन बजे तक मैं घर लौट आया। टैक्सी को वहीं रुकने के लिए कहकर घर के दरवाजे की घंटी बजा दी। दरवाजा प्रिया की मां ने ही खोला था। प्रिया के बारे में पूछने पर बताया कि वह अभी कॉलेज से आई नहीं है। अनुराग तो वैसे भी सात आठ बजे से पहले कम ही आ पाता था। मैंने मां को बता दिया कि मुझे कुछ जरूरी काम से चर्चगेट लौटना होगा। रात को देरी हो सकती है और कल दोपहर बाद सैंट्रल से गाड़ी पकड़नी है, इसलिए मुझे आज ही उनसे विदा लेकर जाना होगा। रात्रि विश्राम में वहीं संस्थान के गैस्ट हाउस में कर लूंगा। यह कहकर मैं अपना सामान पैक करने कमरे में चला आया।

कमरे में इधर-उधर बिखरा हुआ अपना सामान बटोरकर अटैची में कपड़े जमा ही रहा था कि इतने में मुझे दरवाजे पर खड़ी प्रिया दिख गई। एक उड़ती नजर से मैंने उसकी ओर देखा और अपने काम में लगा रहा। वह पास आकर बोली, "पूछ सकती हूं कि ये क्या हो रहा है?"

"क्यों, आपको नहीं दिख रहा। मैं सदा के लिए तो यहां आया नहीं था, अब वापस जाने का समय आ गया है, तो जाना ही पड़ेगा न।" मैंने रूखा-सा उत्तर दे दिया और सामान समेटता रहा।

वह एक झटके से आगे बढ़ी और मैं कुछ समझूं उससे पहले ही उसने आधी जमी अटैची बिस्तर पर उलट दी। मैं नाराज होता हुआ बोला, "ये क्या तरीका हुआ?"

"जब किसी बात का सीधा उत्तर नहीं मिलता तो मुझे यही तरीका ठीक लगता है।" वह शरारत से हंसने लगी।

"मैं अभी बहस करने के मूड में बिलकुल नहीं हूं और आपसे तो मुझे कोई बात ही नहीं करनी।"

"क्यों जनाब, जान सकती हूं बांदी से ऐसा क्या गुनाह हो गया? हुजूर की तबियत तो ठीक है न या बाहर किसी से झगड़ा करके आए हैं।" उसने फिर बात को हंसी के दायरे में ही रखते हुए पूछ लिया।

"गुनाह तो मुझ से हो गया प्रिया कि मैंने किसी को बिना जाने-समझे इतना बड़ा रिश्ता जोड़ने का सोच लिया। बताओ, क्या प्रायश्चित है इसका?"

"खुलासा बात करो निखिल बाबू। मुझे पहेलियां सुलझाने की आदत

नहीं है। अपनी इस छोटी-सी जिन्दगी में पहले ही कुछ धोखे खाये बैठी हूं और बड़ी मुश्किल से उनसे बाहर आई हूं। अब सहज ही किसी पर विश्वास करना मेरे बूते की बात रही भी नहीं। आप मेरे बचपन के साथी हैं और जाने क्यों आप पर मुझे शुरू से ही धीरज रहा है, यदि मुझसे कोई गलती हुई है तो आपका हक बनता है कि आप उलाहना दें, लेकिन इस तरह टेढ़ी बातें न करें।" उसने संजीदगी से अपनी बात कही।

मैंने बिना कुछ बोले जेब से वह कागज निकालकर प्रिया के हाथ में सौंप दिया और दुबारा अटैची सीधी कर सामान जमाने बैठ गया। तीन-चार मिनट बाद वापस नजर घुमाई तो वह कागज को नीचा किये और आंखों में आंसू लिये खड़ी थी।

"क्यों भई, सिक्के का दूसरा पहलू सामने आया तो उसका निपटारा आंसुओं को थमा दिया, यह तो कोई बात नहीं हुई।" मैंने उसी वीतरागी भाव से अपनी बात कह दी।

"ये आंसू तो मेरी बदनसीबी के हैं, निखिल। मुझे आज तक कोई माई का लाल ऐसा दिखा नहीं, जो सिक्के के दोनों पहलू सही-सही एक ही नजर में सामने रख दे। उन दूसरे लोगों की तरह आपने भी एक पहलू को देखकर पूरे सच की तसल्ली कर ली। अगर यही आपकी समझ है तो आप जाएं भले ही। मैं तसल्ली कर लूंगी कि मैंने आपको समझने में भूल कर दी।"

"वह बात छोड़ो, लोगों की साथ रहते उम्र बीत जाती है और एक-दूसरे को समझना फिर भी बाकी रह जाता है। आप अपने मुंह से बता दो कि सच क्या है?" मैंने बात को संवारने की कोशिश की। यह भी लगा कि प्रिया के कहने में कुछ सार की बात जरूर है और वाकई सच का कोई और पहलू भी है, जिससे मैं पूरी तरह वाकिफ नहीं हूं।

"लगता है, आपके पास समय कम है। आपने तो वापस जाने के लिए टैक्सी भी रोक रखी है। मैं भी आपका ज्यादा समय नहीं लूंगी, आप तो कम में इतना ही जान लें कि लिखनेवाला अगर इतना ही सत्यवादी है तो यों छुपकर क्यों वार करता है, मैं तो अकेली लड़की हूं और आप एक बाहरी आदमी, फिर किस बात का डर है उसे? आपको यह पत्र वह हाथोंहाथ तो नहीं दे गया होगा। अगर कुछ माद्दा और दम है तो सामने आकर बात करे न, ताकि खुद के कारनामे भी सामने आएं।" इतनी बात कहकर वह

एकबारगी रुक गई। मुझे लगा कि उसकी बात अभी पूरी नहीं हुई है। हाथ वाला कागज मुझे सौंपते हुए वह कड़वाहट के साथ आगे बोली, "कमीना, अध्यापन के पवित्र काम पर कालिख पोतता है और दूसरों को नसीहत देता फिरता है। साहित्य और कला के नाम पर भोली-भाली लड़कियों को अपने चंगुल में फांसता है और चाहता है कि उसके कारनामों की मैं अनदेखी कर दूं। अबकी बार कभी सामने पड़ गया तो भरे बाजार में लत्ते उतरवा कर छोडूंगी, बदजात ने मेरे डर से कॉलेज ही बदल लिया, लेकिन आप तो जाएं निखिल बाबू, आपसे किस बात की नाराजगी, आपके संस्कार अच्छे हैं, मुझे खुद इस बात का अफसोस है कि कभी-कभी मेरा अतिविश्वास और इच्छाएं खुद मुझे ही कुसूरवार ठहरा देती हैं।" बोलते-बोलते रोष से उसका गला भर आया था और वह चुप हो गई। अपने दुपट्टे से आंखें पोंछती वह एकाएक पीछे घूमी और मैं कुछ कहूं, उससे पहले ही कमरे से बाहर निकल गई। एकाध मिनट में अचकचाया-सा अपनी जगह खड़ा रहा, फिर कमरे से बाहर आया और घर के बाहर खड़ी टैक्सी का किराया चुकाकर वापस अन्दर आ गया।

सीधा कमरे की ओर जाने की बजाय मैं डायनिंग टेबल के पास रखी कुर्सी पर बैठ गया। प्रिया की मां लिविंग रूम के कोने में रखे फ्रिज में कोई सामान ठीक कर रही थी। उनकी पीठ मेंरी ओर थी। मैंने सहज रहते हुए उनसे कहा, "मांजी, क्या थोड़ी चाय मिल जाएगी?"

"हां-हां, अभी बनाकर लाती हूं बेटा।" उन्होंने मुड़ते हुए मुस्कुराकर मेरी बात का उत्तर दिया और रसोई की ओर बढ़ गईं। आधे मिनट बाद उल्टे पांव लौटती हुई वे बोलीं, "चाय तो प्रिया ने पहले ही चढ़ा रखी है।" वह मेरे पास ही खाली कुर्सी पर बैठ गईं। मुझे लगा कि उन्होंने प्रिया के साथ हुए मेरे संवाद को जरूर सुन लिया होगा, इसीलिए शायद वे नाराज हैं। मैं कुछ संकोच-सा अनुभव करने लगा था। मुझे चिन्ता और संकोच में बैठा देखकर वे धीरे से इतना ही बोली, "निखिल, तू मेरे लिए अनुराग जैसा ही बेटा है, प्रिया बहुत इमोशनल और सीधी लड़की है, उसकी किसी बात का बुरा मत मानना, हो सके तो उसका मन रखना। बस मुझे यही बात कहनी है।" वह इतना बोलकर चुप हो गई। मैं मां से कुछ बात शुरू करता, उससे पहले ही प्रिया चाय के तीन कप ट्रे में लेकर बाहर आ गई और बिना कुछ बोले ट्रे

टेबल पर रख दी। उसके चेहरे पर उदासी थी। मुझसे बिना नजर मिलाए, उसने एक कप उठाया और वापस अपने कमरे में चली गई।

चाय पीकर मैं उसी ऊहापोह मनःस्थिति में वापस कमरे में लौट आया। मैंने पत्र के बारे में प्रिया की प्रतिक्रिया पर गौर किया तो मुझे उसकी बातों में सच्चाई साफ नजर आने लगी। यह जरूर कोई लंपट व्यक्ति है, जो प्रिया को परेशान करता रहा है। मुझे प्रिया से और जानकारी लेकर उसका पता करना चाहिए और अनुराग को साथ लेकर उसे सबक सिखाना चाहिए, भले ही उसके लिए दो-चार दिन और रुक जाना पड़े तो कोई बात नहीं। मैं पलंग पर बैठा यह सोच ही रहा था, तभी बाहर मांजी की आवाज सुनाई दी। वे प्रिया से घंटे भर बाहर जाकर पास वाले बाजार से कुछ सामान और सब्जी लेकर आने का कह रही थी। प्रिया उनके साथ जाने की जिद कर रही थीं, लेकिन वे उसे घर पर ही रहने की हिदायत देकर मुख्य दरवाजे से बाहर निकल गईं। घड़ी में सवा पांच बजे थे। मैं भी कमरे से निकलकर ड्राइंग रूम में आकर बैठ गया और टी.वी. ऑन कर लिया था। दो तीन मिनट बाद जब प्रिया मेरे पास आकर खड़ी हो गई, तो मुझे खुद ग्लानि-सी महसूस होने लगी कि मैं भी कैसे-कैसे बहकावों में आ जाता हूं। उस प्रसंग को लेकर अब मेरे मन में कोई शंका बाकी नहीं रह गई थी।

प्रिया को अपने पास खड़ा देखकर मैंने टी.वी. की आवाज बंद कर दी और उसे अपने पास बैठने का आग्रह किया। वह सोफे के दूसरे सिरे पर बैठ गई। उसे सहज बनाने के लिए जब मैंने मां के बाजार से लौट आने के बाद समंदर किनारे या पास के किसी रेस्तरां चलने का सुझाव दिया तो वह गंभीर हो गई। वह बोली, "निखिल, मैं अपनी वजह से आपको किसी दुविधा में नहीं डालना चाहती। मुझे खुशी है कि आप मुझसे इतना लगाव रखते हैं। इस बार आपसे मिलकर मेरी जीवन में दिलचस्पी बढ़ी है, लेकिन अब फिर चीजें धुंधली नजर आने लगी हैं। यकीन मानिये, मैं आपको कोई सफाई नहीं देना चाहती। आप खुद अपने विवेक से फैसला करें। अगर कोई शंका हो तो पहले उसे दूर कर लें, खुद अपने तरीके से जांच करें और सही नतीजे पर पहुंचें।" अपनी बात पूरी कर वह चुप हो गई।

मैंने उसे आश्वस्त करते हुए फिर कहा, "मैं तो यही निवेदन करने के लिए बैठा हूं कि इस अवांतर प्रसंग को यहां घर तक ले आने की उतावली

के लिए तुम मुझे माफ कर दो। मुझे तो खुद पर गुस्सा आ रहा है कि ऐसी हल्की बात में घर तक लाया ही क्यों। अब तुमसे पहली अर्ज यह है कि तुम इस बात को यहीं खत्म कर दो। मेरी दूसरी अर्ज यह है कि तुम दो दिन पहले मुझे समंदर किनारे ले गई थी, आज मेरी इच्छा है कि हम फिर वहीं चलें या किसी अच्छे रेस्तरां में, और उस दिन के अधूरे संवाद को एक मुकम्मिल फैसले में बदलकर वापस लौटें।"

मेरी बात सुनकर प्रिया के चेहरे पर एक सहज मुस्कान उभर आई। उसके भीतर का तनाव भी कम हो गया था। मेरी आंखों में देखते हुए उसने इतना ही कहा, "इसके लिए हमें कहीं जाने की जरूरत नहीं है। फैसला भी किसी और को नहीं लेना है। बस, अपने भीतर की खरपतवार को थोड़ा साफ करना है। पिछले दो दिनों से में यही सोचती रही हूं कि तुम्हारे लौटने से पहले हम खुद किसी नतीजे पर पहुंच जाएं, तो बेहतर है।"

"तो बताओ न, मेरी तरफ से और क्या तसल्ली चाहिए तुम्हें। तुम कहो तो कोई एफेडेबिट तैयार करवा लूं, कोई शर्तनामा तैयार करना चाहो तो मैं उसके लिए कोरे कागज पर पहले ही अपने साइन करके तुम्हें सौंप दूं।"

"ओ हो, अभी तो बहुत उदार हो रहे हो, लेकिन शर्तनामा सामने आने पर यह मत कहना कि इसकी तो तुमने कल्पना ही नहीं की थी।"

"फिर तो प्रिया, तुम एक कोरा कागज ले ही आओ, ये शुभकार्य में अभी सम्पन्न किये देता हूं, ताकि आगे का रास्ता साफ हो।" बातचीत जिस तरह आगे बढ़ रही थी, उससे मैं बहुत उत्साहित महसूस करने लगा था।

"सवाल किसी शर्तनामे का नहीं है, निखिल।" प्रिया का स्वर एकाएक संजीदा हो गया था। अपने को थोड़ा और संयत करते हुए वह कहने लगी, "कुछ बातें हैं, जो मैं आपको बताना जरूरी समझती हूं, ताकि कोई गलतफहमी न रहे। पहले यह बताएं कि क्या आपको इस बात की जानकारी है कि आपके और भैया के कॉलेज ज्वाइन करने के दिनों में हमारे घर में क्या-कुछ घटित हो गया था?" उसने बिना कोई भूमिका बांधे एक सीधा सवाल किया।

"नहीं, मुझे तो किसी ने कोई जानकारी दी ही नहीं। शुरू में तो मैं खुद पढ़ाई में इतना डूबा रहा कि किसी के बारे में खबर लेने की फुरसत ही नहीं रही। आपके पिताजी के निधन का समाचार जरूर मुझे अपने दोस्तों के

जरिए मिल गया था और उस वक्त में आना भी चाहता था, लेकिन किन्हीं कारणों से देरी हो गई। मैंने अनुराग को पत्र लिखकर अपना दुःख भी प्रकट किया और आठ नौ महीने बाद जब मिलने के लिए जोधपुर पहुंचा तो पता लगा कि आप लोग मुंबई शिफ्ट हो गये हो। बाद में कभी-कभार अनुराग का खत आ जाता, लेकिन वह घर परिवार के कोई समाचार तो लिखता ही नहीं था। लेकिन तुम बताओ, उसमें ऐसी क्या खास बात रही, जो मेरी जानकारी में होनी चाहिए थी?"

"क्या तुम्हें बाद में भैया ने या किसी और ने कभी कुछ नहीं बताया?"

"और तो कोई क्या बताता! अनुराग को मैंने ही पत्र लिखकर हालचाल पूछे थे और उसकी ओर से पत्र न आने के बारे में शिकायत भी की थी, जिसके जवाब में उसने लिखा कि घर में कुछ परेशानियों की वजह से वह मुझे खत नहीं लिख पाया, लेकिन किन्हीं खास परेशानियों का जिक्र उसने नहीं किया। मैंने भी इसे ज्यादा गंभीरता से नहीं लिया। यही सोचा कि घर परिवार में छोटी-मोटी परेशानियां तो होती रहती हैं, अगर कुछ बताने लायक होगा, तो वह लिख देगा। यों खुद मुझे इस बात का अहसास था कि बाबूजी के न रहने पर घर में कितनी परेशानियां पैदा हो गई होंगी। परिवार में वे अकेले कमाने वाले व्यक्ति थे। अकेली उनकी पेंशन से तो क्या गुजारा चलता। अच्छी बात यही रही कि अनुराग को जल्दी ही जॉब मिल गई और आप सब मुंबई आ गए। तुम्हारे बारे में जानने की इच्छा बराबर बनी रही, लेकिन यही संकोच रहा कि कहीं अनुराग को बुरा न लगे। में तो यही समझे बैठा था कि तुम्हारी कहीं शादी हो गई होगी और अब तक तो तुम अपनी ससुराल में रस-बस गई होगी। इतने बरसों बाद जब तुम्हें अपने सामने देखा तो कितना आश्चर्य हुआ। सच पूछो तो मुझे इतनी खुशी हुई कि क्या बताऊं! और जब यह जाना कि तुम मीडिया में अपना कैरियर बनाने में रुचि रखती हो तो मेरे लिए वैसे ही अतिरिक्त आकर्षण का कारण बन गई।" यह बात कहते हुए मेंरी अपनी खुशी अनायास ही जुबान पर आ गई थी।

शायद उसे भी मेरी बात अच्छी लगी, लेकिन अपने को संयत रखते हुए उसने इतना ही कहा, "पिताजी के न रहने से जो परेशानियां बढ़ीं, वे तो खैर अपनी जगह थीं ही, लेकिन कुछ अनचाही परेशानियां और भी पैदा हो गई, जो किसी के बस की बात नहीं थीं। मेंरी तो एक तरह से पारिवारिक

रिश्तों में दिलचस्पी ही खत्म हो गई थी, लेकिन भैया ने वाकई बहुत कष्ट उठाए हैं और आज भी वही हैं, जो मुझे हर आघात से बचाकर रखते हैं।"

"मैं समझा नहीं, तुम किस आघात की बात कर रही हो? क्या हुआ था, तुम्हारे साथ?"

"हुआ तो नहीं। बस, होने जा ही रहा था, लेकिन बच गये! मतलब, मैं किसी और की होने से बच गई, लेकिन वह लड़का तो जिन्दगी से ही महरूम रह गया। इसका वाकई मुझे अफसोस है।" उसने एक गोलमोल-सी पहेली बयान करके मेरी उत्सुकता को और बढ़ा दिया था।

"क्या बात कर रही हो तुम, मेरी तो कुछ समझ में नहीं आया।" मैं आश्चर्य से उसकी ओर देखे जा रहा था।

"यही हकीकत बताने की तो कोशिश कर रही हूं आपको। पापा के जाने के बाद मां को हर वक्त मेरी शादी की चिन्ता लगी रहती थी। खुद अपने बारे में तो क्या राय देती, और वैसे भी अपने परिवारों में लड़की की राय को कौन महत्त्व देता है। उन्हें तो सिर्फ मां-बाप के कहने के मुताबिक बरताव करना होता है। मुझे हर वक्त यह डर बना रहता कि कहीं गलत जगह पर न फंस जाऊं। उन्हीं दिनों मेरे मामाजी जोधपुर के एक फौजी परिवार के संपर्क में आए और उन्होंने लड़के के पिता से मेरे रिश्ते की बात कर ली। मां और भैया को भी वह रिश्ता पसंद आ गया। मैं उस वक्त जोधपुर में बी.ए. सैकिंड ईयर की परीक्षा की तैयारी कर रही थी। मेरी इस रिश्ते में कोई खास दिलचस्पी नहीं थी, लेकिन लड़की की बेरुखी की कौन परवाह करता है। लड़का आर्मी में कमीशंड अफसर था। सगाई के वक्त जब पहली बार उससे मिलना हुआ तो घर में सभी को पसंद आ गया। सबकी रजामंदी से सगाई भी हो गई। सगाई के बाद भैया तो मां को साथ लेकर वापस मुंबई लौट गये और मुझे वापस हॉस्टल में छोड़ गये। तीन महीने बाद अचानक खबर आई कि मेरा वह मंगेतर कश्मीर में आतंकवादियों के साथ मुठभेड़ में शहीद हो गया। यह बात जानकर घर में सभी को बेहद अफसोस हुआ। लड़के से यों तो कोई भावनात्मक रिश्ता तब तक बना ही नहीं था, लेकिन उसके इस तरह जाने का दु:ख होना तो स्वाभाविक ही था। इस हादसे के बाद मां की चिन्ताएं और बढ़ गई। बी.ए. की परीक्षा समाप्त होते ही भैया मुझे अपने साथ मुंबई ले गये। मां को भी उन्होंने यह समझाने का प्रयास

किया कि व्यर्थ की चिन्ताएं न करें। लेकिन उसकी चिन्ता अपनी जगह कायम थी। इस बीच मैंने जिन्दगी से जो कुछ जाना सीखा, उस दृष्टि से मेरी चिन्ताएं और सोच कुछ दूसरी तरह का हो गया था।"

"अगर ठीक समझो तो अपनी चिन्ताओं में मुझे भी शामिल कर सकती हो। शायद हम साथ मिलकर कोई बेहतर निर्णय कर सकें।" मैंने उसकी सोच की दिशा का अनुमान करते हुए सुझाव दिया।

"चाहती तो मैं यही हूं कि अपनी कुछ बातें आपके सामने खुलासा रख दूं, जिससे आपको भी निर्णय लेने में आसानी रहे। असल में अपना पोस्ट ग्रेजुएशन करने के बाद मुझे यह जरूरी लगने लगा है कि मैं अपनी रुचि का कोई जॉब करूं, यह मीडिया कोर्स करने के पीछे भी यही मकसद है। इसे लेकर मैं कोई करियर चुनूं या न चुनूं, काम करने का यह विकल्प मैं अपने हाथ में रखना जरूरी समझती हूं। जीवन को लेकर कोई बड़ी महत्त्वाकांक्षाएं नहीं हैं मेरी, लेकिन अपनी रुचि का काम करते हुए आत्मसम्मान के साथ जीना मेरी अपनी जरूरत है। घर और परिवार को में ऊंचा मान देती हूं और बड़ों के प्रति आदर भी, लेकिन अपेक्षा उनसे यह भी करती हूं कि वे अपना बड़प्पन खुद बनाकर रखें, छोटों को स्नेह दें और उन्हें विकसित होने के लिए बेहतर अवसर। मैं जीवन में सच्ची साझेदारी की इज्जत करती हूं, जिसे आप आपसदारी कहते हैं। पति-पत्नी के रिश्तों में समर्पण और स्वीकृति की बजाय में सहमति को ज्यादा अहमियत देती हूं, मेरी नजर में प्रेम कोई निजी मामला नहीं है, उसका असर घर-परिवार और समूचे माहौल पर रहता है। किसी एक से लगाव रखते हुए मैं समूचे जीवन जगत से लगाव की कल्पना करती हूं!"

"निखिल, ये बातें मुझसे रिश्ता बनाने या निभाने की शर्तें नहीं हैं, और न कोई मेरी जिद है, इन बातों को मैंने किन्हीं किताबों से पढ़कर ग्रहण नहीं किया है। ये मेरे अपने जीवन अनुभव हैं। जीवन के बारे में मेरी इस सोच को लेकर कई बार जब मां और भैया को चिन्तित देखती हूं, तो खुद परेशान हो उठती हूं। उन्हें कह चुकी हूं कि वे मेरी चिन्ता छोड़ दें, लेकिन उनके लिए भी शायद यह आसान नहीं है। मां भैया को कई बार अपने रिश्ते के लिए जोर देकर कह चुकी हैं, बड़े मामा भैया के लिए एक अच्छा रिश्ता लेकर आए भी थे, लेकिन अब तो भैया ने भी कहना शुरू कर दिया है कि

जिस दिन प्रिया रिश्ते के लिए हां कर देगी, वे अपने बारे में निर्णय कर लेंगे। अब ये बात वाकई मेरे लिए चिन्ताजनक हो गई है। अपनी मां और भैया की इच्छा से मैं परिचित हूं। उन्होंने शायद हम दोनों को आपसी समझ विकसित करने के लिए ही यह अवसर दिया है, लेकिन मेरा आप पर कोई दबाव नहीं है। आप भैया के अच्छे दोस्त हैं और आगे भी बने रहें, मुझसे अब भी वैसा लगाव रखते हैं या नहीं, यह आपको तय करना है। जब ठीक समझें, बता दीजियेगा।" इस आखिरी बात के साथ प्रिया का स्वर बहुत धीमा हो गया था और अपने खुले हाथों की ओर देखते हुए वह खुद में ही जैसे खो गई थी।

प्रिया की बातों पर विचार करते हुए मैं वाकई चकित था। उसकी पारदर्शी सोच का मान रखते हुए मैंने सिर्फ इतना ही पूछा, "हमारे बीच इतनी गहरी आपसदारी के बाद भी क्या कोई निर्णय बाकी रह गया है, प्रिया? यह जीवन खुद हमने अपने हाथों से बनाया है, और तुमने तो इसे तराशा भी है। हमारे अपनों ने बेशक इसमें अपनी भागीदारी निभाई हो, पर इसे आगे ले जाने और मुकम्मिल बनाने का मनोबल तो हमीं को अर्जित करना है। बस, इसी के लिए जीवन में हमें एक-दूसरे का साथ चाहिए। मेरे अंतस में इस बात को लेकर न कोई दुविधा पहले थी और न अब है। अगर कुछ अधूरा है, तो उसे हम साथ मिलकर पूरा करेंगे। बताओ, अपनी इस आपसदारी को लेकर और किस तरह की तसल्ली दूं तुम्हें, क्या तुम्हें यह पर्याप्त नहीं लगती, प्रिया?"

यही मेरी स्वाभाविक प्रतिक्रिया थी और इससे ज्यादा कहने के लिए मेरे पास कुछ था भी नहीं। मेरी आंखों में तैरते इसी अपनत्व के प्रति आश्वस्त होते ही प्रिया ने मुझे अपनी उत्सुक बाहों में कसकर बांध लिया।

श्याम जांगिड़

परिचय
श्याम जांगिड़
पाणिनि कुटीर, डालमिया स्कूल के पास, न्यू कॉलोनी, पो. चि. ड़ावा (झुंझुनूं)- 333026
मो. 94600-80031, 63765-01418

हिन्दी और राजस्थानी में समान लेखन। कहानी, उपन्यास, व्यंग्य एवं यात्रा वृतांत की अब तक दस पुस्तकें प्रकाशित। दो सम्पादित पुस्तकें भी। राजस्थान साहित्य अकादमी उदयपुर एवं राजस्थानी भाषा साहित्य एवं संस्कृति अकादमी, बीकानेर से पुरस्कृत।

मेमसाब

वे दिन बेगाने थे। खिलंदड़ और चमकते हुए। उन दिनों आसपास की घटनाएं और क्रिया-कलाप, जो कुछ होता, उनके प्रति एक चौकन्नापन था। नई-नई सजगता। बाहर से भोलापन और अन्दर एक अनजान सयानापन। यह सयानापन भी अजीब था। स्वत: उपजा हुआ नया नकोर चमकता हुआ। परंपराओं की उपेक्षा कर नई दुनिया में विचरण करता हुआ।... मां- बाप टोकते, बेटा ऐसा नहीं कहते या करते। शर्मिन्दा होना पड़ता। पर यह मात्र दिखावा होता। अंदर, विद्रोह-सा कसमसाता। प्रतिक्रिया तो नहीं कर पाता, पर सोचता इसमें मैंने क्या गलत कहा या किया? असल में यह चुप रहकर सीखने का समय था। शायद हर किशोर के साथ यही होता होगा, जो मेरे साथ हुआ।

किशोरावस्था बचपन के बाद आती है। अत:

इस पर बचपन के भोलेपन का असर बचा हुआ होता होगा। सो वह दुनियावी रिवाजों और कायदों को एकाएक स्वीकार नहीं कर पाता और कभी-कभी बेवकूफियां कर बैठता है। उस दिन मैंने भी बेवकूफी ही की थी। वैसे बेवकूफी तो अब लग रही है, तब तो अपनी झौंक में सही समझकर कर रहा था मैं।

सोलह की उम्र अलबेली अवस्था होती है। नई-नई कल्पनाओं के बीच अपनी धुन में रहने वाली। समझ और नासमझी के बीच झूलती हुई। बचपन से छूटकर आगे युवता की ओर बढ़ती हुई। इस समय बचपन के भोलेपन के साथ आने वाली युवता का झीना-सा उजास भी कौंधता है। इसे आप जीवन का संक्रमणकाल भी कह सकते हैं। जैसे ज्योतिष वाले बताते हैं कि सूर्य फलां राशि से फलां राशि में संक्रमित हो रहा है। तब मुझे कहां मालूम था कि मैं किशोरावस्था से युवता में संक्रमित हो रहा हूं। यह तो अच्छा रहा मैं पकड़ा नहीं गया। वरना बड़ी भद्द होती। उस समय मेरी दादी और मां को अगर मालूम हो जाता कि मैं सुबह तेजासर गया था, तो वे क्या सोचतीं? कुछ भी हो उस मेम की वह मुस्कान मुझे अब तक याद है- एक स्थाईभाव लिए हुए। अविस्मरणीय।

तब मैं नवीं क्लास में था। पिता बाहर नौकरी करते थे। भाई-बहनों में बड़ा होने के कारण घर में मेरी एक खास जगह थी। छोटे भाई-बहनों पर रौब गांठ सकता था। यही नहीं दादी और मां पर अलग से प्रभाव था। वह इसलिए कि मैं स्कूल से लौटते वक्त ढाणी (खेत में बना घर) में शहर से जरूरी चीजें लेकर आता... चाय-चीनी, गुड़, साबुन, आलू, अदरक...। मतलब पुरुष प्रधान व्यवस्था के अनुसार, पिता की अनुपस्थिति में मैं घर का सयाना मोट्यार था। फिर भी मैंने वह नादानी कर डाली। वैसे खुलासा होने पर ऐसी कोई अक्षम्य घटना नहीं थी कि मेरी पिटाई होती। बस भय इतना-सा था कि पता लगने पर दादी और मां मेरे बारे में क्या सोचेंगी! हालांकि वे कहती कुछ नहीं, पर उनके मन में मेरे प्रति जो विचार उपजते, वे मेरी छवि को धूमिल करने वाले होते। उन दोनों का मौन मुझे शर्मसार कर डालता। वे सोचतीं, अरे ये छोटा और ऐसा करतब! शुक्र है ऐसा नहीं हुआ, वरना मैं कई दिनों तक उनसे नजरें नहीं मिला पाता।

उस वर्ष समूचे रेगिस्तान में ऐसी ठंड पड़ी कि सारे इलाके की

जांटी-कीकरों की पत्तियां झड़कर नीच आ गिरीं। ऑक के पत्ते झड़कर हवा में डोलने लगे। हरियाली का कहीं नाम नहीं। धरती की सारी हरीतिमा पाले से झुलस गयी थी। खेतों में ठूंठ हुई खेजड़ियां खड़ी थीं। दादी निस्कारा नाखकर कहती, लूंग तो गयी अब ये छड़ी बची है।

कितनी ही सर्दी हो, बच्चे ऊधम मचाने से बाज नहीं आते। मेरी दो छोटी बहनें और एक भाई जल्दी उठकर मां के साथ-साथ गाय-भैंसों के बाड़े में या ढाणी के आसपास कुदड़का मारते फिरते। यह दिसम्बर की छुट्टियां थीं। मां सर्दी में बाहर घूमने को मना करती, पर वे नहीं मानते। कहावत भी है न 'टाबरों की सर्दी बकरी चरे'। सर्दी तो दो मुट्ठी भर होती है, बस मुट्ठी बांध कर कांख में दबा लो- सर्दी गायब!

'पेमा, ले बर्फ खा ले। छुटकी बहन ने मुझे जगाया और साथ ही पतली बर्फ की पपड़ी मेरे हाथ से छुआई।

'क्या कर रही है तू? मैं चमककर उठा।

'देख तो बर्फ जमी है खेत में।

(खेत-पशुओं के लिए बनाई हुई लम्बोतरी सीमेंटेड टंकी)

मैं बिस्तर से उठा। बर्फ की पपड़ी हाथ में लेकर देखने लगा।

'कहां से लाई?

'खेत में से, तू देख तो सही।

तभी दूसरी बहन भी आ गयी। उसके हाथ में भी बर्फ की पपड़ी थी।

मैं उठा और खेस लपेट कर उनके साथ हो लिया। बाड़े में मां गाय दुह रही थी। हम खेत के पानी पर जमा पतली परत देखने लगे। तोड़कर देखा। धुंधले कांच के टुकड़े जैसी।

'आज सौंकी जम गियो भाया। में घड़े सूं पाणी लेणो चायो, तो पाणी कोनी आयो। देख्यो तो ऊपर पालो जमेड़ो हो। मां दूध निकालते हुए ही बोली।

मैंने उत्सुकता से देखा- पानी के कुंडों, घड़ों और तसलों पर बर्फ की परत थी। हमारे लिए यह उत्सुकता भरा मौसमी नजारा था। छोटे भाई-बहन बर्फ की पपड़ियां तोड़-तोड़कर चहक रहे थे। थोड़ा बड़ा होकर मैं भी उनके साथ था।

दादी बाहर चौगान में बैठी आग ताप रही थी। हम वहीं जाकर बैठ गये।

'जा पेमा थोड़ी लकड़ी और ले आ पाळो जबरो है। दादी ने कहा। वैसे मेरा नाम प्रेमप्रकाश है पर घर में सभी प्रेमा बोलने की जुगत में पेमा कहने लगे। अपभ्रंश को रूढ़ करने में दादी का ही हाथ था। दादी प्रेम या प्रेमा बोलने में शायद असुविधा महसूस कर रही होगी।

मैं पिछवाड़े पड़ी जांटी की छडियां हाथों में भर लाया। दादी छडियों को तोड़-तोड़कर अलाव के सुपुर्द करने लगी। अलाव की लपटें ऊपर उठीं। सभी की हथेलियां अलाव की तरफ खुल गयीं। सर्दियों में अलाव तापने से बढ़कर कोई सुख नहीं।

हम आग ताप रहे थे। जल्दी ही मां ने हमारे लिए दही-रोटी का नाश्ता वहीं ला दिया। हम ठंडी बाजरे की रोटी और दही का नाश्ता करने लगे। दादी ने मां को चाय बनाकर लाने को कहा।

पूरब के गुलाबी क्षितिज से सूरज उग रहा था। लगा जैसे यह लाल गोला सर्दी से डरता-डरता ऊपर आ रहा है। धोरों पर जमी बर्फ की टीप एक बारगी सुनहरी आभा में दमकी। वातावरण गुलाबी हो गया। दादी ने भगवान भास्कर की ओर हाथ जोड़े। इसी समय वह मेंम तांगे में बैठकर खेत के रास्ते पर आयी। उसके साथ उसका फौजी अफसर था। वह तांगे की पिछली सीट पर बैठी थी और उसका पति अगली सीट पर कोचवान के साथ।... अचानक तांगा रुक गया। तांगे वाले की टिच्-टिच् की ध्वनि हम तक पहुंच रही थी। दादी और हम उधर देखने लगे। इस रेतीली डगर पर तांगा हमने पहली बार देखा। हमसे कोई पचास गज की दूरी पर खेत की बाड़ और बाड़ के पार वह तांगा। तांगेवाला चाबुक फटकारते हुए घोड़े को आगे बढ़ने के लिए मजबूर कर रहा था। जोर-जोर से कुछ बोल रहा था। पर घोड़ा टस से मस नहीं हुआ।

हम बिना मुंह हाथ धोये ही उधर लपके। हमने बाड़ पर से देखा, तांगेवाला चाबुक फटकार कर घोड़े से जद्दोजहद कर रहा था। कच्चे रेतीले रास्ते में तांगे के पहिए रेत में धंस गये थे। ऊपर से घोड़ा मरियल। कैसे पार लगाता। घोड़े का अडना और तांगेवाले की खीज, बेचैनी और बक-बक हमारे लिए मनोरंजन का वायस बनी हुई थी। हम देख रहे थे और दही से लिथड़े अपने हाथ और मुंह को अपने कपड़ों से पूंछ-पांछ कर शुद्धता पा रहे थे।

तांगे के पिछले पायदान पर एक संदूक, एक बिस्तर बैग और एक

सूटकेस रखे थे। वह तांगे की पिछली सीट पर बैठी थी। उसका अफसर पति बाकायदा वर्दी में ठस्सा हुआ अब नीचे उतरकर घोड़े को देख रहा था। उसने वर्दी पर चमड़े की जैकेट पहन रखी थी। सिर पर तमगा लगी ऊनी टोपी। तांगेवाला परेशान। घोड़े को टानने के लिए वह अगली सीट से नीचे कूदा और कौड़ा लहराया। उसके नीचे उतर आने से तांगे का संतुलन बिगड़ गया। बोझा पीछे अधिक था और घोड़े के अगले पैर हवा में झूल गये। तांगा पीछे झुका और मेंम नीचे रेत में आ पड़ी। इस दृश्य से हमें हंसी आ गयी... खिल-खिल। नीचे गिरते ही मेंम ने अपनी साड़ी और शॉल ठीक किया और खड़ी हो गयी। झेंप मिटाने के लिए उसने हमारी ओर देखा और मुस्कुराई। वैसे रेत पर गिरकर चोट न लगने के सौभाग्य से वह खुश भी हुई होगी। उसने साड़ी से रेत झड़काते हुए एक बार फिर हमारी ओर देखा और मुस्कुराई। अबकी बार उसकी मुस्कान में झेंप से ज्यादा खुशी थी... बच गये, चोट नहीं लगी।

उसकी मुस्कराहट कौंधी। शायद यह मेरा पहला सौंदर्यबोध था। मैंने अभी तक ऐसी सुंदर युवती नहीं देखी थी। उसके कपड़ों का भी प्रभाव था। हमारे गांव-ढाणियों में लुगाइयां घाघरा-ओढणी पहनती हैं। दूसरे बनाव-श्रृंगार भी साधारण होता है... और यह कीमती साड़ी-शॉल वाली स्त्री-गोरी-चिट्टी, किसी रैपर से निकली ताजी गुडिया-सी।

'मैंने पहले कहा था आप जीप कर लो। वह पति से बोली।

'सोचा था, पर यह साला बोल रहा था मैं चेतासर पहुंचा दूंगा।... अरे ओय! अब वह तांगेवाले की ओर मुखातिब हुआ। 'कह रहा था न चेतासर पहुंचा दूंगा। स्टेशन पर कितनी डींग मार रहा था।... अब?

'साब, बालू- रेत है, क्या करूं...। साब जी जरा हाथ लगाओ न, घोड़ा मुस रहा है।

घोड़े का अगला हिस्सा हवा में था। तांगेवाला हाल पकड़े नीचे करने की चेष्टा कर रहा था। अब फौजी अफसर ने हाल दबाई। घोड़े के पांव टिके। तांगेवाले ने जल्दी से घोड़े की छाती से कसा पट्टा खोल दिया। घोड़ा आजाद। और तांगे की हाल दबाकर नीचे कर दी। अब उसने पीछे का सामान नीचे उतार कर एक तरफ रख दिया और अफसर के सामने अपराधी-सा खड़ा हो गया।

'यह क्या कर रहा है तूं?' अफसर दहाड़ा।

'साब मैं शहर से दूसरा घोड़ा लेकर आता हूं। इस घोड़े से पार नहीं पड़ेगी... ये कमजोर है।

'तो हम यहां बैठे रहेंगे तेरी बाट में... हें?

'बस आधा घंटा में आ जाऊंगा... आप विश्वास करो।.. मजूर आदमी हूं साब...।' तांगेवाला घिघिआया।

'देख अगर तूं नहीं आया तो मैं तेरे इस तांगे को आग लगा दूंगा... सोच लेना।

'नहीं साब, मैं अभी आ जाऊंगा- कृपा करो।" तांगे वाले ने कांपते हाथों से हाथ जोड़े और आजाद खड़े घोड़े की लगाम पकड़कर उस पर जा बैठा।... तेरी की... और चाबुक फटकारता हुआ शहर की ओर दौड़ गया।

'के होयो? यह मां की आवाज थी।

मैंने पीछे मुड़कर देखा। मां उस गोरी मेंम को ही देख रही थी। अफसर ने मां की ओर देखा, 'कुछ नहीं मां सा हम बीकानेर मेले से आये थे। चेतासर जाना था तो यह तांगेवाला बोला बीस रुपये लूंगा... चेतासर छोड़ दूंगा। अब यह तांगा यहां आकर फेल हो गया।

'सरदी रो टेम है, थे म्हारै घरे आ जाओ। अठै क्यूं खडया हो। तांगाआलो आवै तद आ जाइज्यो।... ठंड रो वगत है।

उन दोनों ने एक-दूसरे की ओर देखा। शायद नजरों से ही तय कर लिया। फौजी अफसर ने संदूक कंधे पर रखा और सूटकेस हाथ में लटकाकर वह फलसे से खेत में आ गया। बिस्तर और बैग के लिए मां ने मुझसे कहा, 'जा तूं उठा ला।'

मेम ने घर के चौगान में आते ही दादी के पांव छुए। दादी ने उसे बूढ़ सुहागन के साथ-साथ सात पूतों की मां होने का आशीर्वाद दे डाला। मेंम मुस्कुराई। मैं लगातार उस मेंम को ही देख रहा था। अब सर्दी न जाने कहां भाग गयी थी। मेंम दादी के पास बैठकर आग तापने लगी। उसे रेत में बैठे देख मां पीढ़ा लेकर आ गयी, 'लो पीढे पे बैठ जाओ।' मेंम ने अब मां के भी पैर छुए।

मेम का पति फौज में कैप्टन था। दोनों ही जवान थे, यही कोई 25-30 वर्ष के बीच रहे होंगे। कैप्टन साब अलाव से दूर खड़े थे। उनके लिए में

कुरसी ले आया। फिर भी वे कुरसी लेकर दूर बैठ गये।

मां ने उन दोनों को चाय पिलाई। चाय के बाद दादी और मां मेंम से बतलावन करने लगी। जैसा कि महिलाओं का स्वभाव होता है। मिलते ही घर-परिवार की बातें छेड़ देती हैं। मेंम ने बताया कि वह तो यूपी की है, हमारी शादी मेंरठ छावनी में हुई। कैप्टन साब वहीं थे। मेरे पिता मेंजर हैं। अब जोरघट में ड्यूटी है। हम भी वहीं थे। अब साब के गांव जाएंगे... आदि।

आधा घंटा बीता... फिर एक घंटा। तांगेवाला घोड़ा लेकर नहीं आया। कैप्टन साब बेचैन थे। वे बार-बार तांगे के पास जाते। शहर की ओर नजर दौड़ाते। फिर लौट आते। जब लौटते तो उनका चेहरा सख्त लगता।

'तांगेआले को ठिकाणो कोनी... थे नहा-धो लो- टोकणी में गरम पाणी है। जंगल जाओ तो लोटो ले लो। दादी ने कहा।

वे फारिग तो ट्रेन में हो आये थे। अब सवाल नहाने का था। कैप्टन साब ने तो कतई मना कर दिया, जबकि उन्हें तीन दिन हो गये थे नहाये हुए। जोरघट कित्ता तो दूर है। मेंम तैयार हो गयी। कैप्टन साब का मूड शायद तांगेवाले की ख्यानत से बिगड़ा हुआ था।

मैं मेंम के लिए टोकणी से गरम पानी एक बाल्टी में लेकर पीछे बाड़े में रख आया। बाड़े के एक कोने में महिलाओं के नहाने की जगह थी। घास के पाल की ओट इस तरह बनाई हुई कि नहाते वक्त कोई देखे नहीं। फर्श के नाम पर ईंटें बिछायी हुई। बस यही बाथरूम था हमारे घर में। यह केवल मां और दादी के काम का था। हम बच्चे लोग तो आंगन में पाटा डालकर नहा लेते थे। मेंम इस बाथरूम में नहाई। वह नहा रही थी बाड़े में, पर न जाने में कौन-से सूक्ष्म शरीर से वहां मंडरा रहा था।

वह नहाकर आयी। सद्यस्नाता मेंम। शॉल तो वही था पर साड़ी दूसरी थी। गीले कपड़े उसके हाथ में थे, जिन्हें उसने बैग में ठूंस लिया। बाल उसने नहीं धोये थे, पर चेहरा बिना मेकअप के भी चमक रहा था। बस-इतना ही याद है, वह बहुत भली लग रही थी। अब वह कोठे के बाहर बने चबूतरे पर पीढ़ा लेकर बैठ गयी। यहां सूरज झांकने लगा था। हल्की पीली धूप जो सर्दी को भगाने में अपने आपको लाचार पा रही थी। मुझे चिंता हुई। मैंने मेंम को कहा कि वे बाहर दादी के पास अलाव ताप लें। पर उसने मना कर दिया। में अंदर-बाहर टहलने लगा।

दो घंटे बीत गये। तांगेवाले का अभी तक अता-पता नहीं था। कैप्टन साब कुर्सी पर बैठ नहीं पा रहे थे। वे बेचैन थे। वे रास्ते और हमारे घर के बीच चक्कर लगा रहे थे। दूसरी तरफ मेंम के चेहरे पर कोमल स्निग्धता थी। वह मां से बातें कर रही थी।... शादी कब हुई... वहां बागडोगरा में क्वार्टर मिला हुआ था... बच्चे अभी नहीं हुए.... गांव में कौन-कौन हैं.... यही सब जानकारियां मां को दे रही थी। चेतासर हमारी ढाणी से तीन कोस दूर था। अब तो सड़क बन गयी है, पर उस समय सभी गांवों के रास्ते कच्चे थे। शाम को एक लोरी मोटर पंचगांव तक जाती थी। पर चेतासर के लिए कोई मोटर नहीं थी।

सूरज ऊपर चढ़ आया। दिसम्बर की धूप सुहावनी थी। दादी अलाव छोड़कर भीतर आयी और अपनी कंबल कोठे में रख मेंम के पास पीढ़े पर बैठ गयी।

'अब नौ बज गये थे रोटी जीम लो। दादी ने कहा।

मां रसोई में बाजरे की रोटियां सेक रही थी। ना-नुकर के बाद दोनों खाने को तैयार हो गये। खाने से पहले कैप्टन साब ने मंजन किया। मेंम शायद स्नान करते वक्त मंजन कर आई होगी।

मां ने रोटी पर घी-शक्कर डालकर उन्हें जीमाया। साथ में फलियों की सब्जी थी। कैप्टन साब के दिमाग में शायद वही तांगेवाला घुसा हुआ था। उन्हें कुछ भी अच्छा नहीं लग रहा था। उन्होंने सिर्फ एक रोटी ही खायी, जबकि मेंम ने दो रोटी खायीं। वह साब की परेशानी से एकदम तटस्थ बनी हुई थी। इस बीच मेंम ने हम सभी से बात की... किस-किस क्लास में पढ़ते हैं... स्कूल कितनी दूर है आदि। मेंम ने अब सूटकेस खोलकर मां को काजू-बादाम दिये। छुटकी बहन तो उसी समय टूट पड़ी। बाकी दोनों भाई-बहन को मां ने एक-एक मुट्ठी मेंवा दे दिया। में गंभीर बना अपने स्तर को ऊंचा दिखा रहा था। मैं घर का सयाना जो था।

समय लगातार फिसल रहा था। रोटी जीमने के बाद उन दोनों को यह विलम्ब अखरने लगा। अब मेंम भी साब के मूड की ओर झुकी हुई दिखने लगी। शायद दोनों यह सोचने लगे होंगे कि अब और कितनी देर तक इनसे मेंहमानबाजी करवाएंगे।

साब अब जाकर उस तांगे के पास ही खड़े हो गये। तांगे को आग लगाने

की धमकी दी थी, पर आग नहीं लगा रहे थे।

मां ने साब को बुला लाने को कहा। में उन्हें बुला लाया। वे आये तो मां ने कहा, 'साबजी, तांगे आते रो कीं- भरोसो कोनी। इण दर्रा में घोड़ागाड़ी कोनी चाल सकै। ऊंटगाडो बुलवा दूं....।

साब पशोपेश में। मेंम की ओर देखा। मेंम तुरंत बोली, 'यही ठीक रहेगा, कब तक बैठे रहेंगे।' जा रे पेमा, मालाराम री ढाणी जायने गाडो बुलाल्या। कैय दीजे के चेतासर रो भाड़ो है। मां ने कहा।

मुझे पहली बार यह पेमा संबोधन बुरा लगा। मां भी न.. कैसे बोलती है... मेंम के सामने ही पेमा बोल गयी। प्रेम नहीं बोल सकती थी?

मालाराम की ढाणी हमारे खेत से दो खेत ही दूर थी। में यह गया और यह आया। ऊंटगाड़े में जुड़ा मालाराम का भदुआ ऊंट। थोड़ी-थोड़ी देर बाद गरजता-गल-गल...। गाड़े पर पूरा सामान मैंने ही लादा। ऊंचे गाड़े पर चढने में मेंम को कुछ अधिक आयास करना पड़ा। बेचारी कभी ऊंटगाड़े पर बैठी ही नहीं। गाड़े के सख्त फर्श पर बैठना शायद उसे कष्टप्रद लगा होगा।

रवानगी के समय कैप्टन और मेंम ने हाथ जोड़े।

'अरे प्रेमा तूं भी साथ चल यार, आजावां ला दोनूं अभी पाछा मालाराम बोला।

मैंने मां की ओर देखा। मां ने कुछ नहीं कहा, पर दादी बोली, 'जा-जा साथै चल्यो जा, माले रै सागो रैयसी।

मैं खुशी से उछलकर गाड़े पर जा बैठा।

मेम एकदम पास बैठी थी। उसके डील से एक खुशबू आ रही थी- इत्र जैसी। में एकदम छुईमुई हुआ बैठा था। शर्मीला नीची गर्दन वाला। अच्छा लड़का।

'तुम कौन सी क्लास में पढ़ते हो। मेंम बोली। हालांकि यही प्रश्न वह घर पर कर चुकी थी।

'नवीं में।'

'पढ़कर आगे क्या बनोगे?'

'मैं भी कैप्टन बनूंगा।'

वह हंसी। 'देखो साब, यह भी आपकी तरह कैप्टन बनेगा...।'

कैप्टन साब कुछ नहीं बोले। वे अभी तक उस तांगेवाले की वादा

खिलाफी में उलझे थे।

मालाराम ने कैप्टन से बात करने की कोशिश की, पर साब उसकी हर बात को पूर्ण विराम लगाकर बंद कर देते रहे। हारकर वह चुपचाप गाड़ा हांकता रहा। मालाराम गाड़े के अगले कोने में नीचे पैर लटकाये बैठा था। साब दूसरी तरफ बैठे थे।

बोरियत मिटाने के लिए मालाराम ने बीड़ी सुलगाई। कैप्टन डांटते हुए बोले, 'बीड़ी बंद करो... पीनी हो तो नीचे उतरकर पीओ।'

'लो साब...।' उसने बीड़ी फेंक दी।

मुझे अच्छा लगा। आखिर बीड़ी की गंध मेंम को क्या अच्छी लगती?

चेतासर आ गया। मालाराम और मैंने उनका सामान उतारकर हवेली के बरामदे में रख दिया। अंदर से एक बुढिया आयी। शायद वह कैप्टन साब की मां थी। आगे बढ़कर साब और मेंम ने उनकी चरण वंदना की। पश्चात मेंम बिना मुड़कर देखे अंदर चली गयी। साब ने मालाराम को बीस रुपये दे दिये।

मैं उजबक-सा खड़ा रहा। मेंम चली गयी...। चेतासर आना निरर्थक-सा लगा। आखिर ऊंटगाड़े पर बैठकर मालाराम के साथ लौटना पड़ा। रास्ते भर खोया-खोया-सा बैठा रहा। कुछ था जो कहीं अटका हुआ था।

ढाणी में आकर भी मन उचाट-सा रहा। चुपचाप खाना खाया।

दादी और मां ने कैप्टन के घर आदि के बारे में पूछा। मैंने संक्षिप्त में उत्तर दिये। एक अज्ञात खालीपन से में भरा था। दोपहर को मैं घूमता-घामता पिछवाड़े बाड़े में गया। मैं निरुद्देश्य टहल रहा था। अचानक मुझे स्नानघर की डोरी पर कुछ दिखा। जाकर देखा तो अचरज हुआ। डोरी पर मेंम की चोली सूख रही थी। मैंने छूकर देखा। चोली सूख गयी थी। इधर-उधर चोर नजर से देखा और चोली उतारकर नाक से लगायी। वाह? क्या खुशबू थी। शायद मेंम कोई लेवेंडर या टेलकम लगाती होगी। चोली को मैंने जेब में रख लिया। रात होने तक मां ने कोई जिक्र नहीं किया। इसका मतलब आज मां उधर गयी ही नहीं। अगर जाती तो मेंम के इस इनर गारमेंट की चर्चा अवश्य करती।

मेम की ब्रा! मुझे देर रात तक नींद नहीं आयी। चोली मेरी पेंट की जेब में थी। एकाध बार मैंने चोली को जेब से निकाल कर सूंघा।

सुबह जल्दी उठा। दादी और मां कोठे में थीं। मैंने स्वेटर पहनी और खेस ओढ़कर चेतासर का रुख किया। कितना जल्दी पहुंच गया मैं तीन कोस!

डर था कि लौटने में देर हो गयी तो मां को क्या जवाब दूंगा। मैं जल्दी से जल्दी वह कोमल वस्त्र मेंमसाब को सुपुर्द कर उन्हें खुश करना चाहता था।

हवेली पहुंचा तब तक सूरज थोड़ा ऊपर आ गया था। हवेली की पोल खुली थी। मैंने कुंडा खड़काया। सौभाग्य से मेंम साब ही सामने आयी।

'अरे तुम!' वह अचरज में।

मैंने जेब से निकालकर वह चोली आगे बढ़ाई, 'आप यह भूल गयीं थीं वहां...।

चोली लेते हुए उसने मेरी ओर इस तरह देखा जैसे उसे विश्वास नहीं हो रहा कि क्या यह वही शर्मिला लड़का है, जो कल गाड़े पर उसके पास बैठा था? क्षणांश बाद उसके होठों पर एक टेढ़ी मुस्कान उभरी। इस मुस्कान में मेरी नादानी भरी हिमाकत और कहीं गहरे में झांकती युवता को ताड़ लेने का भाव था।... अरे यह लड़का तो...!!

मैं हतप्रभ! मुझे शर्मिन्दगी महसूस हुई। लगा शायद बुरा मान गयी। लेकिन उसने मुझे उबार लिया। दूसरे ही क्षण उसने मेरे गाल पर होले से चपत लगाते हुए मुस्कुराकर कहा, 'थैंक्यू!'

मैं इस बार की मुस्कान से बिंध गया। वह मुस्कान मुझे आज तक याद है। मैं मेंमसाब को नमस्ते कर लौट आया। पूरे रास्ते मुझे लगा मैं हवा में उड़ रहा हूं।

घर पहुंचा तो मां ने पूछा, 'कठै गयो हो इत्ती सुदियां?'

मैं सकपकाया, पर उत्तर तो देना ही था। मैंने झूठमूठ का बहाना बनाया, 'भायले सूं मिलबा शहर गयो।' हो।

मां ने आगे कुछ नहीं पूछा। अब आप ही बताएं, यदि घर पर मेरा यह गोपनीय करतब मालूम हो जाता तो मेरी क्या हालत होती?

माधव नागदा

एक बहुत ही उम्दा लेखक व कवि हैं जो कि राजसमंद के नाथद्धारा शहर में रहते हैं। अपने पेशे से ये व्याख्याता हैं। माधव जी की लेखन शैली बड़ी ही आकर्षक है, साथ ही ये अपने ब्लाग में भी लिखते हैं, वहां आप उनसे संबंधित बहुत सारी रचनाएं व लेखप्राप्त कर सकते हैं। छोटी-छोटी लघु पर जीवन के विभिन्न भावों का सजीव चित्रण करती इनकी रचनाएं आप जरूर पढ़िये, बहुत गजब की लेखन शक्ति है इनकी। राजस्थानी और हिन्दी भाषा में ये लिखते हैं व काफी सारी पत्र-पत्रिकाओं में इनकी रचनाएं प्रकाशित हो चुकी हैं। 'उसका दर्द', 'शाप मुक्ति', 'अकाल और खुशबू', 'आग', पहचान, 'उजास', 'सोनेरी पांखा वाली तितलियाँ', 'उसका दर्द' और 'ठहरा हुआ वक्त' जैसी जोरदार रचनाएं आपने लिखी हैं जो कि अपने आप में बेजोड़ रचनाएं हैं।

परिणति

मौसम में ऐसा कुछ नहीं था जिसे खुशगवार कहा जा सके। दिन भर गर्म हवाएं शरीर का सत्व खींचने की भरसक कोशिश करती रही थीं। पेड़ों के पत्ते असमय ही सूखकर झड़ गये थे। यहां तक कि तूफानों से हार नहीं मानने वाली दूब भी लू का शिकार हो गयी। सामने सूखी झील पसरी हुई थी- सपाट, निःशब्द। फिर भी दोनों ने मिलना चाहा। और वे अभी एक चौकी पर पैर लटकाये बैठे थे। उनके सिर पर संगमरमर में तराशी सुन्दर नक्काशी थी। परन्तु फिलवक्त वे इस पथराये सौन्दर्य से बेखबर थे।

"एक समय था जब हम इस तरह पैर लटकाये बैठे होते तो झील का पानी हमारे चरण छूता।" लड़के ने मौन तोड़ना चाहा।

लड़की खामोश रही। उसने गुलाबी सलवार सूट पहन रखा था। गले से

लिपटी चुन्नी हवा में लहराकर मानो ऊब भरे माहौल में गुलाबी अबीर घोलने की चेष्टा कर रही थी। लड़के ने नोट किया कि पिछली मुलाकात में भी यही ड्रेस थी और उससे पिछली में भी यही गुलाबी मंजर। क्या तुम्हारे पास इसके अलावा और कोई ड्रेस नहीं है? लड़के के मन में प्रश्न हुमका। परन्तु दूसरे ही क्षण उसने अपने आप को डपट दिया। क्या लड़की ने कभी पूछा है कि तुम्हारे पेंट के पायंचे हमेशा घिसे क्यों रहते हैं? या कि तुम्हारी बिवाइयां फटी हुई क्यों हैं? या कि तुम स्पंज के चप्पल पहन कर क्यों चले आते हो? या....या....या। बहुत सारे प्रश्न थे, परन्तु लड़की ने किसी के लिए भी नहीं पूछा। मानो वह इन सबसे बेखबर हो अथवा इनसे उसका कोई सरोकार ही न हो। लड़के ने बहुत लाड़ से लड़की की तरफ देखा। वह सूखी झील में न जाने क्या ढूंढ रही थी।

"मेरी मां मेरे लिए लड़का ढूंढ रही है।" उसने अपने साथी की तरफ देखा। इस भंयकर सूखे में भी लड़की के चेहरे पर स्थित दोनों झीलें लबालब भरी हुई थीं।

"तो इसमें दुःख की क्या बात है?" लड़के ने बगल की पहाड़ी पर बने मन्दिर पर अपनी नजरें गड़ा दीं। वह किस चीज से बचना चाह रहा है?

"वे लोग आते हैं। हमारे पलस्तर उखड़े घर का मुआयना करते हैं। मेरे से दो चार अटपटे सवाल पूछते हैं और नाश्ता करके चले जाते हैं। कोई भी मुझे पसन्द नहीं करता। क्या मैं इतनी बुरी हूँ?"

लड़के ने उसकी हथेली को अपनी मुट्ठी में भर लिया। हथेली कांप रही थी। शायद संपूर्ण शरीर भी। उसकी समझ में नहीं आ रहा था कि लड़की को किस प्रकार ढाढ़स बंधावे? क्या यह कहे कि क्यों फिक्र करती हो, मैं हूँ न। मगर किस बिना पर कहे? उसकी बिसात ही क्या है? उसे लगता है कि सूखी झील में से धीरे-धीरे उसकी जवान होती दो बहनें उभरती हैं, फिर बीमार और चिड़चिड़ी सी मां और अंत में थके हारे पिता। सबकी नजरें उसी पर केन्द्रित हैं। किस उम्मीद में? वह अपनों की उम्मीदें पूरी करने की स्थिति में कब आयेगा?

उसे अहसास था कि लड़की की पनीली आंखें उसी पर टिकी हैं।

"मेघा, कभी-कभी में सोचता हूँ कि मेंरी जिन्दगी इस झील की तरह है। सूखी, सपाट नीरव, स्पन्दनहीन। कितनी दरारें हैं, देख रही हो न। ऐसी ही

एक दरार मेरे दिल में हर बार गहराती है जब मैं किसी इन्टरव्यू में असफल होता हूं। तुम्हें लड़के वाले रिजेक्ट करते हैं, मुझे नौकरी देने वाले। तुम और मैं एक ही बबूल के नीचे खड़े हैं। बल्कि एक ही गड्ढे में पड़े हैं। निकलने की कोई सूरत नजर नहीं आती।"

मेघा अपनी दूसरी हथेली लड़के की बन्द मुट्ठी पर रख देती है। रखे रहती है। मुट्ठी के अन्दर-बाहर पुरसुकून गरमाहट है।

"हिम्मत रखो पवन। सौ दिन सरीखे नहीं होते। रिडायल करते रहो। कभी तो नम्बर मिलेगा।"

कमाल है। लड़का अचंभे में पड़ गया। कुछ पल पहले तक अपनी ही मुश्किलों से घिरी लड़की उसे हिम्मत बंधा रही है। जो काम उसे करना चाहिए था, वह कर रही है। कितना कमजोर होता जा रहा है वह। उसने स्वयं से आंखें चुराते हुए दूर क्षितिज पर देखा। एक बादल का टुकड़ा अखबार में छपे नौकरी के इश्तहार की तरह उसका मुंह चिढ़ा रहा था।

वह इबारत पढ़ने लगा-

"नौकरी चाहिए?"

"जी हाँ।"

"लाओ पचास रुपये फार्म के। लगाओ सौ रुपये का पोस्टल आर्डर। चिपकाओ बीस रुपये का डाक टिकट।"

उसकी हिम्मत नहीं होती पिता के सम्मुख हाथ पसारने की।

"नौकरी चाहिए?"

"जी हाँ।"

"लाओ जाति प्रमाण-पत्र।"

वह अपनी जाति नहीं बदल सकता। किसी जाति विशेष में जन्म लेने का फैसला उसका अपना नहीं था।

"नौकरी चाहिए?" उसके भीतर कुछ गर्जन करता रहता है, सूखे मेघ की तरह।"

"जी हाँ।"

"लाओ मूल निवास प्रमाण-पत्र।"

पटवारी, नगरपालिका, तहसीलदार, एस.डी.ओ. के यहाँ कवायद। घण्टों प्रतीक्षा। कहीं-कहीं झिड़कियां और झड़पें भी।

"नौकरी चाहिए?"

"जी हाँ।"

"लाओ अनुभव प्रमाण-पत्र।"

बिना नौकरी लगे अनुभव? वाह, क्या तरीका है काटने का।

"नौकरी चाहिए?"

"जी हाँ।"

"कोई सिफारिश है? या कोई वेट?"

"वेट यह रहा।" वह एक बार झुंझलाकर पेपर वेट उठाता है और टेबल पर दे मारता है। हताशा जन्य इस आक्रोश के बावजूद इन्टरव्यू का सिलसिला फिर भी जारी रहता है।

"फ्लुएन्टली इंग्लिश बोल सकते हो?"

"फ्लुएन्टली मतलब?"

"हा-हा-हा। यू में गो।"

डिक्शनरी में देखने से पता चलता है कि 'फ्लुएन्टली' यानी धाराप्रवाह। वाह! कैसा कातिलाना मजाक। घर में मेवाड़ी। पढ़ाई का माध्यम राष्ट्रभाषा हिन्दी और नौकरी के लिये मांग धारा प्रवाह अंग्रेजी की। रिडायल करने से नम्बर मिलने वाला नहीं है। वहां तो समूचा एक्सचेंज ही खराब है।

"कहाँ खो गए?" लड़की को अपराध बोध होने लगा। "मैंने भी कैसा उत्तरकाण्ड छेड़ दिया। अच्छी भली शाम कत्ल होने लगी।"

लड़के ने चौंककर देखा।

"छोड़ो नैराश्य को। आओ समय की जेब से खुशी के कुछ पल चुरा लें।"

वह कह रही थी।

"अरे, तुम तो कवि निकली।" लड़के के चेहरे पर सचमुच खुशी तैर गयी।"

"जब किसी मन पसन्द साथी का इतना सामीप्य हो तो कविता हुलसेगी ही न।" लड़की उसी शायरना अंदाज में बोली।"

"ऐसा है तो सुनो।" लड़का भी लय में आ गया।"

'आओ समय की जेब से खुशी के कुछ पल चुरा लें
और कुछ मिले ना मिले तुम्हारा गुलाबी आंचल चुरा लें।'

दोनों ने खिलखिलाते हुए ऊपर देखा। छतरी पर चार सौ साल पुरानी पुतलियां मानो नृत्य कर रही थीं।

लड़के ने नोट किया कि जब मेघा हँसती है तो उसकी बायीं आंख बन्द हो जाती है। इस बार भी ऐसा ही हुआ। वह झेंप गयी। पहले उसने आंख में से तिनका निकालने का उपक्रम किया। फिर बोली "क्या करूं, गंदी आदत पड़ गयी है। मम्मी ने तो एक बार खूब मारा भी। मगर यह अपने आप ही हो जाता है, जानबूझकर नहीं करती, सच्ची में।" लड़का इस सफाई का आनन्द लेने लगा।

"इसका मतलब जानती हो?"

"मतलब पूछ रहे हो। बड़े मतलबी लगते हो।" लड़की रूठ गयी। उसने मुंह दूसरी ओर फेर लिया। उसकी नजरें बायीं बगल की पहाड़ी पर टिक गयीं। लड़का भी उधर ही देखने लगा। पहाड़ी पर एक खण्डहर इतिहास की कोई फटी-पुरानी किताब पढ़ रहा था। लोगों का कहना है कि किसी जमाने में यह रूठी रानी का महल था। लड़का इस इत्तफाक पर मुस्कुरा दिया। सच ही कहा किसी ने कि लड़कियाँ रूठ कर और भी हसीन हो जाती हैं। क्या इसीलिए उन्हें नाराज करते रहना चाहिए? यह तो सरासर ज्यादती है। वह तरकीब सोचने लगा जिससे लड़की हँस दे।

"तुम्हारा नाम मेघा तो नहीं है।"

"तुम्हें कैसे मालूम?"

"फोन पर इतनी गालियाँ देने के बाद कौन अपना असली नाम बतायेगा?" दोनों की पहली मुलाकात फोन पर हुई थी। रोंग नम्बर की मेंहरबानी से। लड़की के अधरों पर स्मित की पगडण्डी पसर गयी।

"तुम्हारा नाम भी कौन-सा पवन है?"

लड़के ने उसी तर्ज पर पूछा तुम्हें कैसे मालूम और लड़की ने भी उसी तरन्नुम में जवाब दिया कि इतनी गालियाँ खाने के बाद कौन अपना असली नाम बतायेगा?

दोनों एक साथ हँस दिये। उदासी पंख फड़फड़ाकर उड़ गयी।

"अच्छा तुम्हारा वास्तविक नाम क्या है?"

"पारुल और तुम्हारा?"

"राहुल।"

"अरे हमारे नाम भी गीत की तरह लयबद्ध हैं।" पारुल बोली।

"काश! हमारी जिन्दगी में भी थोड़ी लयात्मकता आ जाती।" राहुल फिर से नर्वस होने लगा।

"आयेगी-आयेगी।" पारुल ने किसी बुजुर्ग की तरह हौसला अफजाई की और पूछा, "तुमने फोन पर अपना नाम पवन ही क्यों बताया?"

"क्योंकि तुमने अपना नाम मेघा बताया। यानी बादल। और पवन बादल को उड़ाकर ले जाने वाला।"

"अरे तुम इतने बेईमान हो?" पारुल ने रूठने का अभिनय किया, परन्तु उसकी आंखो में बिजली-सी चमक उठी, फिर जैसे बरसात की झड़ी लग गयी। उसकी पीठ थरथराने लगी। लड़का हतप्रभ। क्यों कह दिया उसने ऐसा? उसने सकुचाते हुए लड़की की पीठ को स्पर्श किया। फिर सहलाने लगा।

"तुम्हें बुरा लगा न? अब कभी नहीं कहूंगा ऐसी बात। आज से पवन नाम रद्द।"

लड़की ने भर्राये गले से कहा कि वह पवन नाम पर पछतावा न करे। यह तो उसकी दोस्ती की निशानी है। काश! पवन बादल को उड़ाकर ले ही जाता। इसमें बदनामी भले ही होती लेकिन रोज-रोज के अपमान से तो वह बच जाती। फिलहाल तो वह सिर्फ नुमाईश की चीज बनकर रह गई है। लोग जाने के बाद या तो जवाब ही नहीं देते हैं या जिनमें जरा सी भी शराफत बाकी है वे लिखते हैं कि लड़का अभी चार साल तक शादी को राजी नहीं है। और जो बेशर्म हैं वे लम्बी-चौड़ी फेहरिश्त पत्र के साथ नत्थी कर देते हैं। पत्र पढ़कर मम्मी-पापा के चेहरे भुज-कच्छ हो जाते हैं। जैसे कई मकान एक साथ अरड़ाकर गिर पड़े हों।

उदासी अपने डैने फैलाये पुनः आस-पास मंडराने लगी थी। परन्तु लड़के ने इस बार बचने की कोशिश नहीं की।

"बोलती जाओ पारुल, मैं सुन रहा हूँ।" लड़के ने अपने भीतर की सारी मिठास उंड़ेलते हुए कहा।

लड़की बोली, "मेघा ही कहो" और जारी रही। बड़े भैया की शादी में पिताजी ने अनाप-शनाप खर्च किया। आत्मीयजनों ने सावधान भी किया। परन्तु बोले कि भोलेनाथ का हुक्म है, धूमधाम से शादी करो। पिताजी शिवजी के परम भक्त हैं। कोई भी काम बिना सलाह मशविरे के कर डालेंगे।

मम्मी डांटेगी तो कहेंगे, भोलेनाथ का हुक्म है। उनकी मान्यता है कि बड़े भैया शिवजी की कृपा से ही जन्मे हैं। इस धूम-धड़ाके का क्या सिला मिला? खुद बरबाद हुए और भैया एक साल होते न होते भाभी को लेकर अलग हो गये। अच्छी नौकरी है पर घर पर एक पैसा नहीं देते। भूल गये कि पिताजी ने डेढ़ लाख डोनेशन देकर रेपुटेड इंजीनियरिंग कॉलेज में प्रवेश दिलाया था। शादी का कर्ज भी पूरा उतरा नहीं है। लेकिन मम्मी-पापा को कर्ज की इतनी फिक्र नहीं है। वे भैया के व्यवहार से टूट गये हैं। ऊपर से मेरी शादी की चिन्ता अलग।

लड़के ने दीर्घ सांस छोड़ी। इसमें दुःख, आक्रोश और गुस्से का सम्मिश्रण था। सूरज ढलने के साथ सूखी झील देखने वालों की भीड़ बढ़ती जा रही थी। बड़े बूढ़े अपनी जिन्दगी में पहली बार सूखी झील का नंगापन देखकर चकित थे। कुछ लोग बीच-बीच में उन दोनों को भी घूर लेते। परन्तु लड़के का गुस्सा उनके लिये नहीं था, बल्कि उस मध्यम वर्गीय प्राणी के लिये था जो उधार की तड़क-भड़क में विश्वास रखता है। मेघा ने जो आप-बीती बताई वह मानो घर-घर की कहानी थी। थोड़े से हेर-फेर के साथ। कुछ-कुछ ऐसी ही कहानी पवन के दोस्त तपन और उसके दोस्त रोहित के घर की थी। हम लोग क्यों है ऐसे? सहज जीवन क्यों नहीं जी सकते? अपनी फटी बिवाइयां छिपाते क्यों हैं? और क्या लड़की के जीवन का एक मात्र सच शादी ही है?

"तुम तो घुन्ने हो। बात ही नहीं करते।" लड़की ने कोहनी का टहोका मारा।

"मैं तुम्हारी ही बातों पर विचार कर रहा था।" लड़के ने गंभीरता पूर्वक कहा और अभी-अभी सोची सारी बातें जमाकर सिलसिलेवार सुना दीं। लड़की की बड़ी-बड़ी उदास आंखो में तारीफ के सितारे झिलमिलाये। लड़के को भी आश्चर्य हुआ। अपने मम्मी-पापा की नजरों में नाकारा साबित हो चुका लड़का भी भला इस तरह विचार कर सकता है?

"तुम्हारे सानिध्य से मुझमें आत्मविश्वास जगता है। दिमाग में नयी-नयी बातें उमगती हैं।" लड़के ने कहा। लड़की के चेहरे पर दीप्ति फैल गयी। वह अपनी लम्बी चोटी शायद तीसरी या चौथी बार बांध रही थी। लड़के की नजर उसके भूरे चमकीले रेशमी बालों में उलझ गयी।

"क्या करूं बार-बार खुल जाती है। मम्मी कटवाने नहीं देती। कहती है लड़कों की तरह आवारा टाईप बाल उन्हें पसंद नहीं, लड़की को लड़की की तरह ही रहना चाहिये।"

दिन भर का थका सूरज टा-टा कर रहा था। लड़की के चेहरे की दीप्ति गायब हो गयी। अब वह किसी तपस्विनी की तरह आलथी-पालथी मारकर बैठ गयी। लड़के ने नोट किया कि वह आजकल के फैशन के अनुकूल हाई हील चप्पल पहने नहीं है। पूछने पर मालूम हुआ कि मम्मी पहनने नहीं देती। लम्बी लगती है ताड़ की तरह। पहले ही खूब बढ़ गयी है।

"क्या लड़कियों को नहीं बढ़ना चाहिये?" लड़की ने बारीक स्वर में पूछा। कई देर तक आसपास उदासी रेंगती रही। एकाएक लड़की किसी टी.वी. एंकर की तरह बोली, "बस मुलाकात का समय समाप्त। अगले सप्ताह इसी दिन इसी जगह इसी समय फिर मिलेंगे।"

"जिन्दगी को लयबद्ध करने की अपनी-अपनी कोशिशों की रिपोर्टिंग के साथ।" लड़के ने साथ निभाया।"

दोनों साथ-साथ सीढ़ियाँ चढ़ते हुए ऊपर आ गये।

"अगले सप्ताह कहीं इन्टरव्यू है?" लड़की ने पूछा।"

"हाँ पास के शहर में, सेल्स रिप्रजेन्टेटिव का।"

"क्या मतलब?"

"मतलब फेरीवाला। खुशबूदार साबुन लेलो, ठंडा-ठंडा तेल ले लो, आयोडिन युक्त नमक ले लो, दातुन ले लो, टी.वी., फ्रिज, कूलर ले लो।" लड़के ने पीठ झुकाकर कहा जैसे बोझा लादकर चल रहा हो।"

हँसी के मारे लड़की की बायीं आंख बन्द हो गयी। परन्तु लड़का गम्भीर था और दुःखी भी, शायद क्रोधित भी।

"और इसके चालिए उन्हें धाराप्रवाह अंग्रेजी बोलने वाला हूं। जानती हो, जब मैंने पिछले इन्टरव्यू में टेबल ग्लास पर पेपर वेट दे मारा था तो वे लोग अंग्रेजी तो क्या हिन्दी भी भूलकर मेवाड़ी में फ्लूएन्टली गालियां देने लगे। तुम सुन लेती तो जरूर तुम्हारे शब्द भण्डार में वृद्धि होती और फोन पर मुझ जैसे लफंगो से बात करने में सुविधा रहती।"

लड़की इस बार नाराज नहीं हुई। उसकी हँसी और भी खुल गयी और दोनों आंखें बन्द हो गयीं। एक दोराहे पर आकर दोनों अलग-अलग दिशाओं

में मुड़ गये।

विदा से पहले लड़के ने कहा, "पारुल।"

लड़की बोली "राहुल।"

सप्ताह भर तक यह संगीत उनके जहन में गूंजता रहा।

अगले सप्ताह लड़की पहले ही पहुँच गयी। वह उसी कलात्मक संगमरमरी छतरी के नीचे एक स्तम्भ से पीठ टिकाए जीते-जागते मूर्ति शिल्प की तरह खड़ी थी। उसका गुलाबी दुपट्टा बदस्तूर हवा में लहरा रहा था। मानो सम्पूर्ण झील को अपने आगोश में समेटने को आतुर हो। अभी भी काफी गरमाहट थी। उसे ज्यादा इन्तजार नहीं करना पड़ा। लड़का चप्पल फटफटाता हुआ सीढ़ियाँ उतर रहा था। चेहरे पर उदासी और निराशा के मिले-जुले भाव।

दोनों चौकी पर पैर लटकाये बैठ गए। कुछ देर तक झील की दरारों में गर्म हवा सनसनाती रही।

"पूछोगी नहीं कि इन्टरव्यू कैसा रहा?" लड़के के स्वर में तल्खी थी।

"जरूरत नहीं। समझ गयी हूँ कि इस बार तुम टेबल पर नहीं 'उनके' सिर पर पेपर वेट मारकर आये हो।"

"मार भी देता। उनके बेतुके सवालों पर उंगलियाँ तो बहुत कसमसायी मगर सब्र कर गया। तुम्हारे पैरा टीचर बनने का क्या हुआ?

"वहां एक परित्यक्ता आड़े आ गयी।"

फिर लड़की ने भी यही सवाल किया। लड़के ने कहा- "हमारे वार्ड में रिजर्व सीट है। मेरे लिए वहां कोई जगह नहीं है।"

दोनों खामोश थे। लड़के ने सूखी और दुःखी झील पर नजर डाली। दूर विशालकाय जंजीर पड़ी थी। कहते हैं यह झील आजादी से पहले "जल हवाई पट्टी" थी। अंग्रेजों के हवाई जहाज उतरते और जहाज की तरह लंगर डालकर पड़े रहते। लड़के को लगा कि उसकी जिन्दगी ऐसी ही किसी मोटी कड़ियों वाली जंजीर से जकड़ी हुई है। ज्यों-ज्यों वह कसमसाता है जकड़न और मजबूत हो जाती है।

"एक जोरदार आइडिया आया है।" लड़की मानो उछल पड़ी।

"क्या?"

"क्यों न हम शादी कर लें! कोर्ट मेंरिज? कुछ दिनों बाद तुम मुझे तलाक दे देना। मैं बन जाऊंगी परित्यक्ता। फिर तो नौकरी तैयार। है न?"

"हाँ-हाँ क्यों नहीं। तुम तनख्वाह लाकर अपने पापा को दोगी। फिर उन्हें एक दिन भोलेनाथ का हुक्म होगा और तुम्हारी शादी कहीं अन्यत्र कर देंगे। तुम खुशी-खुशी चल दोगी 'छोड़ के बाबुल का घर' गाती-गाती अपने ससुराल।"

"मुझे इतना सेल्फिश समझते हो?" लड़की गुस्से में लड़के की पीठ पर मुक्के जड़ने लगी।

लड़का चुपचाप मार खाता रहा। जब थकान से या सहानुभूति से लड़की के हाथ चलने बन्द हो गये तो लड़का बोला, "देखो मेघा, हमें दूसरों के अधिकारों पर हमला करने का कोई हक नहीं है। तुम्हारे सामने तो सारी संभावनाएँ पलक-पांवड़े बिछाए खड़ी हैं। परन्तु परित्यक्ता का कौन सहारा है? आम तौर से वह समाज से बहिष्कृत होती है, छींटाकशी की शिकार और आर्थिक रूप से असुरक्षित। मैं राहुल भट्ट चाहूं तो रिर्जव क्लास में शामिल हो सकता हूँ। बस एक 'टी' डिलिट करवाना है जो कि आज के कम्प्यूटर युग में मुश्किल काम नहीं है। परन्तु जानता हूँ उम्र भर यह 'टी' टेंशन बनकर मेरा पीछा करता रहेगा।"

लड़का और भी बहुत कुछ कहना चाहता था। मगर या तो उसे शब्द नहीं मिले अथवा भावावेश में बोल नहीं पाया। लड़की उसे देखती रही। कुछ देर बाद बोली, "तुम कभी-कभी बहुत अच्छा सोच लेते हो।"

'कभी-कभी' लड़के ने शब्द पकड़ते हुए लड़की के सिर पर चपत लगायी।

"उं हूं। मारना वर्जित है।"

"और मुक्के जड़ना?"

दोनों की मिली-जुली हँसी घंटियों की रुन-झुन की तरह पहाड़ी पर चढ़ गयी। फिर से उदासी ने पंख फड़फडाये, फिर से वह उड़ी फुर्रर, फिर से लड़की की आंखो में गुलाबी मंजर छा गया और फिर से उसने पद्मासन लगाकर दोहराया" चलें अब। अगले सप्ताह, इसी दिन, इसी वक्त, इसी जगह फिर मिलेंगें।"

"अरे आज इतनी जल्दी।"

"इस बार मम्मी का हुक्म है कि अपनी सहेली से ज्यादा देर तक गप्पें मत लड़ाना। उनकी निगाह में तुम मेंरी एक बहुत प्यारी सहेली हो।"

"सहेली का क्या नाम है, में भी तो सुनूं।"

"प्रीति।"

लड़का मुस्कराया।

दोनों बाते करते हुए मोड़ पर आ गये। पवन ने हाथ हिलाते हुए कहा, "बाय-बाय, पारूल।"

लड़की शरारत से बोली, "टा-टा, प्रीति।"

अगले सप्ताह लड़की नहीं आयी। वह बैठा रहा। बैठा-बैठा लड़की की बातें याद करता रहा। उसका गुस्सा, उसका रूठना, उसकी उदासी, उसकी प्रफुल्लता, उसकी कविता, रॉंग नम्बर की मेहरबानी से फोन पर उससे पहली मुलाकात और फिर मुलाकातों का सिलसिला।

उन दिनों वह अपनी छः सौ रुपल्ली की नौकरी को लात मार कर आ गया था। पिताजी के किसी दोस्त के मिलने वाले का स्कूल था। एक ग्रेजुएट को मात्र बीस रुपये रोज। इससे बढ़कर अपमान और क्या हो सकता था? परन्तु इससे भी कहीं अधिक त्रासद बात यह थी कि वे तरह-तरह के बहाने बनाकर पांच बजे बाद भी रोक लेते। रविवार को भी बुला लेते और ऊटपटांग काम करवाते। जब बर्दाश्त के बाहर हो गया तो वह झगड़ पड़ा और नौकरी छोड़ दी। पिताजी बहुत नाराज हुए। मम्मी भी उन्हीं के साथ थी। और तो और दोनों बहनें भी विपक्ष में खड़ी हो गयीं। किसे अपना दुःख कहे? दोस्त लोग अलग-अलग जगह बिखर गये थे। दूसरे दिन जब पिताजी ऑफिस चले गये और बहनें कॉलेज तो अकेलापन असहनीय हो गया। उसने अपने एक दोस्त को फोन मिलाया।

"हैलो।" किसी लड़की की आवाज थी।

"हैलो, तपन वर्मा से बात कर सकता हूँ?"

"रॉंग नम्बर। यहां कोई तपन वर्मा नहीं रहते। आप कौन?"

लड़की की आवाज बहुत मधुर और लहजा बहुत प्यारा था। जैसे कोई टी.वी. उद्घोषिका हो। उत्तर में उसके मुंह से निकल गया, "आपकी आवाज बहुत अच्छी है।" उधर से फोन कट गया। अगले दिन फिर उसी नम्बर पर फोन किया। इस बार झिड़कियाँ सुनने को मिली। फिर अगले दिन। गालियों का नायाब गुलदस्ता। वह चुपचाप सुनता रहा। उसने अपनी ओर से कोई अशिष्टता नहीं की।

लड़की थक कर बोली, "कमाल है।"

वह रोज ग्यारह बजे का इन्तजार करने लगा। उसकी तपस्या रंग लायी। अन्ततः वह उस लड़की से अपाइंटमेंट लेने में कामयाब हो गया।

अंधेरा घिरने लगा था। लड़का बेमन से उठा, मोड़ पर ठिठका, मन ही मन बोला "पारुल" और घर चला गया। घर जाते ही फोन किया। उस पार पारुल ही थी, "सॉरी, घर पर कुछ मेंहमान आ गये थे। अगले सप्ताह हम लोग बाहर जा रहे हैं। उससे अगले सप्ताह मिलेंगें, वहीं पर।"

पवन पहले पहुँचा, आशा और निराशा के हिंडोले में झूलता हुआ सा। ज्यादा प्रतीक्षा नहीं करनी पड़ी। वह आ गयी। लड़का कुछ देर तो उसे फटी-फटी आँखों से देखता रह गया। आज चमकीला हरा सलवार सूट था। ऊंची एड़ी के चप्पल भी। और चोटी गायब। उसकी जगह बॉब कट बाल।

लड़की मुस्कुराई, मेरे पापा पर सचमुच भोलेनाथ की कृपा हो गयी है। लड़के वालों की चिट्ठी आयी कि हमें लड़की पसन्द है। इधर बडे भैया से भी सुलह हो गयी।

लड़का उदास हो गया, न जाने क्यों?

"अगले महीने शादी है।" लड़की ने बेग से निमंत्रण पत्र निकाल कर लड़के के हाथ में ठूंस दिया।

"जरूर आना।"

लड़के ने बुझी हुई नजरों से देखा, लक्ष्मी संग दिनेश।

"यह लक्ष्मी कौन है?" आशा की महीन डोर।

"मैं ही तो हूँ। जन्म कुण्डली में मेरा यही नाम है।"

"चलो तुम्हारी तो लग गयी नौकरी।" लड़के के मुंह से बेसाख्ता निकला। फिर मानो वह बहरा और गूंगा हो गया। लड़की ही बोलती गयी। मुझे भी वह पसन्द है। बड़े भैया के ऑफिस में जूनियर इंजीनियर है। तुम्हारी ही तरह जहीन और थोड़ा-थोड़ा घुन्ना भी। न जाने क्या-क्या सोचने लग जाता है। मैंने लाल बजरी की सड़क और रिनाला खुर्द जैसी चर्चित किताबों के लेखक राजस्थान प्रगतिशील लेखक संघ के संयोजक और जन साहित्य उत्सव के सूत्रधारों में से एक।

तुम्हारे बारे में सब बता दिया है। एक बार शादी हो जाने दो। फिर

तुम्हें भी उन्हीं के ऑफिस में फिट करवा दूंगी।

"अरे, तुम कुछ बोलते क्यों नहीं? चुप क्यों हो?" परन्तु लड़का खामोश रहा। उसका चेहरा एकदम निरीह हो गया। निरीह और दयनीय।

वह देर तक सूनी आंखो से न जाने क्या देखता रहा। उसे लगा कि झील के कलेजे में अभी-अभी एक और चौड़ी-सी दरार पड़ गयी है और जंजीर की कड़ियाँ पहले से अधिक मोटी मजबूत तथा कठोर हो गयी हैं।

"नही-नहीं। उसे इस तरह उदास नहीं होना चाहिये। लड़के ने सिर को झटका दिया, "जब उसकी सबसे प्यारी दोस्त की जिन्दगी संवरने जा रही है तो दु:ख क्यों?" उसने मन ही मन कहा और दोहराया, "छोड़ो नैराश्य को। आओ, समय की जेब से खुशी के कुछ पल चुरालें।"
किन्तु आगे 'गुलाबी आंचल' वाली पंक्ति गुनगुनाना उसके लिए बहुत मुश्किल साबित हुआ।

ईशमधु तलवार

लाल बजरी की सड़क और रिनाला खुर्द जैसी चर्चित किताबों के लेखक राजस्थान प्रगतिशील लेखक संघ के संयोजक और जन साहित्य उत्सव के सूत्रधारों में से एक।

आंखों में दहकते गुलाब

हैरी की बाइक जैसे ही गांव के कच्चे रास्ते पर उतरी, उसकी आंखों में रंग भर गए। चारों तरफ खिल उठे फूलों के तरह-तरह के रंग। जहां तक नजर जाती, मखमली फूलों की चादर बिछी नजर आती। मन में एक गीत की पंक्ति गुनगुना उठी- "दूर तक निगाह में हैं गुल खिले हुए...।" गुलाब, मोगरे और गेंदे के फूलों की ख़ुशबू हवा में तैर रही थी।

जयपुर में जमवारामगढ़ के पास का यह रायसर गांव था, जहां कई किसान बरसों से फूलों की खेती करते आ रहे हैं। जयपुर में पढ़ रहा हैरी अपने गांव आया तो फूलों से महकती फिजां ने उसका स्वागत किया। फूलों की अच्छी फसल देख कर उसकी बांछें खिल गई।

जयपुर के इस इलाके में ऐसे कई गांव हैं, जहां धरती फूलों से लदी-फदी रहती है। इनमें रायसर गुलाब की खेती के लिए मशहूर है।

हैरी ने घर पहुंचते ही बापू से अपनी खुशी का इजहार किया, "इस बार तो फूलों की अच्छी फसल हुई है।"

"हाँ, अगले हफ्ते से फूल तोड़ना शुरू करेंगे। पिकअप वालों को मैंने बोल दिया है। वैसे फूलों को गाड़ियों से शहर पहुंचाने में बहुत खर्चा आता है, इस बार फूलों की अच्छी कीमत मिल गई तो हम खुद की पिकअप खरीदेंगे। फिर तेरी शादी भी करनी है।" कई ख़्वाब उनकी आंखों में तैर रहे थे।

"आप मेरी शादी की चिंता मत करो।" -हैरी ने कहा।

हैरी की मां बोली- "हां, अबके फूल अच्छे खिले हैं। आज तेरे लिए खीर और गुलगुले बनाऊंगी।" हैरी मुस्कुराया।

हैरी का परिवार कई पीढ़ियों से फूलों की खेती कर रहा है। परिवार में ज्यादातर लोगों के नाम भी फूलों पर ही हैं। पिता- गेंदालाल, मां- गुलकंदी। बड़ी बहन का नाम कुसुम है, जिसकी शादी हो चुकी है। हैरी का नाम भी हजारीलाल था, लेकिन जयपुर के कॉलेज में पढ़ने गया तो उसने अपना नाम हैरी रख लिया। हिंदी उसका प्रिय विषय था इसलिए राजस्थान विश्वविद्यालय से हिंदी में एम.ए. कर रहा था। आगे प्रतियोगी परीक्षा देने की उसकी तैयारी थी।

गांव आया तो पता चला कि वहां एक फिल्म की शूटिंग चल रही थी। उसके पिता ने बताया कि कल अपने खेत से वहां 100 किलो गुलाब के फूल गए थे।

वह थोड़ी देर बाद घर से निकला और शूटिंग देखने चला गया। गांव से बाहर निकलते ही सड़क पर सैकड़ों कारें, बसें और छोटे-बड़े ट्रक खड़े हुए थे। सड़क के पास खुले मैदान में जाने का रास्ता था। अंदर गया तो कई वैनिटी वैन खड़ी थीं। रायसर गांव से अरावली पर्वत श्रृंखला गुजरती है। पहाड़ की तलहटी में रेतीले मैदान पर हाथियों और घोड़ों के साथ युद्ध का सीन फिल्माया जा रहा था। कोई एक हजार लोग होंगे, जो मास्क पहने इधर से उधर दौड़ रहे थे। इनमें कई विदेशी कलाकार भी थे। इतने सारे मास्क देखकर उसे महसूस हुआ कि शहर में कोरोना संकट के जो बादल उमड़-घुमड़ रहे थे, उसकी आहट अब यहाँ सुनी जा सकती है। हैरी ने अपने गमछे को मुंह पर लपेटा और दूर खड़ा होकर शूटिंग देखने लगा।

कैमरा ऑन होते ही सैनिक हाथ में तलवारें और ढाल लिए दौड़ने लगते थे। ऊपर ड्रॉन कैमरा भी इन दृश्यों को कैद कर रहा था। शूटिंग देखना उसके लिए एक नया अनुभव था, लेकिन यहाँ चारों तरफ घूमते इतने सारे मास्क उसे डरावने लग रहे थे। उसे लगा, जैसे वह एक नई दुनिया में आ गया है, जहाँ आदमी नहीं, मास्क पहने रोबोट घूम रहे हैं।

शाम को शूटिंग देख कर वह घर लौट आया। मां ने सच में खीर और पुए बनाए हुए थे। रात में खाना खा कर वह सो गया।

हैरी अगले दिन सो कर उठा तो सुबह खेतों में पक्षियों के चहचहाने की आवाजें आ रही थीं। मोर अपने पंख फैलाए नाच रहे थे। सूरज की किरणें पहाड़ से नीचे उतर कर फूलों से लदे खेतों में फैल गई थीं।

उसी समय हैरी को कोयल के कूकने की आवाज सुनाई दी। यह उसके मोबाइल की रिंग टोन थी। स्क्रीन पर नाम उभरा- 'गुलाबो।' यह अर्चना थी, उसकी दोस्त। उसने मोबाइल पर उसका नाम गुलाबो फीड किया हुआ था। अर्चना बोली- "तुमने आज का अखबार पढ़ा क्या?"

"नहीं, मैं गांव में हूं। यहां अखबार नहीं आता।"

"सरकार ने आज से सभी स्कूल-कॉलेजों की छुट्टी कर दी है। विश्वविद्यालय भी नहीं खुलेगा। सिनेमाघर, मॉल वगैरह भी बंद कर दिए हैं। मंदिर-मस्जिदों में भी अब लोग नहीं जा सकेंगे। धारा 144 लगा दी है।"
"अच्छा, मैं ऑनलाइन अखबार देखता हूं। और बाकी सब तो ठीक है? तुम कैसी हो?"

"हां, बाकी तो सब ठीक है। मैं अच्छी हूँ।"

"ठीक है, मैं फिर फोन करता हूँ।" इसके साथ ही फोन कट गया।

फोन कटते ही अर्चना मोबाइल के स्क्रीन से निकलकर हैरी के खयालों में चली आई। सामने गुलाब के खेत थे। वह खेत की मुंडेर पर जाकर बबूल के पेड़ के नीचे बैठ गया। हैरी को गुलाबों का एक अजीब-सा नशा था। गुलाब के फूल उसके दिल में गुदगुदी-सी पैदा करते थे। खेत में फूलों के बीच जाते ही उसे लगता जैसे उनकी खुशबू रगों में दौड़ रही है। तितलियां फूलों से पराग चुन रही थीं। अर्चना की यादें भी तितली की तरह मंडरा रही थीं। उसने गुलाब की पंखुड़ियों को हाथ लगाकर छुआ। नाजुक और मुलायम पंखुड़ियों की छुअन जैसे पूरे शरीर में बिजली की तरह दौड़ गई। मीर तकी मीर का एक शेर याद आया-

नाजुकी उस लब की क्या कहिए
पंखुड़ी इक गुलाब की सी है।

हैरी के इर्द-गिर्द जैसे अब गुलाब की लाल पंखुड़िया तितलियों की तरह उड़ रही थीं। इनमें अर्चना की भी कहीं धुँधली तस्वीरें थीं। उसकी इच्छा हुई कि इन लाल तितलियों के पीछे दौड़े और उन्हें पकड़ने की कोशिश करे। वह जैसे हवा में उड़ने लगा। तभी उसने मुंह पर दोनों हाथ फेरे। इस तरह

खुद की उड़ान को जमीन पर उतार लाया।

हैरी खेत के पास ही बने घर की ओर लौटने लगा तो देखा कि बापू खुरपी से खेत में निराई कर रहे थे। बहुत खुश थे। हैरी ने उन्हें आज की खबर बताई तो वे चौंके- "मंदिर भी बंद हो जाएंगे तो हमारे फूल कहां जाएंगे? फूलों की सबसे ज्यादा खपत तो मंदिरों में ही होती है।"

"देखते हैं, अभी क्या होता है? शहर में सुबह-सुबह दुकानों के खुलने पर वहां भी तो मालाएं चढ़ाई जाती हैं।" हैरी ने जैसे तसल्ली दी। गैंदालाल के चेहरे पर चिंता की लकीरें साफ दिखाई दे रही थीं।

हैरी ने पूछा, "बापू, जयपुर में कितने मंदिर होंगे?"

"जयपुर में कोई 200 से ज्यादा मंदिर होंगे। यह तो शहर ही ऐसा है कि गली-गली में और बीच सड़कों पर मंदिर बने हुए हैं। ऐसा कहते हैं कि शहर के बीच में मंदिर नहीं हैं, बल्कि मंदिरों के बीच शहर बसा है। इसीलिए तो इसे छोटा काशी कहते हैं।" हैरी ने जयपुर में रहते हुए इसका कभी हिसाब नहीं लगाया था।

थोड़ी ही देर में हैरी को दूर सड़क पर बड़ी संख्या में गाड़ियां जाती दिखाई दीं। ये फिल्म शूटिंग की गाड़ियां थीं। वह समझ गया कि कोरोना की घंटी बज चुकी है और फिल्म की शूटिंग पैक-अप हो गई है।

हैरी पिछले महीने ही वैलेंटाइन डे पर अपने खेत से गुलाब के फूल लेकर शहर गया था। उसने अर्चना को गुलाबों का गुच्छा भेंट किया तो उसके मुंह से निकला- "बहुत ही खूबसूरत गुलाब हैं। लाल, गुलाबी, नारंगी, हरे, नीले, पीले। मैं पहली बार इतने रंगों के गुलाब देख रही हूँ। गुलाब में ये तरह-तरह के रंग कैसे आते हैं?"

"इन्हें हम इंग्लिश गुलाब कहते हैं, जिन्हें मेरे पिताजी ग्राफ्टिंग करके तैयार करते हैं। एक काला रंग छोड़कर बाकी सभी रंगों के गुलाब अपने यहां मिल सकते हैं।"

"अच्छा!" उसने आश्चर्य प्रकट करते हुए कहा- "एक दिन मुझे अपने गांव ले चलो। गमलों में फूल बहुत देख लिए, अब खेतों में खिलते हुए फूल देखना चाहती हूं।"

"ठीक है, छुट्टियों में चलेंगे।" -हैरी ने कहा।

अब छुट्टियां हो चुकी थीं। हैरी ने योजना बनाई कि अगले हफ्ते बाइक

से शहर जाएगा। अर्चना से मिलेगा। उसका काफी जरूरी सामान हॉस्टल में ही रह गया था, वह भी लाना था। उसने घर पर भी बोल दिया था कि सोमवार को वह वापस जयपुर जाएगा।

गैंदालाल भी अगले हफ्ते फूलों को शहर में फूलों की मंडी में भिजवाने की तैयारी में लगे थे। तय हुआ था कि रविवार को फूल तोड़े जाएंगे और सोमवार को पिक-अप से रवाना कर देंगे। हैरी भी रविवार तक के लिए इसी वजह से गांव रुक गया था।

यह शनिवार की सुबह थी। अचानक मोबाइल पर कोयल कूकी और गुलाबों की सुरीली आवाज सुनाई दी-"हैरी, एक बात बताओ। तुम कल जयपुर आ सकते हो क्या?"

"क्यों?"

"तुमसे मिलने को दिल कर रहा है।"

"कल तो रविवार है। कल नहीं आ पाऊंगा। में सोमवार को जयपुर आऊंगा।"

"तो ठीक है, फिर कभी मत आना।"- अर्चना की आवाज में तल्खी थी।"

"इतनी नाराज क्यों हो रही हो?"

"तुम्हें कुछ याद भी रहता है? कल मेरा जन्मदिन है।" "ओह, सॉरी! गांव आकर यह भूल ही गया। अरे, कल हमारे यहां फूल तोड़े जाएंगे मंडी में भेजने के लिए। इसलिए कल तो कैसे आ पाऊंगा? हम ऐसा करेंगे, सोमवार को तुम्हारा जन्मदिन मनाएंगे।"

"नहीं, मैंने कल की सब तैयारी कर ली है। मुझे कुछ नहीं पता, कल तुम्हें आना है। नहीं आ सको तो फिर मुझसे बात मत करना।" -अर्चना ने इतना ही कहा और फोन काट दिया।

हैरी ने अर्चना को इतना सख्त पहले कभी नहीं देखा था। उसका माथा भन्ना गया। आखिर वह करे तो क्या करे? कल तो वह किसी भी हालत में जयपुर नहीं जा सकता था।

दिन भर हैरी के मन में उदासी छाई रही। उसे अर्चना पर गुस्सा भी आ रहा था, लेकिन उसकी नाराजगी ने उसे भीतर तक हिला दिया था। शाम होते-होते एक और बम फूटा।

अचानक घोषणा हुई कि अगले दिन से लॉकडाउन शुरू होगा। यानी बसें, ट्रेन, बाजार, दफ्तर सब बंद रहेंगे। ऐलान हो गया कि सब अपने-अपने घरों में ही रहें और बाहर न निकलें। यह खबर जमीन के इस टुकड़े पर ओलों की तरह आ कर पड़ी।

हैरी को लगा जैसे खुशबुओं को भी तालों में बंद कर दिया गया है। गांव के फूलों की खुशबू अब शहर नहीं जा सकती थी। शहर की फिजां में बहने वाली मोहब्बत की हवाएं भी गांव तक नहीं पहुंच पा रही थीं।

हैरी को याद आया, एक बार वह गांव से अर्चना के लिए फूलों के पौधे लेकर गया था। अर्चना ने अपने गमलों के लिए मंगवाए थे। अर्चना ने उससे पूछा था- "गांव के खेतों में तो बहुत सारे फूल होते होंगे। इतने सारे फूल कहाँ काम आते हैं?"

"सबसे ज्यादा तो इबादत के काम आते हैं।"- उसने बताया था।

"मतलब?"

"इनसे पूजा-अर्चना करते हैं। इसलिए में अर्चना के लिए ये लेकर आता हूं।"- हैरी मुस्कुराया, फिर बोला- "इन फूलों से अच्छी प्यार की इबादत क्या हो सकती है?"

हैरी को अर्चना की आंखों में गुलाब की सी सुर्खी दिखाई दी। फूल के पत्तों में छिपी धार की तरह उसकी आंखों में जैसे प्यार की लहरें चल रही थीं। उसे लगा, अर्चना उसे अपनी नजरों से चूम रही है।

लेकिन यह प्यार भी अब रूठ कर बैठ गया था। रात को उसे नींद नहीं आई। वह अर्चना के बारे में सोचता रहा और ढंग से सो नहीं पाया। बीच-बीच में सपने आते रहे। अर्चना गुलाब के फूलों पर तितली की तरह इधर से उधर उड़ रही है। वह अपने दोनों हाथ लहराते हुए उसके पीछे भाग रहा है, लेकिन वह पकड़ में नहीं आ रही।

हैरी सुबह उठा तो उसे याद आया, आज अर्चना का जन्मदिन है। वह खेतों की तरफ गया और अर्चना को फोन किया, लेकिन फोन नहीं उठा। उसका पलटकर कोई जवाब भी नहीं आया। हैरी गहरी उदासी में चला गया।

इधर फूल मुरझाने की दहलीज पर आ गए थे और उधर प्यार भी फूलों की तरह सूखने लगा था।

काफी देर तक अर्चना के फोन का जवाब नहीं आया तो उसने व्हाट्सएप

पर लाल गुलाब के साथ जन्मदिन की बधाई भेजी। कुछ ही देर बाद व्हाट्सएप संदेश पर ब्ल्यू टिक के निशान आ गए। यानी अर्चना ने संदेश पढ़ लिया था, लेकिन उसने कोई जवाब नहीं दिया।

❑❑❑

गेंदालाल को समझ में नहीं आ रहा था कि खेत में लगे फूलों का अब क्या होगा? दुकानें बंद, दफ्तर बंद, मंदिर बंद। शहर में फूलों की मंडी भी बंद पड़ी थी। सड़कों पर वाहनों का चलना बंद हो गया था। सड़कें सूनी हो गई थीं। इस सन्नाटे में अब ये फूल कहां जाएंगे?

हैरी ने पूछा- "बापू, अब क्या करेंगे इन फूलों का?"

"कुछ भी नहीं कर सकते। इन्हें अब अपनी आंखों के सामने मरते हुए देखेंगे।" गैंदालाल की आंखें नम हो गईं। वह बोला- "पता नहीं यह कोरोना नाम का गैबी जीव कहां से आ गया, हमारे सारे फूलों को सांप की तरह डस गया।" हैरी चुप था। फूल खिल रहे थे लेकिन, मन में यही सवाल चल रहा था कि आखिर अब ये कब तक खिलते रहेंगे?

"अनाज होता तो उठा कर कोठे में भर लेते, लेकिन फूलों को तो ऐसा भी नहीं कर सकते?" -हैरी ने कहा।

"हाँ, यही तो दिक्कत है।" गैंदालाल की चिंता बढ़ती जा रही थी।

दोनों बाप-बेटे काफी देर तक पास बैठे रहे, लेकिन चुपचाप। आंखों में गहरी उदासी लिए।

गैंदालाल ने 30 बीघा जमीन में फूल उगाए थे। गेंदे के फूल दूर तक खेत में उगे हुए थे। लगता था जैसे लाल-पीले रंगों की लहरदार चादर बिछी हो। गुलाब और मोगरे के फूल भी खेतों में महक रहे थे, लेकिन खेतों में अब यह कब तक जीवित रह पाएंगे, यही चिंता गैंदालाल को खाए जा रही थी।

गैंदालाल ने बड़ी मेहनत से लाल गुलाब की कलमें लगाई थीं। अलग-अलग रंगों के अंग्रेजी गुलाब की क्राफ्टिंग भी कर दी थी, जिससे कई रंगों के गुलाब खिल उठे थे। मोगरे के पेड़ से टहनियां काटकर जमीन में लगाई थीं और जड़ें पकड़ने के बाद उनकी पौध तैयार की थी। गैंदे के बीज बाजार से खरीदकर लाने पड़े थे। कोई 30 हजार रुपए के तो गेंदें के

बीज ही आ गए थे। वह फूल और पैसे का हिसाब लगा रहा था।

तभी खेत से सटी सड़क से एक आदमी जाता दिखाई दिया। यह दंताला गांव का मंगू था। गैंदालाल ने उसे आवाज दी- "अरे, कहाँ जा रहे हो? बीड़ी तो पी जाओ।"

मंगू आया तो दोनों खेत की मुंडेर पर बबूल के पेड़ की छाया में जाकर बैठ गए और बीड़ी सुलगाई।

"और खेती का कांई हाल हैं?" -गैंदालाल ने पूछा।

"फूल तो बहुत बढ़िया हुए हैं, लेकिन इस बार लॉकडाउन ने मार डाला।"

"यही हाल हमारो है। तुम सामने देख ही रहो है।" -गैंदालाल ने खेतों की ओर इशारा कर के कहा।

"सब का यही हाल है। विलोड़, गोपालगढ़ और सामरेड तो मैं अभी हो कर ही आ रहा हूँ। अपने इलाके में कुछ लोगों से फोन पर बात हुई, भानपुर, गांठा गिरधारी और पापड़ गांवों में भी किसान रो रहे हैं।" मंगू ने बात की तस्दीक की और बीड़ी का कश खींचा।

"मैंने जयपुर फोन किया था, चांदी की टकसाल में फूलों की मंडी भी बंद पड़ी है।" -गैंदालाल ने कहा।

"हाँ तो मंडी खुलेगी भी कैसे? न तो आने-जाने के अब कोई साधन हैं और न अब लोग एक जगह इकट्ठे हो सकते हैं। फिर वहां से फूल जाएंगे भी कहाँ? शहर में तो कर्फ्यू लगा हुआ है।" -मंगू ने बात को और स्पष्ट किया।

गैंदालाल ने दुखी हो कर कहा- "ये कैसी बीमारी आई है! फूलों की मंडी साल भर में केवल एक दिन बन्द होती थी- धुलंडी पर। कभी सोचा भी नहीं था कि फूलों पर ऐसा रोग लगेगा।"

"हाँ, यह तो बीमारी ही बड़ी अजीब है। फूल तो अच्छे-भले हैं पर बीमारी इन्हें बिना लगे ही खा गई।"

"जयपुर की मंडी में अमृतसर, लुधियाना, कलकत्ता और हैदराबाद से भी फूलों के व्यापारी आते थे। वो भी अब दुखी होंगे।"

"कर भी क्या सकते हैं! पूरे देश में ही रास्ते बंद पड़े हैं।"

गैंदालाल ने बीड़ी का एक कश लगाया और पूछा- "इधर कहाँ से आ रहे थे?"

"विलोड़ गांव में मेरे समधी की मौत हो गई। तू देखले, बीमारी से डर कर कोई नहीं आया। आठ-दस लोग शमशान में उसे फूंक कर आ गए।" यह कहते ही मंगू उठ खड़ा हुआ और बोला- "अब मैं चलूंगा। पैदल ही गांव जाना है।"

इसके साथ ही गैंदालाल से राम-राम करके वह चला गया।

❑❑❑

अगले दिन सुबह ही गैंदालाल और हैरी खेत की मुंडेर पर बबूल के पेड़ के नीचे आकर बैठ गए। गुलकंदी वहीं छाछ-राबड़ी ले कर आ गई। गुलकंदी ने दूर तक फैले फूलों पर एक नजर डाली और बोली- "इनको तोड़ने का तो अब समय आ गया है।"

"हां, इनमें गुलाब और मोगरे के फूल तो ऐसे हैं कि इनको सुबह नहीं तोड़ा गया तो शाम तक ये अपने आप झड़ कर नीचे गिर जाएंगे। थोड़े दिन बाद गेंदे के फूल भी सूखने लगेंगे।"- गेंदालाल ने चिंता जताई।

"सवाल तो यह है कि इन फूलों को तोड़ भी लें तो उनका फिर करेंगे क्या?" -हैरी ने पूछा।

गैंदालाल ने कहा- "यही सवाल तो इतने दिन से दिल पर हल के फाल की तरह चुभ रहा है।"

बातचीत चल ही रही थी कि हैरी के फोन पर कोयल बोली। मोबाइल स्क्रीन पर नाम आया- "कुसुम की बच्ची।" उसकी बहन कुसुम का फोन था। वह फोन लेकर थोड़ा दूर चला गया। कुसुम ने पूछा- "घर पर सब कैसे हैं?"

"सब ठीक हैं।"- हैरी ने चलताऊ जवाब दिया और पूछा- "जीजाजी के क्या हाल हैं?"

"यहां शहर में तो बुरे हाल हैं। सब घर में हाथ पर हाथ धरे बैठे हैं। इनकी फूलों की दुकान भी बंद पड़ी है।"

"हाँ, समय कुछ खराब ही चल रहा है। खेत में खड़े फूल भी अब 'अंगद के पांव' हो गए हैं।"

"हाँ, ये बता रहे थे, सब जगह यही हाल है। तू बापू और माई का

ध्यान रखना।"

"हाँ, पूरा ध्यान रखूंगा कुसुम की बच्ची।"

उधर से कुसुम के हंसने की आवाज आई। फिर वह बोली- "अच्छा तो मैं फोन रख रही हूँ। घर की खबर देते रहना।"

"ठीक है।"- हैरी ने कहा और फोन काट दिया।

वह लौट कर आया तो बताया कि कुसुम का फोन था।

"वह चिंता कर रही होगी?" -माँ ने पूछा।

"हाँ।" -हैरी ने कहा।

इसके साथ ही फिर चर्चा शुरू हो गई कि अब इस कोरोना की आफत से कैसे निपटा जाए? कोई रास्ता नहीं सूझ रहा था। गैंदा लाल ने बताया कि खाद, दवाई, बीज, मजदूरी सब मिला कर दो लाख रुपए तो खेती में खर्च हो गए। अब यह पैसा डूबता ही नजर आ रहा था। इसी चिंता ने बबूल के पेड़ के नीचे डेरा जमा लिया था।

हैरी के दिमाग में अर्चना की तस्वीर चिपक कर रह गई थी। उसकी बेहिसाब याद आ रही थी, लेकिन उसने फोन नहीं किया। खेत में से वह सफेद गुलाब की कुछ टहनियां तोड़कर लाया और उन्हें पानी की एक बाल्टी में लाकर रख दिया, ताकि वे सूखें नहीं।

❑❑❑

गेंदालाल की आंखों से अब नींद गायब हो चुकी थी। रात को वह सो नहीं पाता था। सुबह उठते ही खेत की मुंडेर पर बबूल के पेड़ के नीचे जाकर बैठ जाता। खेत में लहलहाते फूलों को मायूसी से देखता रहता। यही उसकी दिनचर्या हो कर रह गई थी।

गुलाब और मोगरा के फूलों ने झड़ना शुरू कर दिया था। गैंदालाल को खेत मायूस और रोते हुए नजर आते थे। जैसे फूल नहीं, आंसू झर रहे हों। जब नदी सूखती है तो तट दिखने लगता है, वैसे ही फूलों के झड़ने से खेत में अब दूर तक काली टहनियां दिखाई देने लगी थीं।

खेत में नीचे बिछी गुलाब की पंखुड़ियों को देखकर हैरी को लगा जैसे गुलाब के जख्मों से निकले खून के धब्बे जमीन पर पड़े हैं। फूल नजरों

से ओझल होते जा रहे थे। अर्चना भी आंखों से दूर हो चुकी थी। इधर फूल मुरझा रहे थे, उधर उसका प्यार कुम्हला रहा था। अर्चना से मिलने की अब कोई सूरत नहीं बची थी। वैसे भी यह वह दौर था जब लोगों ने मिलना-जुलना बन्द कर दिया था और इसे एक नया नाम दिया गया था- "सोशियल डिस्टेंसिंग।" इसमें गले लगने की बात तो बहुत दूर, हाथ मिलाना ही गुनाह हो गया था।

एक दिन सुबह उठते ही हैरी ने अपने मोबाइल से सफेद गुलाब के फोटो खींचे और अर्चना को व्हाट्सएप पर संदेश लिखा-

"मेरी गुलाबो, तुम्हें याद होगा अपने पहली नजर के प्यार का इजहार करने के लिए मैं तुम्हें बैंगनी गुलाब देना चाहता था, लेकिन तब वह मुझे मिले नहीं थे और लाल गुलाब देकर ही मैंने तुम्हें अपना दिल दे दिया था।

मुझे पता है तुम अब मुझसे नाराज हो, इसलिए मैंने इस बार तुम्हारे लिए सफेद गुलाब बचा कर रखे थे, अपना मासूम और बिना शर्त प्यार तुम तक पहुंचाने के लिए, लेकिन वे भी अब सूखने लगे हैं। मैं इन्हें बचा नहीं पा रहा। ये खत्म हों, इससे पहले अब तुम्हें व्हाट्सएप पर ही सफेद गुलाब भेज रहा हूं। स्वीकार कर लेना। मुझे माफ कर देना। स्थितियां मेरे हाथ में अब नहीं रहीं। मैं क्या करूं?"

कुछ ही देर बाद व्हाट्सएप पर अर्चना के भेजे 'दोस्ती' के पीले गुलाब आकर पड़े। उसके उदास चेहरे पर खुशी के गुलाब खिल उठे। अर्चना ने सफेद गुलाब कबूल कर लिए थे।

हैरी ने तत्काल अर्चना को फोन लगाया। फोन उठ गया। उधर से आवाज आई- "बोलो, हैरी।"

हैरी को अर्चना की आवाज से लगा जैसे पहले कुछ हुआ ही नहीं था। उसने अर्चना को सबसे पहले अपने खेतों की ताजा खबर दी- "फूल अब मरना शुरू हो गए हैं।"

"क्या हुआ?"

"अब क्या बताऊं, समझ लो फूल हमारे लिए अंगारे बन चुके हैं। फूलों की कितनी अच्छी बहार आई थी, लेकिन दिल जला कर चली गई।"

"फूलों को क्या हुआ?"

"फूल तो अच्छे हैं, पर इनका करें क्या? इन्हें कहीं ले जा नहीं सकते।

इसलिए अब ये खेत में खड़े-खड़े मर रहे हैं।"

"ओहो। यह तो बुरा ही हुआ।"

"हाँ, बहुत बुरा हुआ है। फूल तो ऐसे होते हैं, जो कांटों में भी हँसते रहते हैं, लेकिन कोरोना में अब ये रो रहे हैं। देखा नहीं जा रहा।"

"अब दिल को तसल्ली तो देनी पड़ेगी।"

"मुझे इकबाल अशहर का एक शे'र याद आ रहा है-

कौन-से नाम से ताबीर करूं इस रुत को,

फूल मुरझाए हैं, जख्मों पे बहार आई है।

"खूब शायरी कर लेते हो। सच में, यह अजीब रुत आई है। हम भी अब घरों में बंद पड़े हैं। तुम अपना ध्यान रखना।"

"यहां शायद कोरोना तो नहीं है, लेकिन उसका भूत पीछे पड़ गया है।"

"यहाँ शहर में तो पूरी तरह सन्नाटा है। सुबह मंदिरों के घंटे और मस्जिदों की अजान भी सुनाई नहीं देती। मैं रोज सोचती हूं अब हम पता नहीं कब मिलेंगे?"

"हां, इस कोरोना ने तो सब बर्बाद कर दिया। जिंदा रहे तो फिर मिलेंगे।"

"ऐसी बातें क्यों बोलते हो? कोरोना आया है तो क्या अब यह कभी जाएगा नहीं? कभी तो जाएगा!"

"पता नहीं कब जाएगा!" "निराश होने की जरूरत नहीं है। मैं भी तो घर बैठ कर अपनी जान बचा रही हूं, ताकि उम्र भर तुम पर जान दे सकूं।" -वह हंसी और फिर गंभीर हो गई। रुंधे स्वर में कहा- "तुम भी घर बैठोगे तो बच जाओगे। अभी बाहर मत निकलना। इस बीमारी के खतरे को समझना बहुत जरूरी है।"

"हाँ, ठीक है।" -हैरी की आवाज भर्राने लगी थी। उसने फोन काट दिया।

❑❑❑

मोगरे के फूल भी अब झड़ चुके थे। गुलाब के फूल भी टहनियों से गायब हो रहे थे। खेत में मोगरा और गुलाब के खाली तने और टहनियां दूर से कंकाल जैसे लगते थे।

एक बार गैंदालाल जब बबूल के पेड़ के नीचे बैठे थे तो हैरी ने महसूस

किया कि वे बहुत दुःखी हैं। वे कुछ सोच रहे थे। उनका चेहरा मुरझाए फूल की तरह हो रहा था। हैरी ने कहा – "अपना तो नुकसान हो रहा है, लेकिन और किसानों का भी तो यही हाल होगा।"

"हाँ, फूल वाले सभी किसान परेशान हैं। जयपुर में मंडी के आढ़तिये भी दुखी हैं, हालांकि उनकी जेब से तो कुछ जाने वाला नहीं है।"

"बापू, मंडी में फूलों की थोक की पच्चीस-तीस दुकानें तो होंगी?"

"ज्यादा हैं। कोई पचास दुकानें तो लाइसेंसधारी ही होंगी। फिर बीस-पच्चीस मासाखोरी की भी हैं।"

गैंदालाल को अचानक याद आया और हैरी से कहा – "अरे, महेश को फोन मिला, उससे शायद कोई खबर मिले।"

हैरी फोन मिलाने में लग गया। महेश के पास फूल बेचने का लाइसेंस नहीं था, लेकिन वह मंडी से खरीद कर वहीं पर अवैध रूप से फूल बेचता था। मंडी वाले ऐसे लोगों को मासाखोर कहते हैं। हैरी सोच रहा था कि किस तरह कमीशन का निर्मम व्यापार कोमल फूलों में भी घुस आया था और पराग की तरह इस धंधे को चूस रहा था।

फोन मिल गया था। हैरी ने कहा, बापू बात करेंगे और उन्हें फोन दे दिया। गैंदालाल ने पूछा – "मंडी के क्या हाल हैं?"

"बुरा हाल है गैंदालाल जी। मंडी बंद पड़ी है। शहर में कर्फ्यू है। फुटपाथ पे फूल बेचने वालों को रोटी के लाले पड़ गए हैं। कल एक लड़का आया था जो रो रहा था। कह रहा था -भगवान जी भी मंदिर में बंद हैं, अपना दुख किससे कहें? फूलों का सारा धंधा कोरोना खा गया।"

"फिर तो खल्ली वाले लड़के भी बेचारे घर बैठ गए होंगे।"

"तो और क्या! शहर में जितनी भी दुकानें हैं, उनके सुबह खुलते ही खल्ली वाले वहां पहुंच कर दुकानदारों को पूजा के लिए मालाएं पहुंचा देते थे। अब जब तुम्हारे खेतों से ही फूल नहीं उठे तो ये बेचारे खल्ली वाले भी क्या करें?"

"हाँ, उन पर भी बुरी बीत रही होगी।" गैंदालाल ने कहा और फोन काट दिया।

ये बातें सुनकर हैरी को लगा कि कोरोना ने फूलों की दुनिया से जुड़े सभी लोगों के लिए दूर तक उनके रास्ते में कांटे बिछा दिए हैं।

हैरी दिन में खाना खाकर पेड़ की छांव में खाट बिछा कर लेटा था। उसे लगा कि घर में बापू एक मजबूत तने की तरह है और वह खुद एक छोटी टहनी। कोरोना घर के तने को कमजोर करने में लगा था। मन में खयाल आया कि उसे भी अब टहनी से तना बनना पड़ेगा। तभी घर बच पाएगा। वह खेत में "नए आइडिया" के बीज डालने की तलाश में जुट गया। उसे गुलाब का नशा छाने लगा। विचार आया कि गुलाब के जो फूल झड़ रहे हैं, उनका गुलकंद क्यों नहीं बनाया जाए? वह ज्यादा समय तक टिक भी जाएगा। गुलाब का इत्र भी बनाया जा सकता है। यह सब कैसे होगा, इस खोज में वह जुट गया। उसने गूगल बाबा से भी पूछ-ताछ शुरू कर दी।

पता चला कि मुगल बादशाह जहांगीर की बेगम, मल्लिका-ए-हुस्न नूरजहाँ ने सबसे पहले फारस के कारीगर बुला कर गुलाब का इत्र बनवाया था। वह पानी के टब में गुलाब की पंखुड़ियां डाल कर नहाती थी। हैरी की आंखों में पानी का टब बड़ा होकर स्वीमिंग पूल बन गया। खेत के बीचों-बीच स्वीमिंग पूल में लहराता नीला पानी। चारों तरफ खिल रहे लाल गुलाब। गुलाब की पंखुड़ियां झड़ रही हैं। वह उन्हें इकट्ठी कर के पूल में डाल रहा है। पूल के पानी में लाल पंखुड़ियां तैर रही हैं, जैसे पूरे पानी पर गुलाब की सुर्ख चादर बिछ गई हो। तभी उसे एक चेहरा नजर आता है। पूल में अर्चना मछली की तरह तैर रही है। वह पूल में कूद जाता है। छपाक की आवाज आती है और वह हड़बड़ा कर नींद से जागता है। यह दिन में देखा हुआ सपना था।

उसे अर्चना की याद आई तो फोन मिलाया। पूछा-

"क्या हो रहा है?"

"कुछ नहीं, घर में बंद पड़े हैं। अब कोफ्त होने लगी है, लेकिन कोई चारा भी नहीं है।"

"आजकल लोग फेसबुक पर पोस्ट डाल रहे हैं कि लॉक डाउन खत्म होते ही वे सबसे पहले कहाँ जाएंगे? तुमने क्या सोचा है?"

"मैं लॉक डाउन खत्म होते ही सीधे तुम्हारे गांव आऊंगी- रायसर। समझ गए न!"

"अरे वाह! मेरे जहेनसीब। ठीक है, आना। मैं यहीं लाल गुलाब की पंखुड़ियों से तुम्हारी मांग भर दूंगा।"

"तुम्हारी मर्जी आए जो करना, लेकिन इस बार मुझे वहीं आना है। मैंने माँ से बात कर ली है।"

"यह अच्छा किया। चलो, ठीक है। अब हम इंतजार करेंगे लॉक डाउन खत्म होने का।"

"और सब ठीक हैं। अनुराग क्या कर रहा है?"

"कुछ नहीं, अभी तो स्कूल का होम वर्क कर रहा है। वैसे शैतानियां करता रहता है।" -अर्चना ने कहा। उसके साथ घर में छोटा भाई अनुराग और माँ ही थीं। माँ सरकारी स्कूल में अध्यापिका थीं। पिताजी का काफी पहले एक सड़क दुर्घटना में निधन हो चुका था।

"तो ठीक है फिर, जब गांव आना हो तो मुझे बता देना। में तुम्हें लेने आ जाऊंगा।"

"ठीक है।"

हैरी ने "गुड़ बॉय" किया और फोन काट दिया।

हैरी के दिल में जैसे गुलाब की पंखुड़ियां सरसरा रही थीं। वह जब भी अर्चना से बात करता, उसके दिल की धड़कनें बढ़ जाती थीं। ब्रिटिश कवि अल्फ्रेड टेनिसन की एक कविता का टूटा-फूटा अनुवाद जैसे दिल में ध ड़कनों के साथ टंकित हो रहा था- टिक, टिक...

एक बेशकीमती आंसू गिरा है
प्रेम-पुष्प से
वह आ रही है, मेंरी प्रिये
आ रही है मेंरी जिंदगी, मेंरी किस्मत
लाल गुलाब चिल्ला रहा है-
वह आ चुकी है बहुत नजदीक
बस आती ही होगी
श्वेत गुलाब रो रहा है-
क्यों नहीं आई अब तक
एक भावुक पौधे को आहट सुनाई दे रही है
एक फूल फुसफुसा रहा है-
मैं इंतजार करूंगा।

❑❑❑

गैंदालाल ने एक दिन कुल्हाड़ी हाथ में ली और गैंदे के फूल उखाड़ने शुरू कर दिए।

हैरी ने देखा तो वह परेशान हो उठा। उसने कहा- "क्यों मेहनत कर रहे हो? रहने दो यहीं पर। ये भी अपने आप मर जाएंगे।"

गैंदालाल का जवाब था- "नहीं, यहां से ये हट जाएंगे तो जमीन को धूप लग जाएगी और यह अगली फसल के लिए तैयार हो जाएगी। अब ज्वार, बाजरा कुछ तो यहां बोएंगे।"

हैरी एक दिन सुबह उठा तो देखा कि बापू बबूल के पेड़ के नीचे दोनों हाथ सिर पर रख कर बैठा था। पास में माँ भी बैठी थी। वह मुंडेर की ओर बढ़ा। सामने गैंदे के लाल-पीले फूलों के पोंछ खेत में चित्त पड़े थे। जैसी गैंदे के पौधों की लाशें बिछी हों। बापू की आंखों से आंसू टपक रहे थे, टप-टप। माँ साड़ी के पल्लू से उनके आंसू पौंछ रही थी। वे अब सुबक-सुबक कर रो रहे थे। हैरी ने अपनी तमाम उम्र में बापू को ऐसे रोते हुए पहले कभी नहीं देखा। आंसू थमने का नाम नहीं ले रहे थे। हैरी को अब समझ में आ रहा था, खेत में पौधों से केवल फूल ही नहीं झरे थे, बापू के सपने भी झर चुके थे। उसे गोपालदास नीरज की पंक्तियां याद हो आईं-

स्वप्न झरे फूल से, मीत चुभे शूल से
लुट गए सिंगार सभी, बाग के बबूल से
और हम खड़े-खड़े बहार देखते रहे
कारवां गुजर गया गुबार देखते रहे।

खेत में आंधियां चल रही थीं। आस-पास के कई गांवों में भी यह गुबार उठ रहा था।

हैरी इस वक्त से आगे के सपने देख रहा था। ये सपने गुलकंद जैसे मीठे थे और इत्र की खुशबू से भरे थे। आंखों में गुलाब के सुर्ख फूल दहक रहे थे।

महेंद्र मोदी

सेवा निवृत्त चैनल प्रमुख, विविध भारती सेवा, आकाशवाणी। भूतपूर्व सलाहकार, UNICEF विभिन्न अंतर्राष्ट्रीय सम्मेलनों में देश का प्रतिनिधित्व विभिन्न देशों में रेडियो कार्यक्रमों पर वर्कशॉप्स का संचालन रायर्सन विश्वविद्यालय, कनाडा के प्रसारण में डिग्री पाठ्यक्रम में लेखक के शोध कार्य आधारित पर दो पाठ 25 से अधिक टी.वी. सीरिअल्स और 300 से अधिक रेडियो नाटकों में अभिनय, 250 से अधिक रेडियो नाटकों का निर्देशन, 100 के लगभग रेडियो नाटकों, गीतों भरी कहानियों का लेखन हिन्दी संस्मरणों की चार और राजस्थानी संस्मरणों की तीन पुस्तकें प्रकाशित पुस्तक 'स्वप्न चुभे शूल से' को महाराष्ट्र साहित्य अकादमी अवार्ड, 2019 पुस्तक 'अधजागी रातां अधसूता दिन' को माया मोहन आलोक पुरस्कार 2018 और यही पुस्तक केन्द्रीय साहित्य अकादमी पुरस्कार, 2019 के लिए नामित

हलाल

छठी कक्षा का आधा साल गुजरा था.... एक दिन स्कूल से घर लौट कर आया तो पता चला, पिताजी का तबादला सरदारशहर हो गया है और हमें एक हफ्ते में अपना बोरिया बिस्तर बांधकर बीकानेर से रवाना होना है. मैं नहीं जानता था कि नियति अपने गर्भ में मेरे लिए कितना जबरदस्त अभिशाप लिए बैठी है, वरना मैं कुछ भी करता सरदारशहर नहीं जाता। मेरी बाई बीकानेर में रहती थीं, उनके पास रहकर ही वक्त गुजार लेता... मगर नहीं नियति ने कुछ और ही तय कर रखा था और मैं उसी के इशारों पर चलते हुए पिताजी, माँ और भाई साहब के साथ एक सुबह सरदारशहर आ गया।

दूर रिश्ते की मेरी एक नानी कसाइयों के मोहल्ले में रहती थीं, उनका

ऊपर का हिस्सा हमने किराए पर ले लिया। दिन किसी तरह गुजरा.....शाम गहराने लगी तो मैं बिजली का स्विच ढूँढने लगा...वहाँ न तो कोई स्विच था और न ही कोई बल्ब। पता चला सरदारशहर के ज्यादातर इलाकों में बिजली नहीं थी और ये मोहल्ला उन्हीं इलाकों में से एक था। चौराहे पर नजर दौड़ाई तो देखा, एक आदमी सीढ़ी कंधे पर रखकर आया और वहाँ लगे हुए लैम्प पोस्ट पर चढ़कर उसने उसमें मिट्टी का तेल डाला और उसे जला दिया... मिट्टी के तेल का वो नन्हा सा दिया घनघोर अँधेरे से लड़ने की जी तोड़ कोशिश करने लगा....मगर क्या औकात थी उस छोटे से दिये की....उस घुप्प अँधेरे के सामने? अन्धेरा उस दिये की हिमाकत को देखकर अट्टहास कर उठा... मेरा मन घबरा गया.... नहीं-नहीं। दरअसल ये कोई अट्टहास नहीं था... कसाइयों का मोहल्ला था... किसी घर में बंधे बकरे को शायद अगली सुबह आने वाली अपनी मौत की आहट सुनाई दे गयी थी और वो जोर से चीख पड़ा था। बड़ी ही दर्दनाक थी वो चीख... आज भी उस चीख को याद कर मेरे रोंगटे खड़े हो जाते हैं।

वो अंधेरी रात किसी तरह गुजरी। दूसरे रोज सुबह हुई फिर एक चीख से। खिड़की में जाकर खड़ा हुआ, तो देखा, पड़ोस के घर के बाड़े में एक बकरे का गला रेता जा रहा था और वो चिल्लाये जा रहा था। मैंने सोचा, अभी इसका गला पूरा काट दिया जाएगा और ये शांत हो जाएगा, मगर ये क्या?... उसका आधा गला काटकर छोड़ दिया गया था तडपने और चिल्लाने के लिए.... मैं एकदम सन्न.... मैंने पिताजी से पूछा कि इस बकरे का गला आधा काटकर क्यों छोड़ दिया उस आदमी ने? तो उन्होंने बताया कि इसे हलाल करना कहते हैं... पूरे दिन उस बकरे का आधा कटा हुआ वो गला, उसकी वो तड़पती देह और दिल को दहलाने वाली चीखें मेरे जह्नोदिल पर छाई रहीं।

उसी दिन पिताजी मुझे दाखिला करवाने के लिए हनुमान संस्कृत विद्यालय लेकर गए। प्रधानाध्यापक जी के कमरे में हम लोग पहुंचे। प्रधानाध्यापक जी ने मेरा और मेरे पिताजी का स्वागत किया और मेरा एडमिशन हो गया।

मुझे प्रधानाध्यापक जी का चपरासी क्लास में लाकर छोड़ गया था। उस समय क्लास में कोई अध्यापक नहीं था। मैं रुआंसा-सा कमरे के एक कोने में जाकर खड़ा हो गया, तभी क्लास का मॉनीटर मेरे पास आया और बोला-

"नया आया है?" मैंने हाँ में गर्दन हिला दी। वो फिर बोला "मेरा नाम तेजकरण छाजेड़ है... मैं क्लास का मॉनीटर हूँ, आ तेरे बैठने की व्यवस्था करता हूँ।" मैं क्या करता? उसके पीछे-पीछे चल पड़ा... मेरे कानों में रह रहकर पिछली रात सुनी बकरे की चीख गूँज रही थी। मैं अपनी कल्पना में उस बकरे को दबोचे जाते हुए देख रहा था। मुझे लग रहा था... अब तक उस बकरे को दबोच कर काट डाला गया होगा और शायद उसकी खाल उतारी जा रही होगी...

तेजकरण ने कुछ बच्चों को इधर-उधर किया और एक लड़के के पास मेरी बैठने की व्यवस्था कर दी। वो बोला "देख ये कल्याण सिंह है। बहुत अच्छा लड़का है, इसलिए तेरी व्यवस्था इसके साथ की है मैंने।" आज सोचता हूँ, नियति ने क्यों मेरे साथ ये खेल खेला? बीकानेर में ही पढ़ता रहता तो उस भगवान का क्या बिगड़ जाता? क्यों मुझे बीकानेर से लाकर इस लड़के कल्याण सिंह की बगल में लाकर बिठा दिया था? मैं नजरें नीची किये चुपचाप बैंच पर कल्याण सिंह के साथ बैठ गया तो कल्याण सिंह बोला, "क्या बात है भायला (दोस्त), बहुत उदास है?" जवाब में मेरी आँखों से टप-टप दो आंसू टपक गए.... कल्याण सिंह बोला, "अरे रोने क्यों लगा? तू चिंता गत कर, यहाँ सारे गास्टर जी बहुत अच्छे हैं, कभी नहीं मारते और अब तो हम लोग भायले बन गए हैं... अरे तेज करण देख तो इस छोरे को रोने लगा है ये।" तेज करण भी वहाँ आ गया और मुझे दिलासा देने लगा। रोते-रोते आखिर आंसू भी तो साथ छोड़ देते हैं न? खैर चार-छह दिन में मेरा मन लगने लगा था। तेजकरण और कल्याण सिंह दोनों ही मेरा बहुत खयाल रखते थे। कल्याण सिंह का गाँव सरदारशहर से 60-70 किलोमीटर दूर था और उसके पिताजी बैंक में चौकीदार थे। हर शनिवार को शाम को कल्याण सिंह के पिताजी उसे गाँव जाने वाली बस में बिठा देते थे और सोमवार को वो वापस सरदार शहर आ जाया करता था। बाकी दिन वो बैंक में अपने पिताजी के साथ ही रहता था। कभी-कभी मैं, कल्याण सिंह और तेजकरण साथ बैठ कर पढ़ा करते थे। कल्याण सिंह का तो घर वहाँ था नहीं, इसलिए कभी हम तीनों मेरे घर रह जाते और कभी तेज करण के घर। दिन इसी तरह गुजर रहे थे। हम तीनों ही क्लास में पढ़ने में सबसे आगे थे... हम तीनों अच्छे अंक लाने की कोशिश तो करते थे, मगर हमारी

दोस्ती पर उसका कोई असर नहीं पड़ता था। कल्याण सिंह और तेजकरण मेरे पक्के दोस्त बन गए थे। इसी बीच छठी कक्षा के इम्तिहान आ गए। रिजल्ट आया तो कल्याण सिंह क्लास में पहले नंबर पर आया, मैं दूसरे नंबर पर और तेजकरण तीसरे नंबर पर। हम तीनों बहुत खुश थे। लग रहा था हम तीनों ही क्लास में अव्वल आये हैं... इम्तिहान के बाद छुट्टियाँ हो गई। मैं छुट्टियों में बीकानेर आ गया।

छुट्टियाँ खत्म हुई और 29 जून को मैं वापस सरदारशहर आ गया क्योंकि एक जुलाई से स्कूल खुलने वाले थे। एक जुलाई को बहुत खुशी-खुशी स्कूल गया और हम तीनों दोस्त गले लगकर मिले।

हमने एक-दूसरे से वादा किया, चाहे कुछ भी हो जाए, हम पूरे जीवन एक-दूसरे से अलग नहीं होंगे। हा हा हा.... हम जीवन की बात कर रहे थे मगर हम जानते कहाँ थे कि जीवन क्या होता है?

जुलाई का महीना था, बादल घिरने लगे थे। जैसा कि मैंने बताया घर में बिजली का कनेक्शन नहीं था, रात में आसमान में छाये काले-काले बादलों के बीच चमकती बिजली बहुत डरावनी लगती थी। पता नहीं क्यों ऐसे डरावने मौसम में मेरे मोहल्ले के घरों में बंधे हुए बकरे कुछ ज्यादा ही डर जाते थे और कुछ इस तरह चीखने लग जाते थे कि मेरा दिल रह रहकर धक-धक कर उठता था।

इसी बीच वो शनिवार आ गया। हर शनिवार कल्याण सिंह अपने गाँव जाता था मगर उस दिन सुबह से ही रह-रहकर बारिश हो रही थी और कल्याण सिंह के पिताजी को उस दिन अपने मैनेजर साहब के साथ बीकानेर जाना था, इसलिए उन्होंने कल्याण सिंह को कहा कि वो ऐसे खराब मौसम में गाँव न जाए। बैंक में ही चपरासी आसू राम के पास सो जाए। स्कूल खत्म होने तक मौसम और भी खराब हो गया था... 5 बजे ही इतना अन्धेरा हो गया था मानो रात हो गयी हो। बादल इस तरह गरज रहे थे मानो अभी पूरी धरती को निगल जायेंगे। मेरा घर स्कूल से बैंक जाते हुए रास्ते में पड़ता था। स्कूल से निकल कर मैं और कल्याण मेरे घर तक पहुंचे तब तक वो भयंकर गरजते हुए बादल बरसने लगे थे। मैंने कल्याण को जबरदस्ती अपने घर में खींच लिया। हम लोग भीग चुके थे। मैंने उसे तौलिया दिया और कहा- "कल्याण, यार बहुत तेज बारिश होने लगी है, बादल गरज रहे हैं,

कल छुट्टी है, तेरे पिताजी भी यहाँ नहीं हैं, तू बैंक जाकर क्या करेगा? तू मेरे यहाँ क्यों नहीं रुक जाता?

वो बोला, "नहीं यार पिताजी कहकर गए हैं कि मैं बैंक में आसू चाचाजी के पास ही रहूँ।"

मैं जिद करने लगा कि वो मेरे घर रह जाए मगर वो बोला, "देख यार मेरे पिताजी तो बीकानेर जा चुके हैं और मुझे कहकर गए हैं कि मैं बैंक में रहूँ। अब अगर में यहाँ रहूँगा तो उनकी आज्ञा के बिना रहना पड़ेगा, लेकिन तेरे तो पिताजी यहीं हैं, तू उनकी इजाजत ले सकता है, चल न, पिताजी से पूछ ले और मेरे साथ बैंक चल, हम खूब बातें करेंगे... प्लीज..." हम दोनों अपनी अपनी जिद पर अड़े रहे। वो कहता रहा, बैंक चल हम दोनों वहाँ रहेंगे और मैं कहता रहा, तू मेरे घर ही रह जा। बारिश कम हो गयी थी मगर हमारे बीच कोई समझौता नहीं हो पा रहा था।

जब कोई समझौता नहीं हुआ तो यही तय हुआ कि वो बैंक जाकर अपने आसू चाचा जी के पास सोयेगा और मैं अपने घर। वो निकल पड़ा...मैं पता नहीं क्यों बेचैन होकर तब भी उसकी मिन्नतें कर रहा था, "यहीं रह जा न यार..." मगर वो नहीं माना। आगे बढ़ता गया... बढ़ता गया... अब भी अक्सर बारिश के मौसम में जब काले-काले बादल गरजते हैं तो लगता है, मैं वहीं... सरदारशहर के कसाइयों के मोहल्ले के उस घर के बाहर खड़ा कल्याण सिंह की मिन्नतें कर रहा हूँ... "यहीं रुक जा न यार...? मत जा ना कल्याण.... कहना मान ले न मेरा" मगर होनी उसे बहुत शिद्दत से बुला रही थी। वो नहीं रुका। वो कल्याण सिंह... वो मेरा सबसे गहरा दोस्त मेरी मिन्नतों को ठुकराकर इस बात पर नाराज होकर चला गया कि मैंने उसकी बात नहीं मानी... मैं उसके साथ नहीं गया।

मैं निराश होकर घर के अंदर लौट आया....बादल अब भी कहानियों के राक्षसों की तरह गरज रहे थे। आखिरकार मैं कल्याण सिंह के बारे में सोचते-सोचते सो गया...

अगले दिन का सूरज मेरे लिए मेंरी जिंदगी की सबसे भयंकर सुबह लेकर आया। आधी नींद में था कि पिताजी को माँ से फुसफुसाकर कहते सुना "महेन्द्र को मत बताना, घबरा जाएगा।"

मैं चौंककर उठा... मैंने पूछा "क्या हुआ?" पिताजी चुप। मुझे लगा,

जरूर कुछ अनहोनी हुई है। मैं चिल्लाया, "बताइये न कि क्या हुआ?" उसके बाद उन्होंने जो कुछ बताया और जो तस्वीरें मैंने अगले दिन अखबारों में देखीं, उसने मुझे एक बार को पूरी तरह खत्म कर दिया। उस रात कल्याण सिंह बैंक जाकर चपरासी आसू राम के पास सो गया था और खराब मौसम का फायदा उठाकर कुछ डाकू बैंक में घुस गए थे... आसूराम बेचारा चपरासी था, कोई हथियार भी नहीं था उसके पास। डाकू अपना काम आसानी से कर सकें इसलिए उन्होंने आसूराम को तलवार से काट डाला, तभी कल्याण सिंह की आँख खुल गयी, वो रोने लगा तो उन बेरहम डाकुओं ने उसका भी गला तलवार से रेत डाला। दूसरे दिन अखबार में जो फोटो छपा था, उसे मैं अंतिम सांस तक नहीं भूल सकता। एक खाट पर आसूराम का शव पड़ा था और उसके ऊपर कल्याण सिंह का शव था जिसका गला आधा रेता हुआ था... ठीक उसी तरह जैसे मेरे मोहल्ले के कसाई बकरे का आधा गला रेत कर उसे चिल्लाने और मरने के लिए छोड़ दिया करते थे, हलाल के नाम पर.... मेरे कानों में कल्याण सिंह की वो चीखें गूंज रही थीं.... और मेरी आँखों के आगे उसका वो आधा कटा हुआ गला स्थायी रूप से अंकित हो गया... मुझे लगा... उसका खून डाकुओं ने नहीं, मैंने किया है। अगर मैं उसे जबरदस्ती रोक लेता... तो आज वो भी इस दुनिया में होता... क्या बिगड़ जाता अगर मैं उसके पैर पकड़ लेता... या दो थप्पड़ मार कर ही रोक लेता... कम से कम उसकी जान तो नहीं जाती... आज भी जब कभी काले-काले बादल आसमान में घुमड़ते हैं, बिजली कड़कती है, लोग "मौसम अच्छा हो गया" कहकर पिकनिक पर निकल पड़ते हैं, तो कल्याण सिंह का वो मुस्कुराता चेहरा, उसके घुंघराले बाल, उसका गोरा चेहरा... मेरी आँखों के सामने रह रहकर आ जाता है लेकिन तुरंत ही उसका वो आधा कटा हुआ गला....उससे उबलकर फैला हुआ खून इन सबको धुंधला कर देता है और मेरे कानों में उसकी चीखें गूंजने लगती हैं और मैं फिर पछतावे से भर उठता हूँ "...काश मैं उस रात उसे अपने घर रोक लेता।"

एक महीने तक मुझे रात को न जाने कैसे-कैसे सपने आते रहे। कल्याण सिंह और पड़ोस में कटने वाले बकरों की अजीब-अजीब सी चीखें मुझे सुनाई देती थीं और फिर वो चीखें मिलकर आपस में 'गड-मड' हो जाती थीं। मैं रात में नींद में उठकर चल पड़ता था और पिताजी रात-रातभर मेरी

रखवाली करते थे। आखिरकार उन्होंने तय किया कि मुझे लेकर माँ को बीकानेर लौट जाना चाहिए, मेरे लिए वो हादसा बहुत भारी था और वो मुहल्ला भी। मैं और माँ दोनों बीकानेर आ गए।

बीकानेर में हमारे पास वाले घर में श्याम भाई जी का परिवार था, जिसमें श्याम भाई जी थे, उनकी पत्नी सुगना भौजाई थीं, उनकी बड़ी बेटी रंजू थी, छोटी बेटी कक्कू थी और तीन बेटे थे जीतू, शंभू और शिव। मुझे इससे ज्यादा कुछ पता नहीं था कि भौजाई किसी ठाकुर साहब के बेटे के दहेज में किसी गाँव से बीकानेर आई थीं और उनकी शादी श्याम भाई जी से कर दी गयी थी। जैसे सारे लोग जीते थे वैसे ही वो लोग भी रहते थे। भाई जी किसी सरकारी महकमे में काम करते थे। जीतू सिंह मुझसे कोई एक साल छोटा था और रंजू मुझसे दो-तीन साल बड़ी थी। बचपन से मैं, मेरे ताऊ जी के बच्चे विमला, रतन, निर्मला, मग्घा रंजू और जीतू साथ मिलकर खेला करते थे। मैं जब सरदारशहर से वापस लौटकर आया तब तक 13-14 साल का हो गया था और रंजू 16-17 साल की।

हमें साथ खेलना होता था, हम साथ खेलते थे, उसमें आम दिनों में कोई मनाही भी नहीं थी। दोनों घरों में एक परिवार की ही तरह आना-जाना था। घर के हालात बहुत अच्छे नहीं थे सो अक्सर मेरी माँ के पास आकर कभी एक कटोरी चीनी ले जाती थीं और कभी एक कटोरी मिर्चें, जो वो अक्सर लौटा भी देती थीं। खुद सिलाई मशीन चला कर कपड़े सीती थीं और चाय की बड़ी शौकीन। उनके पीहर के लोग यानी भाई-बहन अकसर उनके यहाँ ही पड़े रहते थे। सबकी चाय बनती लेकिन घर में गाय होते हुए भी बेचने के बाद इतना दूध नहीं बचता था कि चाय में डाला जा सके, इसलिए अक्सर काली चाय ही पी जाती थी। हम लोग खूब साथ-साथ खेलते, कभी-कभी उनके यहाँ खाना भी खा लेता, न मेरे घर के लोग इस पर ध्यान देते-न उनके घर के लोग।

लेकिन न जाने क्या होता था, मुझे उस वक्त कुछ समझ नहीं आता था, न कोई मुझे बताता था... अचानक अगर मैं वहाँ होता तो मुझे मेरे घर किसी न किसी बहाने से भेज दिया जाता था और वो छोटा-सा घर एक किले में तब्दील हो जाता था। मैं जीतू से पूछता कि क्या हुआ है आखिर? बस वो एक ही जवाब देता था, "बन्ना आ रहे हैं।" मुझे कुछ समझ नहीं आता

था कि ये बन्ना आखिर कौन हैं? और उनके आने पर हम सबको वहाँ से क्यों हटा दिया जाता है? अगर कोई भी आ रहा है तो हम वहाँ क्यों नहीं रह सकते? तभी पता लगता कि घर की साफ-सफाई हो रही है, गर्मियों के मौसम में छत पर छिड़काव करके कुछ लोगों के बैठने का इंतजाम किया जा रहा है और सर्दियों में कमरों को धो कर कोयले की कई सिगड़ियों को जला कर कमरों को गरम करने का इन्तजाम किया जा रहा है।

घर के सब लोग ही नहीं भौजाई के रिश्तेदार भी न जाने किस-किस इन्तेजाम में व्यस्त हो जाते थे। जैसे ही किसी का ध्यान मेरी तरफ चला जाता तो फौरन मुझे मेरे घर भेज दिया जाता था। मैंने एक बार भौजाई से पूछ भी लिया कि मैं यहाँ क्यों नहीं रह सकता? कौन हैं ये बन्ना और उनके आने का नाम आते ही मुझे घर क्यों भेज दिया जाता है? उन्होंने कामों के बोझ से झुकी अपनी गर्दन उठाई और एक लंबी सांस भर कर बोलीं, "महेंदर जी अबी आप बच्चा हौ, कीं बरस पछै आपनै समझ आवैला, अबी आप जाओ।" में वहाँ से चला तो आता था, लेकिन मुझे ये सब बड़ा रहस्यमय लगता था। हर तरफ साफ-सफाई, साफ बिस्तर, हलकी-हलकी रोशनी। पूरा घर एक अलग तरह के रोमांटिक रंग में रंग जाता था, जो मुझे उस वक्त अजीब भी लगता था और आकर्षक भी, मगर कुछ समझ तब तक नहीं आया जब तक कि थोड़ा और बड़े होने के बाद मैंने आचार्य चतुरसेन की गोली और यादवेन्द्र शर्मा चंद्र की कृति जनानी ड्योढी नहीं पढ़ीं।

भाई जी बकरे का ढेर सारा मांस खरीद कर लाते, एक बड़े से देग में मांस उबालने को चढ़ा दिया जाता और भोजाई के सारे रिश्तेदार लहसुन छीलने प्याज काटने में लग जाते। फिर मांस पकाने का सिलसिला शुरू होता। लहसुन प्याज भुनने की गंध पूरे मोहल्ले में फैल जाती। भाई जी कई तरह की बोतलें लेकर आते जिनमें शराब होती थी। सर्दियों में जबकि ये सब कार्यवाहियां होती थीं मुझे देखने का कोई मौका मुश्किल से ही मिलता था, लेकिन गर्मियों में जबकि सारा इन्तजाम छत पर होता था, मुझे अपनी छत से छुप-छुपाकर ये सब देखने का मौका मिल ही जाता था।

मेरे घर की छत भाई जी की छत से थोड़ी ऊंची थी। तो अपने घर की छत के थोड़ी ऊंची होने का में भी फायदा उठाता था। जब तक बहुत छोटा था मुझे इस बात की उत्सुकता तो होती थी कि उस तरफ क्या हो

रहा है? लेकिन उधर झाँकने की हिम्मत नहीं होती थी। अब 13-14 बरस का हो चुका था और अपने आप को थोड़ा बड़ा महसूस करने लगा था। क्योंकि मेरी लम्बाई तेजी से बढ़ रही थी। मुझे ये भी समझ आने लगा था कि दीवार के उस तरफ कुछ समारोह हो रहा है क्योंकि लोगों की जोर-जोर से बोलने की, हँसने की और कई बार गाने की आवाजें इस तरफ मेरे कानों तक भी पहुँच ही जाती थीं। मन में ये जानने की उत्सुकता होती थी कि आखिर वहाँ हो क्या रहा है?

एक ऐसा ही दिन था। मैं भौजाई के घर खेल रहा था। भौजाई की एक बहन सिलाई मशीन चला रही थी और भौजाई की कुशल उंगलियां कपड़ों की सिलाई कर रही थी कि एक बड़ी-बड़ी मूछों वाला आदमी घर के आगे साइकिल से उतरा। घर का दरवाजा खुला ही रहता था, भौजाई की बहन ने कहा, "सुगना, खवास जी आया है।"

भौजाई सिलाई छोड़कर उठ खड़ी हुई और बोली, "पधारो खवास जी, कोई हुकुम है?"

खवास जी ने जेब में से कुछ नोट निकाल कर देते हुए कहा, "शाम नै सवारी पधारसी... अै रुपिया राखो, सारो इंतजाम कर'र राख्या।"

भौजाई के चेहरे पर कुछ चिंता की लकीरें उभरीं। उन्होंने वो रुपये अपनी बहन के हाथ में देकर कहा, "लै बै'नडी, करवा सगलो इंतजाम।"

और बस उसी पल चारों तरफ भाग दौड़ मच गयी... वही साफ-सफाई, छत पर छिडकाव का इंतजाम, पीतल के जग और गिलासों की धुलाई... ऊपर छत पर गद्दे और गांव तकिये पहुंचाए जाने लगे। मैं भी अपनी सामर्थ्य के अनुसार सबकी मदद करने की कोशिश कर रहा था कि भौजाई की आवाज आई, "महेंदर जी अबैआप घरै पधारो, काल फेरूं आया।"

मैंने कहा, "पण भौजाई..."

भौजाई बोलीं, "आप समझदार बच्चा हौ नी, जाओ... पधारो, जाओ तो जीतू नै भी ले जाओ साथै"

अब कोई रास्ता नहीं था मेरे सामने। मैं जीतू को साथ लेकर घर आ गया, लेकिन मेरे कान बराबर भौजाई के घर की तरफ ही लगे हुए थे। शाम में भी खूब गहमागहमी थी दीवार के उस पार। धीरे-धीरे शाम रात में तब्दील होने लगी। मैंने और जीतू ने खाना खा लिया था और मेरे घर में

सन्नाटा पसरने लगा था।

घर के सभी लोग सो चुके थे। जीतू भी मेरे पास ही बिस्तर पर गहरी नींद में सो चुका था, मगर मेरी आँखों की नींद जाने कहाँ उड़ गयी थी। थोड़ी देर में ही मुझे पड़ोस से गाने की आवाज सुनाई दी। संगीत में शुरू से ही मुझे रुचि रही, इसलिए थोड़ी देर तक तो में गाना सुनता रहा, फिर उत्सुकता हुई कि आखिर ये कौन गा रहा है, तो मैं चुपके से उठकर दीवार के ऊपर से झाँक कर देखने लगा।

मैंने देखा, सुगना भौजाई की छत पर कुछ लोग अधलेटे से बैठे हुए हैं और सबकी हाथों में पीतल के गिलास हैं और एक ढोली, ढोलक बजाते हुए गा रहा था, "भर ल्या अे कलाली दारू दाखां रौ, पीवण आलो लाखां रौ...."

बीच में बैठा एक आदमी बोल उठा, "वाह। वाह।..."

मुझे समझ आ गया, यही है बन्ना। लकदक करते कपडे और ढेर सारे गहने पहने हुए बन्ना, बाकी सबसे अलग ही नजर आ रहे थे। दो क्षण रुक कर बन्ना बोल उठे, "अरे सुगना, तू भी गा साथै।"

भौजाई ने झुक कर मुजरा किया और ढोली के सुर में सुर मिला दिया.... गीत की मिठास अचानक दस गुना हो गई... पूरा माहौल संगीतमय हो उठा.

बन्ना ने एक घूँट लिया और कहा, "वाह सुगना वाह... तू अठैक्यूं रै'वे? म्हारै में'लां में चाल।"

भौजाई बोली, "हुकुम पगां री पगरखी नैपगां में ईरै'ण दो बन्ना।"

बन्ना ने अपने पास पडी थैली में से कुछ सिक्के जो यकीनन चांदी के होंगे, निकालकर उछाल दिए।

बन्ना बोले, "गिलास खाली हुगी।"

सुगना भौजाई ने आगे बढ़कर उनके गिलास में शराब उंडेली तो मस्त हुए बन्ना ने आगे बढ़कर सुगना भौजाई की ओढ़नी खींचकर फेंक दी।

मैंने देखा छत की सीढ़ियों में बोतल हाथ में लेकर आते हुए भाई जी वहीं रुक गए लेकिन बन्ना ने शायद उन्हें देख लिया था। आवाज ऊंची करके बोले, "अरे आजा गोलिए, रुक क्यों गयो?" भाई जी चुपचाप ऊपर आये और बोतल सुगना भौजाई के सामने रखकर मुड़ गए। बन्ना का मुंह फिर खुला, "अरे गोला, आ लुगाई कोनी, म्हारै काको सा रै दायजै में आयोड़ी चीज है, पूरो अधिकार है म्हारो ई रै माथै।"

भाई जी नीची नजरें किये बोले, "हुकुम बन्ना।"

बन्ना को पता नहीं क्या सूझा, बोले, "दो गिलास में दारू भर, एक तू ले अर एक सुगना ने दे।"

भाई जी ने दो गिलास उठाये दोनों में दारू भरी एक नजरें नीची किये ही सुगना भौजाई को पकड़ाई और दूसरी खुद लेकर खड़े हो गए।

बन्ना फिर बोले, "गट गट पी जाओ दोनूं।"

क्या मजाल थी कि बन्ना की बात टालें वो? एक घूँट में दोनों ने गिलास खाली कर दिए।

बन्ना फिर गरजे, "फेर भरो।"

दोनों ने फिर गिलास भरे।

"पी जाओ गट-गट।"

गिलास फिर खाली हो गए।

दारू अपना असर दिखाने लगी थी। सुगना भौजाई लड़खड़ाने लगी थी....

बन्ना अपने साथियों से बोले, "अरे एक खुणै में फैंको रे इण गोले नै।"

दो लोगों ने भाई जी को उठा कर दूसरी छत पर ले जाकर पटक दिया। अब वहाँ 7-8 पुरुष थे और उनके बीच नशे में धुत सुगना भौजाई थी। ढोली गाये जा रहा था।

"पियो-पियो सा ढोला दाखां री दारू...." और बन्ना ने हाथ से इशारा किया और सुगना भौजाई नाचने लगी। मेरे लिए सुगना भौजाई का ये रूप एकदम नया था। मैं दम साधे सब देख रहा था। मुझे डर भी लग रहा था कि अगर मेरे घर में से कोई जाग गया और मुझे ये सब देखते हुए पकड़ लिया तो क्या होगा? लेकिन बहुत चाहकर भी मैं वहाँ से हट नहीं पा रहा था। हर अगले पल वो हो रहा था जिसकी मैंने कभी कल्पना भी नहीं की थी।

इधर घूमकर देखा कि जीतू गहरी नींद में सोया हुआ था, इस बात से बेखबर कि उसके घर में क्या हो रहा है।

मैं यही सब कुछ सोच रहा था कि अचानक बन्ना की आवाज मेरे कानों में गूंजी, "अरे सुगनकी... थारी छोरियां कठै है? बुला तो...."

सुगना भौजाई का जैसे सारा नशा उतर गया। बोली, "हुकुम अन्दाता, टाबर है छोरियाँ तो..."

बन्ना का पारा जैसे सातवें आसमान पर चढ़ गया। माँ-बहन की दो

तीन भद्दी गालियाँ दी और गुर्राए, "गोली री औलाद अर टाबर? जा ले'र आ बीने...."

मरे मरे कदमों से सुगना भौजाई नीचे गयी और अगले ही पल रंजू को लेकर लौट आई...

बन्ना ठहाका मार कर हंस पड़े और बोले, "मर तू परै बह.... तू अठै आ छोरी....ला गिलास भरण।"

सुगना भौजाई पीछे हट गई और रंजू को आगे कर दिया। मुझे लगा रंजू के हाथ काँप रहे थे। उसने कांपते हाथों से गिलास भरा और बन्ना के आगे बढ़ा दिया। बन्ना ने एक बार फिर ठहाका लगाया और उसका हाथ पकड़ कर खींच लिया। दुबली-पतली रंजू धम्म से नीचे आ गिरी। रंजू जो मेरे साथ खेलती-कूदती बड़ी हुई थी। उसका इस तरह धड़ाम से नीचे गिरना मुझे अंदर तक झकझोर गया। बन्ना ने बैठे-बैठे ही छत के फर्श पर गिरी हुई रंजू के पीठ पर हाथ फेरते हुए हल्का-सा ठहाका लगाया और कहा, "तू जाणे है नी कै तूं म्हारी रियाया है?"

मैंने देखा रंजू का चेहरा सफेद हो गया था, वो अपनी घबराहट पर काबू करते हुए बोली, "खम्मा अन्दाता"

नशे में धुत हुए बन्ना बड़बड़ाए "अन्दाता री बच्ची... अठीनै मर..."

दुबली-पतली रंजू के पैर जैसे मन-मन भर के हो गए थे... बड़ी मुश्किल से वो छोटे-छोटे कदम भरती बन्ना के करीब पहुँची... अचानक बन्ना का हाथ आगे बढ़ा, रंजू के सीने पर पहुंचा और उस हाथ ने एक झटके से रंजू की कुर्ती नोच ली... एक तरफ कुर्ती के फटने की जर्र की जोरदार आवाज आई और साथ ही पूरे वातावरण को चीरती रंजू की एक चीख गूँज गयी... मुझे लगा मैं सरदारशहर में अपनी खिड़की पर खड़ा हूँ और मेरे सामने के बाडे में एक बकरे के गले पर छुरी फेरी जा रही है, तभी कल्याण सिंह का आधा कटा सर मेरी आँखों के आगे घूम गया... भौजाई की छत पर फटी हुई कुर्ती से अपने शरीर को ढकने की कोशिश करती रंजू की चीख, सरदारशहर के कसाइयों के मोहल्ले में गर्दन पर छुरी झेलते बकरे की चीख और डाकुओं के हाथों कटते कल्याण सिंह की चीख... सब कुछ जैसे मेरी आँखों के सामने 'गड-मड' हो गया और मुझे बस इतना ही याद है कि मेरे गले से भी एक चीख निकल गयी... और मैं धड़ाम से

अपने घर की छत पर गिर पड़ा।

डॉ. नीरज दइया

कवि, आलोचक, व्यंग्यकार, अनुवादक और संपादक के रूप में पहचान।

जन्म : 22 सितम्बर, 1968 रतनगढ़ (चूरू) राजस्थान
शिक्षा : बी.एससी., एम.ए. (हिंदी साहित्य, राजस्थानी साहित्य), बी.एड., नेट, स्लेट, पीएच.डी., पत्रकारिता और जनसंचार में स्नातक पाठ्यक्रम (स्वर्ण पदक)
वर्तमान में : केंद्रीय विद्यालय संगठन में पी.जी.टी. (हिंदी)
संपर्क : FB-E-mail : drneerajdaiya@gmail.com
प्रकाशित पुस्तकें : हिंदी में-
कविता संग्रह : उचटी हुई नींद (2013), रक्त में घुली हुई भाषा (चयन और भाषांतरण- डॉ. मदन गोपाल लढ़ा) 2020
साक्षात्कर : सृजन-संवाद (2020), नन्द जी से हथाई (संपादन) (2020)
व्यंग्य संग्रह : पंच काका के जेबी बच्चे (2017), टांय-टांय फिस्स (2017)
आलोचना पुस्तकें : बुलाकी शर्मा के सृजन-सरोकार (2017), मधु आचार्य 'आशावादी' के सृजन-सरोकार (2017), कागद की कविताई (2018), राजस्थानी साहित्य का समकाल (2020)
संपादित पुस्तकें : आधुनिक लघुकथाएं, राजस्थानी कहानी का वर्तमान, 101 राजस्थानी कहानियां
अनूदित पुस्तकें : मोहन आलोक का कविता संग्रह ग-गीत और मधु आचार्य 'आशावादी' का उपन्यास, रेत में नहाया है मन (राजस्थानी के 51 कवियों

की चयनित कविताओं का अनुवाद)

शोध-ग्रंथ : निर्मल वर्मा के कथा साहित्य में आधुनिकता बोध

अंग्रेजी में : Language Fused In Blood (Dr- Neeraj Daiya) Translated by Rajni Chhabra 2018

प्रेम से मिलता-जुलता कोई शब्द

कमरे की साफ-सफाई झाड़-पोंछ के सिलसिले में हाथ में एक पुरानी डायरी आ गई है। यह संयोग ही है कि जो पृष्ठ मेरे सामने खुला है, उस पर बड़े अक्षरों में लिखा है- प्रेम से मिलता-जुलता कोई शब्द। आगे के पृष्ठ पर एक फूल का अधूरा-सा चित्र बनाने की, की गई मेरी कोशिश देखते ही हरी हो गई है। पहली पंक्ति- वह उससे आखिरी मुलाकात थी, को पढ़कर एक स्मित भीतर ही भीतर जैसे खिल आई। जैसे कोई पुरानी कहानी जवान हो गई हो। कुछ क्षण पहले सब कुछ सामान्य था, बस पलक झपकते ही किसी एक शब्द, चित्र या पंक्ति से बंधा मैं कहां से कहां चला गया।

एक ही बस में हम दोनों एक ही शहर से रवाना हुए थे। उसकी और मेरी मंजिल जुदा-जुदा थी, बस हमारा रास्ता एक था। मेरा शहर उसके रास्ते में आता था। सोचा थोड़ा सफर साथ-साथ रहेगा। मैंने कहा कुछ नहीं बस सोचा था कि यदि वह चाहती तो मेरे यहां रुक सकती थी। आगे दो दिन की छुट्टी थी। उसे या मुझे कोई जल्दी नहीं थी। अब इस पल भी सोचता हूं कि मैंने उससे रुकने को कहा क्यों नहीं? वह रुकती या फिर नहीं रुकती किंतु मुझे कहना तो चाहिए था। पता नहीं रुकने को कहता तो वह रुकती भी या नहीं। कहीं एक डर और संदेह था कि मेरे रुकने को कहने का वह क्या अर्थ लेगी? कोई स्त्री-पुरुष साथ या पास-पास आते ही कहानी जन्म लेती है। कहानी तो कोई भी पास-पास और साथ-साथ आए तो आरंभ होती ही है। हमारे समय में ऐसी मित्रता कठिन है। उसके रुकने का अथवा मेरे इस सोचने का सिरा आप पकड़ कर इस कहानी को कहां से कहां ले जाएंगे। क्या एक इन्सान का दूसरे इन्सान से प्रेम के अतिरिक्ति कोई दूसरा संबंध भी होता है।

उस समय की याद एक खुशबू की तरह अब भी अपने अहसास को लिए जिंदा है। मैं इतने वर्षों बाद अब तक इसे अपनी प्रेम कहानी की तरह संभाले हुए हूं। आज भी लगता है कि वह जख्म हरा है। पीड़ा नहीं, बस कोई सुखद एहसास है जो किसी हवा के झोंके के साथ आया है। वैसे आप जानते हैं कि वर्तमान में जीते हुए, हमारा अतीत में विचरण कभी सुखद और कभी दुखद होता है। मैं अपना काम करते-करते, क्यों सुखद-दुखद जैसी बातें लेकर आत्म-संवाद करने लगा हूं। अभी काम काफी बाकी है। आपका कभी किसी लेखक के कमरे को देखने का अनुभव रहा होगा तो आप जानते होंगे कि कितनी किताबें, पत्र-पत्रिकाएं और भी ढेर सारी सामग्री रहा करती है लेखकों के कमरों में... कोई जरा-सा कागज या पुर्जा भी बेहद जरूरी होता है। किसी कविता की कोई पंक्ति या फिर कहानी की शुरुआत की कुछ पंक्तियां ना जाने कहां-कहां लिखी हुई मिल जाती हैं। हमारे भीतर बहुत सारे नदी-नाले और खिड़कियां-दरवाजे आदि-आदि हुआ करते हैं, जहां से हम जब चाहे-अनचाहे निकलते हैं, और बस खो जाते हैं।

एक समय में एक जीवन के साथ, समांनतर हम अनेक जीवन जिया करते हैं। करने को तो में अब भी अपने कमरे को ठीक-ठाक करने का नाटक कर रहा हूं, किंतु खो गया हूं उस कहानी में। मैंने उससे कहा था कि घर पहुंच कर मिस कॉल जरूर करना, और उसका उस रात मिस कॉल आया भी था। वह अच्छे से अपने घर पहुंच गई और फिर कभी नहीं मिली। जरा-सी कोई बात जीवन में खलबली मचा सकती है। एक कोड वर्ड हो सकता है- मिस कॉल वाली। अतीत की यह छोटी-सी कहानी वर्तमान में अनेक कहानियों को जन्म दे सकती है। पत्नी, बेटे-बेटियां और मेरे मित्र, सब के सब अपनी-अपनी नजर से इसका पोस्टमार्टम करेंगे।

सच में ऐसी कहानियां जग-जाहिर नहीं करते। बहुत-सी कहानियां पुरानी होकर भी पुरानी नहीं होती, जैसे- यह प्रेम-कहानी। आप उत्सुक हैं जानने को कि आगे मैं क्या लिखने वाला हूं। हम दोनों किसी एक कार्यशाला के सिलसिले में अपने-अपने शहरों से रवाना होकर किसी एक शहर में मिले थे। वह देखने में सुंदर और दूसरों से अलग-सी दिखती थी। मेरा उसके प्रति आकर्षण का कारण उसकी सुंदरता या विपरीत लिंगी होना नहीं था। हम दोनों के अलग-अलग समूह थे। चाय के वक्त जब मैंने पहली बार

उसको देखा और उसकी तरफ देखता रहा, तो इसका कारण उसके हाथ में हिंदी की प्रसिद्ध कथा-पत्रिका का होना था। उसका साहित्य-प्रेम जाहिर हो रहा था। मैं हैरान था कि इस उजाड़ में और हिंदी साहित्य के आधुनिक काल के आरंभिक दौर को जानने-पहचानने वाले मास्टरों और मास्टरनियों में इक्कीसवी शताब्दी की आधुनिक साहिबा कौन है? मेरा अनुमान ठीक निकला वह कहानी लेखिका थी और उसकी कहानी उस पत्रिका में प्रकाशित हुई थी।

अपनी और उसकी कहानी में आगे बढ़ाता हूं, किंतु बीच मैं जो मैंने एक आकलन प्रस्तुत कर दिया है उसे भी स्पष्ट करता चलूं। जिससे आपको लगे कि मैं सही हूं। मेरा कोई पूर्वाग्रह नहीं है। वहां मौजूद जमात से यदि सवाल किया जाए कि हिंदी कहानीकार कौन-कौन हैं? तो जबाब होगा-प्रेमचंद। और उनके लिए प्रेमचंद के आगे-पीछे भी प्रेमचंद। जिनकी दुनिया सूर, कबीर, तुलसी से आरंभ होकर पंत, प्रसाद, निराला और महादेवी तक पूरी हो जाती हो, वह भला उस कथा-पत्रिका को क्या जानेंगे। उस पत्रिका के बारे में उससे कुछ मित्रों ने पूछा और उन्हें अफसोस हुआ- अरे यह पत्रिका तो प्रेमचंदजी निकाला करते थे, क्या फिर से निकालने लगे? मैं बिना किसी नाटकीय मुद्रा और व्यंग्य के यह सत्य वचन लिख रहा हूं कि हिंदी साहित्य को पढ़ाने वाले समकालीन साहित्य से पर्याप्त सरोकार नहीं रखते। मैं जानता हूं कि आपको भी इस कहानी की नायिका से सरोकार है, कि कैसे-क्या हुआ?

आपको यह जानना अच्छा लगेगा कि मैं जानता हूं कि आपको पता है-आंखें सेकना क्या होता है। यह दोनों तरफ से होता है। चाय के वक्त एक दृश्य बहुत करीब मेरी आंखों के सामने घटित हो रहा था, जिसमें भाई लोग उस कथा-पत्रिका को ले लेकर उलट-पलट कर अपना ज्ञान आलाप कर रहे थे। मैंने एक काम करने की हिम्मत जुटा ली। अपने थैले में से एक पत्रिका निकाली और उस रुपसी को यह कहते हुए दे दी कि मेरी कहानी छपी है। इस उजड़े चमन में यह चुपके-चुपके कोई फिजा थी। आश्चर्य कि वहां हिंदी कहानी में अकहानी का दौर कब तक चलेगा... जैसी आवश्यक बहस गर्म थी, और एक साहब तो कह रहे थे कि हिंदी कहानी में प्रेमचंदजी के बाद कोई ढंग का कहानीकार पैदा ही नहीं हुआ। ठीक उस समय हम

एक-दूसरे को देख रहे थे! आज इतने लंबे अंतराल के बाद भी मैं उसी जगह जा कर खड़ा हो गया हूं- उसे देखते हुए। थोड़ी देर बाद ही वह मधुर मुस्कान के साथ पत्रिका मुझे लौटाते हुए आंखों ही आंखों में कुछ कहती है। मैं उसका कहना सुनता हूं। अब वह मित्र-मंडली से संबोधित है- प्रेमचंद के बाद... वाह री अकहानी.... उसकी हंसी भीतर गूंज रही है। इस कहानी का यहां कोई सूत्र कस कर हमें एक-दूसरे से अब भी जैसे बांधे हुए है।

क्या मैं अब भी उसकी स्मृति में कहीं हूं या यह कोरी मेरी ही स्मृति है जो उसे अब तक बांधे है। आपको यह जादू जैसा नहीं लगता। हम जिसे बांधे बैठे हैं और उसको इसकी खबर नहीं! संबंधों में ऐसा कुछ बीज जैसा होता है कि वह सपना बुनता है। क्या उसकी स्मृति कोई सपना है, जो जड़ें फैलाए मेरे भीतर अब भी जिंदा है। आज वह भले ही मुझे भूल गई हो, किंतु जब किसी सूत्र से उसकी स्मृति विगत के उस बिंदु पर पहुंचेगी तब में उसके भीतर किसी दृश्य में उपस्थित हो जाऊंगा। मेरी उस उपस्थिति का मुझे भला कैसे अहसास होगा? मुझे इसकी कोई खबर नहीं होगी। बेखबर हमारा ऐसा होना, असल में होना नहीं चाहिए। हम शादी-शुदा ऐसे आकर्षण में अनचाहे बंध गए। हमारी इस कहानी के लिए हमें प्रेम से मिलता-जुलता कोई शब्द नहीं मिल सकता। अंतस में कोई दृश्य कहां से कहां पहुंच कर जुड़ जाता है! इस समय भीतर जैसे गीत बज रहा है- प्यार को प्यार रहने दो... कोई नाम ना दो...। इस अनाम कहानी का कोई नाम नहीं, फिर भी एक नाम है। घर-परिवार की आत्मीय बातों, किस्सों-कहानियों में जो संबंध का सिरा बना और विकसित हुआ, वह हमारी आखिरी मुलाकात में कहीं पीछे छूट गया। नहीं ऐसा नहीं हुआ, उसका कोई अंश अब भी भीतर बचा है। जो कि अब भी लहरा रहा है। उसका लहराना या रोकना मेरे बस में नहीं।

मैंने एक बार सोचा भी था कि हमारी उस मुलाकात पर एक कहानी लिख कर प्रकाशनार्थ भिजवा दूं। किंतु नहीं लिख सका। सोचता हूं कि हमारा मन क्या किसी कागज की तरह होता है कि उस पर कभी कोई पेपरवेट रख दे, और वह हवा में फड़फड़ाता रहे। ऐसा प्रेम जो कभी आकार लेता संभव होता दिखता है, उसे दिखाया कैसे जाए? और क्यों दिखाया जाए? दिखने से दूर सदा छुपा कर रखने वाला प्रेम हमें जिंदा रखता है। भले ऐसे

प्रेम पर किसी को यकीन हो या नहीं, किसी के यकीन की आवश्यकता भी नहीं। यह है तो बस है। इस प्रेम को अपना नाम नहीं दिया जा सकता, इसलिए उस पृष्ठ पर मैंने उस दिन लिखा था- प्रेम से मिलता-जुलता कोई शब्द... फूल का वह अधूरा-सा चित्र बनाया था, जो अब भी कभी-कभार महक उठता है। बस मेरे लिए, जैसे आज अभी-अभी सजीव हो गया हो।

डॉ. फतेह सिंह भाटी

सम्प्रतिः प्रोफेसर, निश्चेतना विभाग, डॉ. सम्पूर्णानन्द आयुर्विज्ञान महाविद्यालय जोधपुर के पद पर कार्यरत।
दीर्घकाल से साहित्य के क्षेत्र से जुड़ाव। दैनिक भास्कर, दैनिक जागरण, राजस्थान पत्रिका, सहित देश-विदेश की अनेक पत्र-पत्रिकाओं में कहानी और आलेख प्रकाशित तथा आकाशवाणी से प्रसारित कहानी संग्रह 'पसरती ठण्ड' (प्रकाशकः हिन्द युग्म)
उपन्यास 'उमादे' (प्रकाशकः डायमंड बुक्स) और उपन्यास 'कोटड़ी वाला धोरा' (वाणी प्रकाशन) से शीघ्र प्रकाशित होने वाले
मोः 9414127176
पूर्ण पता : 351, मोहन नगर बी, बी.जे.एस. कॉलोनी, जोधपुर (राजस्थान)

ठूंठ

उसकी आँखें भूरी थी। आँखों का भूरापन ही उसकी खूबसूरती थी। एक ऐसा आकर्षण जिसे जो भी देखे डूबता चला जाए। इस चुम्बकीय आकर्षण से कितने ही खिंचे चले आए। सैकड़ों ने तो प्रतियोगिता में भाग लेने से पूर्व ही पराजय स्वीकार कर ली और दूर हो गए। सैकड़ों प्रयास करके थक गए, तब मन मसोस कर दूर हुए।

यौवन की दहलीज पर होते हुए भी मैं उससे आकर्षित नहीं हुआ, ऐसा कहना सरासर झूठ होगा। कई बार बचपन में सुनी बातें इतनी गहरी पैठ जाती हैं कि चाहते हुए भी दिमाग से निकलती नहीं। दादाजी बहुत-सी बातें सुनाते रहते थे, उनमें से एक यह बात भी थी कि भूरी आँखों वाले कभी विश्वास के लायक नहीं होते। ऐसे लोगों से सावधान रहना चाहिए। हालाँकि उनकी बातें कोई रिसर्च या प्रमाणों पर आधारित हों, ऐसा नहीं था पर कहीं

न कहीं कई पीढ़ियों का गहरा अनुभव उनके पीछे अवश्य था। शत-प्रतिशत सत्यता की सम्भावना न तो प्रमाण पर आधारित बातों में होती है और न ही अनुभव से कही गई बातों में, फिर भी उसकी भूरी आंखें देखते ही मन में भय भरी एक सिहरन-सी दौड़ जाती। यही कारण था कि सभी के लिए वे आंखें चुम्बकीय आकर्षण थी पर मेरे लिए विकर्षण। मेरी सदैव कोशिश रहती उससे सामना न हो पर संयोग था या साजिश, होता इसका उल्टा था। किसी न किसी बात पर वो टकरा जाती, कभी नोटबुक के लिए तो कभी किसी विषय पर संशय दूर करने के लिए।

मित्रता एक ऐसा ताबीज है कि उसके बाद सारे भय दूर हो जाते हैं, सारे संशय विश्वास में बदलने लगते हैं। अब समझ आने लगा था कि यह कॉपियों की अदला-बदली अनायास नहीं होती थी। लगभग उसकी सोची समझी योजना होती थी। वह भी बताने लग गई थी कि वह बचपन से ही जिद्दी है। उसे जितनी मुश्किल से मिले वह शै हासिल करने में मजा आता है और अब तो ऐसी आदत हो गई है कि दो डगर होती है तब भी सरल को छोड़ कठिन डगर पर चल देती है। मेरी दूर भागने की कोशिशें ही उसको पास आने के लिए प्रेरित करतीं। कॉपियों के आदान-प्रदान से शुरू हुआ ये औपचारिक कार्यक्रम अब थ्योरी क्लास में पेन से एक दूसरे को मारना, लैब में सभी की उपस्थिति में मजाक से लेकर कैन्टीन में अकेले में एक-दूसरे के दैहिक से लेकर दिल के सौन्दर्य के बखान पर जाकर समाप्त होने लगा।

जब किसी को प्यार हो जाता है तो सिर्फ माँ-बाप भाई या दोस्त ही नहीं दुनिया का हर शख्स उन्हें अपना दुश्मन लगने लगता है। ऐसा ही हमारे साथ भी हुआ, सबसे पहले लाइब्रेरियन अपना दुश्मन लगने लगा क्योंकि कॉलेज में एक ही जगह होती है, जहाँ कॉलेज समय के बाद भी घंटो आप बैठ सकते हैं। रात्रि आठ बजे लाइब्रेरी बन्द होने का समय था। हम सोचते थे सवा आठ तक तो बैठें पर वह तो पौने आठ बजे घड़ी दिखानी शुरू कर देता। जब सभी उठने शुरू हो जाते तो हमारे पास भी कोई विकल्प नहीं होता, मन में बुरा भला कहते हुए बाहर निकल जाते। तब तक कैन्टीन पहले ही बंद हो चुकी होती थी। वह होस्टलर थी तो उसे दस बजे तक पहुँचने की छूट थी। ऐसे में कोशिश यही रहती कि इस समय का पूरा सदुपयोग किया जाए, पर आठ बजे के बाद जगह की समस्या बरकरार थी। ढूँढने पर

आखिर एक नीम का पेड़ मिल गया। वहाँ रोड़ लाइट से प्रकाश भी पर्याप्त आता था। इसलिए सोमरस पीने वालों के लिए अनुपयुक्त था और पास में ही चाय की थड़ी थी, अतः हमारे लिए यह उपयुक्त जगह थी। ठण्ड के दिनों में उसकी अदरक वाली चाय का आनंद लिया जा सकता था।

हम अक्सर घंटों नीम के पेड़ के नीचे बैठे बतियाते रहते थे और कई बार लड़ते भी। ऐसे ही एक दिन नीम के नीचे उसकी स्कूटी पर बैठे हुए चाय पी रहे थे। सर्दियों की रात थी और ठण्ड का गुस्सा सातवें आसमान पर था। इन दिनों लोग अँधेरा होते ही घरों में दुबकने लग जाते थे। ऐसे में सड़क पर आवाजाही काफी कम हो गई थी। वहां पर हम दोनों के अलावा थड़ी वाला ही था। वह नीम के तने के दूसरी तरफ था यानी हम सीधे उसकी नजरों में नहीं थे।

एक हाथ में गिलास पकड़े, दूसरे हाथ की अँगुलियों से मेरे बालों में कंघी करते हुए अचानक वह बोली- 'आई लव यू'।

एकदम हुए इस हमले से मैं अवाक रह गया फिर थोड़ा सामान्य होते हुए सोचकर बोला- "तुमने कभी प्रेम कहानियाँ पढ़ी हैं?" मैंने तो जितनी भी पढ़ी हैं न जाने क्यों उन सभी में प्रेम हमेशा गुलमोहर के नीचे ही पल्लवित हुआ है। हम तो नीम के नीचे बैठते है देखना यहाँ तो कड़वाहट ही पैदा होगी...हा हा हा।

वह हँसते हुए बोली, "तुम हमेशा नेगेटिव सोचते हो। वैसे बाई दी वे में क्यों पढ़ूं प्रेम कहानियाँ? मैं ऐसी कहानियाँ पढ़ने में नहीं गढ़ने में यकीन रखती हूँ। तुम कुछ भी सोचो या कहो, देखना एक दिन ऐसा होगा जब कोई हमारी प्रेम कहानी भी लिखेगा और उसे हजारों लाखों लोग पढ़ेंगे।"

तुम समझती क्या हो कहानियों के बारे में? वे ऐसे पेड़ों के नीचे बतियाने से नहीं बनती हैं। उनमें प्रेम, रोमांस उलझनें, दर्द, मिलना, बिछुड़ना सब कुछ होना चाहिए। 'ट्विस्ट होना चाहिए ट्विस्ट' वरना हर किसी की कहानी किताबों में, अखबारों में छप जाती तब तो अभी तक इतनी किताबें होती कि न तो हमारे और तुम्हारे बैठने लायक जगह बचती और न ही कोई पेड़ बचता।

थ्योरी क्लास से होते हुए लैब, कैन्टीन, लाइब्रेरी और फिर नीम के पेड़ तक पहुँचने के बाद अब कभी-कभी वो मेरे कमरे पर भी आ जाती थी।

छुट्टियों में अभी काफी महीने बाकी थे। माँ को मेरी याद आ रही थी तो वे मिलने आ गयी। मेरी मकान मालकिन ने बात जितनी थी उसमें अपनी तरफ से छोंक लगा कर सुनाई। माँ एक सप्ताह रुकी। भगवान ने साथ दिया और इन सात दिन में पता नहीं क्यों वह एक बार भी नहीं आई। इसलिए माँ को थोड़ा बहुत मेंरी बातों पर विश्वास हुआ। उसे लगा कि जितनी गम्भीरता से बात मकान मालकिन द्वारा सुनाई गयी उतनी गंभीर बात है नहीं। बस मामूली-सी दोस्ती है जिसकी वजह से कभी-कभार उस लड़की का कमरे पर आना-जाना होता होगा।

छह महीने बाद माँ फिर आई। अब तक उसकी यहाँ आने की आवृति भी कुछ अधिक हो गई थी। ऊपर से इस बार मकान मालकिन द्वारा छोंक के साथ मसाला भी डालकर बातें परोसी गई। अब माँ को बात में गंभीरता का कुछ आभास होने लगा। शायद इस कारण उस लड़की, उसके माँ-बाप, भाई-बहन, परिवार, ननिहाल के बारे में अनेकों प्रश्न करने लगी। वैसे सिर्फ मित्रता कहते हुए अब भीतर से कभी-कभी मुझे भी रिश्ते की गहनता का एहसास होने लगता था। अब उसके बिना कमरे पर मन नहीं लगता। यहाँ तक कि माँ के साथ रहते हुए भी दो बार उसका आना हुआ। माँ क्या सोचेगी इसका भय होते हुए भी उसका आना मुझे अच्छा लगा, दिल को कुछ सुकून मिला।

इस सघन पूछताछ के बाद माँ घर लौट गयी। माँ, पिताजी को ऐसा कोई समाचार देकर तनाव नहीं देना चाहती थी इसलिए कुछ नहीं बोली। पर अनुभव से पके सफेद बाल कम से कम जीवन साथी का चेहरा पढ़ना तो जान ही जाते हैं।

आखिर उनके बार-बार पूछने पर कि जब से वापस आई हो ललाट पर ये चिन्ता की रेखाएं कैसी हैं? तुम कितना ही इंकार करो पर कुछ तो है जो मुझसे छुपा रही हो।

माँ ने सब कुछ बता भी दिया और अन्त में हंस कर यह बोली कि बच्चे हैं, एक दूसरे को पसन्द करते हैं तो साथ बैठ जाते हैं, आप क्यों टेंशन लेते हो?

पिताजी बोले बात इतनी सी होती तो तुम्हारे ललाट पर ये रेखाएं नहीं उभरती। मान लो कुछ नहीं भी है तब भी तुम्हारे चिन्तित रहते मुझे चैन

कभी आया है जो अब आ जाएगा?

इतनी ही चिन्ता हो रही है तो उसके घर परिवार के बारे में तो पता कीजिए। फिर सोचते हैं, आगे क्या करना है।

कई बार इन्सान सोचता ही रह जाता है, समय कब पंख लगा कर उड़ जाता है पता ही नहीं चलता। ऐसा ही हुआ, पिताजी आज कल करते रहे, सोचते रहे, मन में ही उलझते-सुलझते रहे, तब तक हमारी डिग्री पूरी हो गई। इस बीच हमने जरूर एक दूसरे की गोद में सिर रखकर, बालों में अँगुलियों से कँघी करते हुए कितनी ही बातें की होंगी। महसूस किया कि दुनिया में प्रेम के सिवाय कुछ भी नहीं है। प्रेम ही जीवन है। उसके अभाव में, रस विहीन, शुष्कजीवन, शूल की तरह चुभता है, बींधता है, पीड़ा देता है।

ग्रेजुएशन के बाद क्या करना है? कभी सोचा ही नहीं। या यूँ कहूँ कि मैंने कभी सोचा नहीं। क्योंकि परिणाम आते ही उसने जाने की तैयारी कर ली थी। मुझे ज्ञात हुआ तो पांवों के नीचे से जमीन खिसक गयी। किसी बात की कल्पना भी नहीं की हो और वह घटित हो जाए तब हर किसी के साथ ऐसा ही होता है। वो जाना चाह रही थी और मेरा आग्रह था रुक जाए।

'अरे यार, तुम समझते क्यों नहीं, हम यहाँ तीन साल के लिए पढ़ाई करने आए थे। अब 'मैं' अपनी अगली मंजिल को जा रही हूँ 'तुम' अपनी को जाओ।'

'हमने भी तो किसी मंजिल का सोचा था?'

...और ये 'हम' से सीधे 'तुम और में' पर कैसे आ सकती हो? मेंरी कौनसी मंजिल? मेंरी तो पहली और आखिरी मंजिल 'तुम' ही हो और किसी मंजिल के बारे में कभी सोचा ही नहीं तो जाऊं कहाँ?

तुम सच में पागल हो चुके हो। अब तुम्हारी मंजिल कोई अच्छा साइकेट्रिस्ट होना चाहिए...हा! हा! हा!

तुम समझते क्यों नहीं? कुछ व्यवहारिक बनो। प्यार, मोहब्बत, इश्क कहने सुनने में अच्छे लगते हैं पर असल जिन्दगी में आपकी डिग्री, बिजनेस, पैसा, गाड़ी, बंगला, रिलेशंस काम आते हैं। हम जब तक यहाँ रहे सुख से रहे। अब उसे दिल पर लेकर या भावुक होकर परेशान होने से कोई अर्थ नहीं निकलता। जिन्दगी ने फिर कभी कोई अवसर दिया तो सुख से साथ रहेंगे, पर अभी तो मेंरी तरह तुम्हें भी कहीं जाना चाहिए।

"क्या प्लान बनाया है तुमने? कहाँ जाओगे?"

"तपते हुए रेगिस्तान में।"

"हा हा हा...फिर तो मैंने पागल कह कर कोई गलती तो नहीं की।" जानते हो वहां का तापमान कितना होता है? कहते हैं गर्मियों में खुले में पड़ा पानी भी उबलने लगता है।

जानता हूँ इसीलिए तो जाना चाहता हूँ। "एक ऐसे रेगिस्तान में जहाँ सैकड़ों, सैकड़ों क्यों हजारों कोसों तक कोई नहीं हो, मनुष्य क्या पशु या पानी भी नहीं। हाँ, बस एक कोयल हो जिसका संगीत सुनते हुए गर्म तावड़े (धूप) में सिकता रहूँ। लू (सूखी गर्म हवा) देह से पानी की एक-एक बूंद पी जाए और पीछे रह जाए सिर्फ एक 'ठूंठ'। जिसमें कूट-कूट कर भरी होगी तेरी यादें और आखिरी वक्त में सुना गया उस जानलेवा गर्मी में तड़पती हुई कोयल का दर्द से भरा संगीत।"

जब कभी तुम्हें मेंरी याद आए या अपने काम से ही लौट आओ तब एक बार जरूर आना। मेरा, मेरे प्रेम का, मेरे त्याग का इतना मान जरूर रखना। तुम एक बार उस ठूंठ को देखने आना और तब बाहें फैला कर गर्मजोशी से सिर्फ एक बार मिल लेना, उस ठूंठ से। जैसे तुम मुझसे मिला करती थी। मेंरी सारी यादों, सारे दर्द का अन्त हो जाएगा, में मुक्त हो जाऊँगा हमेशा-हमेशा के लिए। वचन दो कि तुम रुकती नहीं हो तो कोई बात नहीं, पर वहां तो आओगी।

उसने उस ठूंठ को मुक्त करने के लिहाज से बोला या अभी मुझसे स्वयं की मुक्ति लिए बोला ये तो वो ही जाने पर हँसते हुए बोला, हाँ बाबा आऊँगी, जरूर आऊँगी। अब तुम जाओ मुझे अपना सामान, बैग, बगैरा तैयार करना है। कल निकलना भी तो है। मैंने उसे कल एयरपोर्ट तक छोड़ने का कहा। जो बाजार ब्रेड लेने या कैंटीन तक भी मेरे बिना नहीं जाती थी, उसने मेरे प्रस्ताव पर सख्ती से असहमति जता दी।

मैं वहां से निकल पड़ा, कहाँ के लिए? मुझे भी नहीं पता, पर वहां से जाने को कह दिया गया था, इसलिए जाना तो था ही। कमरे पर आकर बिना लाइट ऑन किए कम्बल में घुस गया। दो घंटे करवटें बदलता रहा फिर उठकर नींद की गोली ली। एक घन्टे बाद फिर दो गोली ली पर नींद भी आज जिद पर उतर आई थी। कसम ले रखी थी कि नहीं आनी तो नहीं

ही आनी। कभी किसी मित्र ने कहा था की नींद की गोलियों से नींद नहीं आती है तब हंसी आई थी। मैंने पूछा था फिर इन्हें 'स्लीपिंग पिल्स' क्यों कहते हैं? पर आज प्रत्यक्ष अनुभव हुआ, ये असर तभी करती है जब नींद आ रही हो वर्ना किसी काम की नहीं।

हालाँकि उसने एयरपोर्ट तक टैक्सी से जाने का कह कर कल ही इशारा कर दिया था कि अब हमारी आखिरी मुलाकात हो गई। मेरा और वक्त जाया मत करना परन्तु जगह और समय बताने की गलती कर दी थी। रात नौ बजे की फ्लाइट थी। में चौबीस घंटे बाद बिस्तर से निकला। मेंरी एक बात से वह बहुत खुश होती थी कि इस ठण्डे प्रदेश में भी में रोज नहाता हूँ पर आज वह भी नहीं कर पाया। आखिरी मुलाकात में मेंरी एक खूबी जो उसे पसंद थी उसे बरकरार नहीं रख सका पर वैसा आभास हो इसलिए डियो लगाया और चल पड़ा।

एयरपोर्ट दो घंटे पहले ही पहुँच गया। वह अपनी उड़ान के निर्धारित समय पर आई। इधर-उधर नजरें घुमाई। जैसे उसे पूरा विश्वास हो कि मना करने के बाद भी में जरूर आऊंगा।

उसकी बेचैन आँखों को तब चैन आया जब उसने देख लिया कि उसकी उम्मीद के मुताबिक में पहुँच गया हूँ। वो मेरे पास आई, बाहें फैला कर मुस्कुराते हुए मिली पर आज हमेशा वाला वो प्रेम, वो खुशी महसूस नहीं हुई, न ही कोई स्त्री और पुरुष के मिलने से उत्पन्न होने वाले कोई भाव। में भाव शून्य हो गया था या हम दोनों ही, पता नहीं पर इस मिलन में न मिलने की कोई गर्माहट थी, न ही बिछड़ने की कोई पीड़ा। विचार शून्य समाधि जैसी स्थिति, जिसमें कोई भाव, संवेदना, दुःख-सुख या विचार नहीं।

उस क्षण के बाद वह कब गई मुझे नहीं पता।

रात दो बजे, आखिरी फ्लाइट भी जा चुकी थी तो किसी कर्मचारी ने पूछा भाई यहाँ क्या कर रहे हो? सभी लोग तो अपने-अपने गन्तव्य को चले गए। तब घड़ी देखी तो मुझे अनुमान हुआ कि वह तो अगली मंजिल तक भी पहुँच गई और में रेगिस्तान की बजाय यहाँ एयरपोर्ट पर ही 'ठूंठ' बन गया था। तब से आज तक रेगिस्तान हो या हरियाली जहाँ भी जाता हूँ, वैसा ही भावशून्य, विचारशून्य, संवेदनाशून्य 'ठूंठ'। मुक्तिदाता कभी लौट आएगी या नहीं? मुक्ति मिलेगी या नहीं? यह 'ठूंठ' कुछ भी नहीं जानता।

हरीश बी. शर्मा

कुछ प्रमुख कृतियाँ

कविता संग्रह- थम पंछीडा (राजस्थानी), फिर में फिर से फिरकर आता (हिन्दी)।

विविध

सह-सम्पादक, राजस्थानी भाषा विभाग, कविता कोश

कार्पोरेट

सब जानते हैं सपना कभी सच नहीं बन सकता, लेकिन पता नहीं क्यों हम सपनों की तरफ दौड़ते हैं। पाने के लिए हांफने की हद तक कोशिश करते हैं और फिर साकार होने के सपने भी देखने लगते हैं। पता नहीं एक सपने में कितने-कितने सपने पैदा कर लेते हैं। हां, सपनों की संतानें नहीं होती। सपनों के सपने ही होते हैं। हजार-हजार सपनों का वंश और एक दिन जब अचानक पहला सपना टूट जाता है तो वंश भी खत्म हो जाता है। बचता नहीं कुछ भी। लोगों का भ्रम तब भी नहीं टूटता और कहते हैं सारे सपने टूट गए।

सारे सपने?

शरमनी की तंद्रा अचानक भंग हुई। क्या सारे सपने कहना सही है? एक ही सपने से पैदा हुए और फिर एक के बाद एक पैदा होते रहे, को सारे कहें या एक। एक कहें या अनेक? सोचते-सोचते शरमनी की उंगलियां की-बोर्ड पर तेजी से दौड़ने लगी। शरमनी के काम करने का तरीका यही था। वह जितना ज्यादा सोचती, उसकी उंगलियां उतनी ही तेज दौड़ती और

कंम्प्यूटर स्क्रीन पर शब्द बिखरने लगते। कर्कश आवाज देने वाला की-बोर्ड भी जब रफ्तार में आता है तो यूं लगता है जैसे घोड़े दौड़ रहे हैं और फिर जब दिल, दिमाग, उंगलियां और स्क्रीन के बीच टयूनिंग बैठ जाती है तो ऐसा लगता है जैसे पेंटिंग रची जा रही है। कर्कश की-बोर्ड मानो ऑर्गन बन जाता है। उभरने लगता है संगीत। शरमनी काम करते-करते इस हद तक पहुंचकर ही दम लेती। लेकिन अचानक उसे रुकना पड़ा। स्क्रीन पर उभरने लगी थी लहरें। शरमनी का फ्लो टूटा।

उसने मोबाइल को देखा और बुदबुदाई, 'कौन हो सकता है? शायद...'

लेकिन दिमाग से झटकना चाहा विचार। इस बीच मोबाइल पर मीठी धुन बजने लगी थी। पता चला एसएमएस था। बॉस का एसएमएस। शरमनी की रूह एक बार फिर कांप गई। लिखा था- मिलकर जाना। शरमनी को पता था ऐसा होगा, लेकिन ऐसा होगा तो करेगी क्या। यह नहीं जानती थी और इस बीच हो गया। बॉस का एसएमएस था और वह जानती थी कि अगर आज भी बॉस से मिलकर नहीं गई तो उसका प्रोजेक्ट बिगाड़ा जा सकता है और अगर बॉस से मिलने चली गई तो....।

शरमनी के पास कोई जवाब नहीं था। क्या हो जाएगा? ...यही ना कि मुझे यह काम छोड़ देना पड़ेगा। मन के किसी कोने से आवाज आई।... हां, इससे ज्यादा तो कुछ नहीं और इतने में दिमाग ने ताव खाते हुए कहा- कुछ क्या नहीं, सब कुछ। इस रिक्रूटमेंट का मतलब सब जानते हैं लेकिन अगर यह मिलने के बाद छूट गया तो...। ऐसा अवसर फिर कभी नहीं मिलेगा। फिर मिल भी गया और वहां भी ऐसे ही लोग हुए तो। ऐसे क्यों, यही लोग हुए तो? क्या करेगी शरमनी?

शरमनी को एक-एक करके कनिका की सारी बातें याद आ रही थी। कल का सारा वाकया जब उसने कनिका से कहा तो कनिका ने कंधे उचकाते हुए कहा, होता है यार...। उसकी नजर में यह सब नॉर्मल था। यहां तो ऐसा ही होता है। कहते हुए कनिका बिलकुल भावहीन थी लेकिन शरमनी हैरान। कनिका के लिए यह हैरानी की बात नहीं थी। उसने उल्टे चुहल करते हुए शरमनी से पूछा, 'मैं तो सोच रही थी अब तक यह सब हो चुका होगा।' कनिका की बातों ने उसे हर्ट भी किया। कनिका के कहे शब्द उसे याद आ रहे थे। शरमनी, जिस तरह बॉस तुम्हारी तारीफें करते हैं

तो हमने सोचा कि...

'क्या...क्या सोचा तुम लोगों ने? मतलब क्या है तुम्हारा?'

शरमनी का अंदाज गिरेबान पकड़ने वाला था।

'अरे भई मतलब-वतलब कुछ नहीं। ये कार्पोरेट जगत है। यहा शर्ट के बटन खोले बगैर कुछ भी नहीं मिलता।... अगर तुम वास्तव में ऐसा नहीं कर रही हो और आगे भी नहीं करना चाहती हो तो टिक नहीं पाओगी।'

सन्न रह गई थी शरमनी। उसे खुद को नॉर्मल करने में काफी समय लगा। फिर बोली, '...तो ठीक है, मुझे नहीं मंजूर यह सब। छोड़ दूंगी कंपनी।'

'फिर क्या करोगी?'

'दूसरी कंपनी में...। कहीं ओर काम कर लूंगी।' जैसे शरमनी के पास जवाब तैयार था।

'वहां भी ऐसे ही मिले तो। चलो छोड़ो, ऐसे नहीं मिलेंगे, लेकिन इस कंपनी ने तुम्हारी अगेंस्ट-रिपोर्ट कर दी तो।'

'ऐसा क्यों करेंगे भला?'

'क्यों नहीं करेंगे? तुम उन्हें कर जा रही हो।'

शरमनी उसे भौंचक्की सी देख रही थी और वह अपनी ही रौ में बोले जा रही थी। '...लड़ाइयां हम लड़ते हैं शरमनी। अपने आपसे, अपने वजूद से, अपने आसपास से। बड़े लोग लड़ाइयों में वक्त को जाया नहीं करते। कंपनियां सिर्फ फायदे का सौदा करती हैं।... फिर कार्पोरेट-जगत में तो लड़ाइयां होती ही नहीं हैं। बिजनस की भाषा में लड़ना मूर्खता है और तोड़ना कल्चर है। यहां एक-दूसरे के आदमियों को तोड़ने का जश्न मनाया जाता है।...राइवल-ग्रुप भी आपस में जाम टकराते समय भूल जाते हैं कि वे व्यावसायिक प्रतिद्वंदी हैं। ऐसे में दो हजार रुपए के ज्यादा पैकेज के चक्कर में बैनर बदलने में देर नहीं लगाने वाले इन लोगों का क्या पता, कल उसी कंपनी में चले आएं जहां तुम हो। फिर बॉस का एसएमएस आए।'

'देखो तुम मुझे डरा रही हो।'

कनिका ने प्यार से कहा, 'मैं तुम्हें समझा रही हूं शरमनी। हो सकता है बाद में तुम्हें समझाने वाला भी नहीं मिले। इस दौर में सब कुछ संभव है शरमनी और तुम उस टिपीकल इंडियन मेंटेलिटी को ढो रही हो। जमाना बदल रहा है शरमनी। इस फ्रेम में ढलना ही वक्त की मांग है।'

'यानी, में बदल जाऊं?'

'अभी बनी ही कहां हो? फिर जैसा देश, वैसा वेश। हर्ज ही क्या है यार।' कनिका की साफगोई थी लेकिन बात दिल को लग गई। शरमनी का फैसला था समझौता नहीं करूंगी।

अब तक कनिका उसे क्रूर लगने लगी थी। शब्द कसे हुए थे। '...तो फिर जान लो शरमनी, अगर यही हालात रहे तो जाना ही पड़ेगा।'

कनिका की ये सारी बातें शरमनी को एक-एक कर के याद आ रही थीं, 'अगर ऐसा नहीं कर सकती तो लौट जाओ। ...होगा इतना ही कि इस रिक्रूटमेंट के बाद जितने घरों में मिठाइयां बांटी गई थी, वे सवाल करेंगे। मम्मी की सहेलियों और पापा के दोस्तों के बीच जितनी भी मिसालें दी गई थीं उन्हें झुठलाना पड़ेगा।... कुछ दिन लोग पूछेंगे फिर घर वाले शादी कर देंगे। बच्चे हो जाएंगे। ज्यादा नहीं तो अपने बच्चों को इंग्लिश मीडियम में पढ़ाने का काम तो कर ही सकती हो। शरमनी, सीखा हुआ ज्ञान कुछ न कुछ तो काम आता ही है।' कनिका की भाषा में व्यंग्य महसूस हुआ था उसे।

'कनिका, तुम ओवर हो रही हो। देखो में बहुत परेशान हूं। अगर तुम मुझे रास्ता नहीं दिखा सकती तो अकेला छोड़ दो। में तुमसे अपनी परेशानी शेयर करने आई थी।' कनिका ने सिर्फ इतना ही कहा, 'सॉरी शरमनी। मैंने तो सच्चाई बताने की कोशिश की। में जानती हूं तुम्हारे जैसी लड़की के लिए यह सब सोचना भी कितना मुश्किल होता है। सच, शरमनी।... यहां लोग बहुत गंदे हैं। अपने स्वार्थ के लिए कुछ भी कर सकते हैं।... एक बार कीचड़ में पैर पड़ जाएं तो फिर संभलना मुश्किल है।'

शरमनी को भी कुछ नहीं सूझ रहा था। शरमनी घर आ गई लेकिन बॉस का एसमएस और कनिका की बातों ने पीछा छोड़ा ही नहीं। जाने कब उसे नींद आ गई और सुबह हुई तो ऑफिस जाने की जल्दी लग गई। ऑफिस में गई तो बॉस ने देखा तो फिर से विचलन हुआ लेकिन काम में मन लगाने की कोशिश की। मन लगा भी लेकिन नहीं भी लगा और इससे पहले की कुछ अच्छा होता एक और एसएमएस सामने था।

क्या करेगी शरमनी, यह शरमनी भी नहीं जानती थी और इस जानने, नहीं जानने के द्वंद्व में उसने तय कर ही लिया कि कुछ भी हो उसे बॉस के पास जाना ही चाहिए। यह समझना चाहिए कि आखिर वो चाहता क्या

है। जाने से पहले उसने सिर्फ इतना ही किया कि एक बार कनिका को फोन कर दिया।

शरमनी नहीं जानती थी उसने ऐसा क्यों किया लेकिन उसे यह लगने लगा कि इस समय में उसका साथ देने के लिए सिर्फ कनिका ही है जो सारे हालात को समझती है। हालांकि उसे यह समझ नहीं आ रहा था कि वह क्या कर रही है। अगर जैसा कनिका ने कहा है वैसा हो गया तो उसका जवाब क्या होगा? लेकिन सच्चाई यह थी कि स्थितियों से सामना करने के अलावा उसके सामने कोई चारा नहीं था।

आखिर वह समय आ भी गया जब उसे बॉस के रूम में जाना था। ऑफिस टाइम खत्म हो चुका था। बॉस बैठे थे। कुछ और एम्प्लॉई जिनका काम बचा हुआ था वे अपने काम में लगे थे। शरमनी ने अपना बैग संभाला और बॉस के कमरे की ओर बढ़ गई।

'आओ शरमनी, अच्छा किया जो तुम आज आ गई वरना हम इससे ज्यादा इंतजार नहीं कर सकते थे।' ऑफिस में एंट्री करते हुए बॉस का यह कहना शरमनी के लिए झटके जैसा था लेकिन वह इसे झेल गई। बॉस ने शरमनी को देखा और बैठने को कहा।

'देखो शरमनी, दो दिन तुमने क्या सोचने में बिता दिए यह तो में नहीं जानता लेकिन अगर तुम आज भी नहीं आती तो शायद एक बड़ी अपोर्च्युनिटी से चूक जाती।... दरअसल, हमारी कंपनी को अपने नए प्रोडक्ट की लांचिंग के लिए कुछ अच्छे लोगों की तलाश है। तुम्हारे काम करने के तरीके को कंपनी ने देखा है। हमें लगता है तुम्हारे अंदर क्षमता है और अगर तुम्हारी इच्छा हो तो इस प्रोडक्ट के लिए तुम्हें बतौर प्रोजेक्ट लीडर के रूप में रखा जा सकता है।'

शरमनी के लिए यह समय रोमांचित होने का था लेकिन कनिका की बात उसके कानों में गूंज रही थी। उसे लग रहा था बॉस अब वही कहेगा जो कनिका ने कहा था। शरमनी ने खुद को संयंत करते हुए पूछा, 'बट, सर इसके लिए मुझे क्या करना होगा?'

'करना क्या होगा? भई काम करना होगा। जैसा यहां कर रही थी, उससे कुछ ज्यादा। लीडर के मायने तो समझती हो ना...? अगर मंजूर है तो बोलो। इतनी जल्दी नहीं है। गार्जियन से पूछकर कल तक जवाब दे देना।'

शरमनी के सामने कहने के लिए कुछ नहीं था। अगर बॉस की बात को माने तो वास्तव में बड़ी अपोर्च्युनिटी थी और कनिका की बात माने तो अभी तक असली बात बाहर आनी बाकी थी लेकिन इससे पहले बॉस ने कह दिया, कल सोचकर बता देना। हालांकि, सोचने के लिए वास्तव में तो कुछ था ही नहीं।... उसने तय कर लिया था कि उसका जवाब क्या होगा। अभी जो काम कर रही है वही ठीक है। कह दूंगी गार्जियन ने मना कर दिया।

शरमनी उठकर जाने लगी तो बॉस ने कहा, 'शरमनी, में जानता हूं तुम तीन दिन क्यों नहीं आई। कनिका तुम्हारी सहेली है ना?... में तुम्हे सिर्फ एक बात बता देना चाहता हूं कि जिस प्रोडक्ट के लिए तुम्हें ऑफर किया जा रहा है उसके लिए कनिका ने खुद चलकर अप्लाई किया था क्योंकि उसे पता है कंपनी में कहां क्या चल रहा है।... उसे जब यहीं पर काम करने के लिए कहा गया तो उसके पास कंपनी की बात मानने के अलावा कोई चारा नहीं था। हां, वो तुम्हें आने से रोक सकती थी। उसने ऐसा किया भी, लेकिन रोक नहीं पाई और तुम यहां पहुंच गई। मुझे इस बात का कोई फर्क नहीं पड़ता कि तुम मेंरी बात को झूठ मानो लेकिन फिर भी में चाहूंगा कि तुम यह देखती जाओ।'

बॉस के हाथ में एक पेपर था। शरमनी ने देखा, कनिका की एप्लीकेशन थी जिस पर साफ-साफ रिफ्यूज्ड लिखा दिख रहा था। शरमनी के पास कहने के लिए कुछ भी नहीं था।

बॉस ने कहा, 'शरमनी, हमारे से ऊपर भी कोई होता है और हम भी अपने घर-परिवार के लिए काम करते हैं। में अच्छे या बुरे की बात नहीं करता, लेकिन सभी को अच्छा या बुरा कहकर सिरे से खारिज करना ठीक नहीं है। में जानता हूं कि अगर तुम्हें आगे बढ़ने के अवसर दूंगा तो कंपनी मुझे अच्छे लोग देने के लिए पीठ थपथापाएगी।... लेकिन यह भी सच है कि जिस तरह कंपनी के पास मेरे जैसे लोगों की कमी नहीं है, उसी तरह तुम्हारे जैसे भी मिल ही जाएंगे। कंपनी को अपना प्रोजेक्ट चलाना है तो वह लीडर बनाएगी ही। चाहे वो तुम हो या कोई और। देट्स ऑल, अब तुम जा सकती हो।'

शरमनी के लिए यह सुनना आसमान से जमीन पर गिरने जैसा था। वह बॉस को सिर्फ थैंक्स कह पाई और निकल गई। हालांकि उसे अपनी सोच पर पछतावा हो रहा था लेकिन इस सोच का सबक उसके जेहन में अभी

तक गूंज रहा था। वह बाहर आई तब तक ऑफिस लगभग खाली हो चुका था। उसे जल्दी से जल्दी घर जाना था। बाहर निकली तो बाइक पर कनिका बैठी दिखी। शरमनी को देखते ही उतर कर उसकी ओर दौड़ी आई, 'क्या हुआ, एवरीथिंग इज ऑलराइट?'

'हां, लेकिन तुम ठीक थी।'

शरमनी एक-एक शब्द को चबा-चबाकर बोल रही थी। बॉस ने कहा, 'अपोर्च्युनिटी ऐसे ही नहीं मिलती। सोच लो, लाइफ-स्टाइल बदल जाएगी। सब कुछ कंपनी देगी लेकिन...'

'...लेकिन क्या?' कनिका सब कुछ जल्दी-जल्दी जानने के लिए उतावली हो रही थी।

शरमनी ने कहा, 'बॉस बोले, लेकिन फिर मुझे भूल जाओगी। यह गलत होगा न। बस, तुम्हें मेंरी याद रहे, ऐसा कुछ करना होगा।'

कनिका चिल्लाई, 'ऐसा कहा उसने? बास्टर्ड!'

'क्या गलत कहा कनिका?' में तो प्रीपेयर थी। थोड़ा आगा-पीछा सोचा और फिर अपोर्च्युनिटी को ध्यान में रखा। यहां तो पांच इंक्रीमेंट में भी इतना नहीं मिल पाता। मैंने कह दिया, आप जैसा कहेंगे वैसा होगा।'

कनिका अचंभित थी। उसने पूछा, 'लेकिन वो अपोर्च्युनिटी? क्या करेगा वो तेरे लिए?'

'पता नहीं कनिका, लेकिन मुझे उसकी बातों पर विश्वास हो गया। सच बताऊं कनिका, इस वक्त अगर तेरा सबक मेरे साथ नहीं होता तो शायद में हां नहीं कर पाती। कोर्पोरेट जगत में तो ऐसा होता ही है, है ना? अगर यहां टिके रहना है तो सब करना ही पड़ेगा।'

यह कहते हुए शरमनी ने कनिका का कंधा दबा दिया। कनिका पागलों की तरह शरमनी को देख रही थी जो तेजी से आगे बढ़ते हुए ओझल हो गई।

डॉ. कृष्णकुमार 'आशु'

परिचय
जन्म : 12 जनवरी, 1968
शिक्षा : एम.ए. (हिंदी और राजस्थानी), पीएच.डी.

प्रकाशन : देश की सभी प्रमुख हिंदी पत्र-पत्रिकाओं में रचनाओं का प्रकाशन

प्रकाशित पुस्तकें : भारत माता का दर्द (बालकथा संग्रह)
समय का प्रहरी (बालकथा संग्रह)
हाशिये पर आदमी (कहानी संग्रह)
यूसुफ नहीं जानता (कहानी संग्रह)
नाक पर चिंतन (व्यंग्य संग्रह)
परपीड़ा सर्वोत्तम सुख (व्यंग्य संग्रह)
विश्वास की जीत (बालकथा संग्रह)
हारा हुआ सिकंदर (कहानी संग्रह)
धरती रो मोल (राजस्थानी बाल कथा संग्रह)
स्कैंडल मार्च (व्यंग्य संग्रह)
च्यानणै रा अैनांण (राजस्थानी कहानी संग्रह)
तृष्णा एवं अन्य लघुकथाएं (लघुकथा संग्रह)

प्रसारण : दूरदर्शन केंद्र जयपुर, देहरादून एवं चंडीगढ़ तथा आकाशवाणी सूरतगढ़ से नियमित प्रसारण

पुरस्कार : स्काउटिंग में सेवाएं देने पर राष्ट्रपति अवार्ड 1991 व प्रधानमंत्री शील्ड 1987
'नाक पर चिंतन' पर राजस्थान साहित्य अकादमी का कन्हैयालाल सहल पुरस्कार
कहानी 'आत्मसमर्पण' पर राज्य स्तरीय राजेंद्र सक्सेना स्मृति पुरस्कार

प्रदीप शर्मा स्मृति बाल चेतना राष्ट्रीय पुरस्कार
मीरा स्मृति सम्मान-2008, इलाहाबाद
चौधरी दौलतराम सहारण मेंमोरियल संस्कृति अवार्ड-2009
विद्यादेवी बहल स्मृति साहित्य पुरस्कार-2012
सलिला विशिष्ट साहित्यकार सम्मान-2013, सलूम्बर
पं. सोहनलाल द्विवेदी बाल साहित्य पुरस्कार-2013, अकोला राजस्थान पत्रिका का 'कौन देगा जवाब' स्तंभ में श्रेष्ठ लेखन पुरस्कार
साहित्यिक सेवाओं के लिए जिला प्रशासन की ओर से पुरस्कृत
राजस्थानी बालकथा संग्रह 'धरती रो मोल' पर साहित्य अकादेमी बाल साहित्य पुरस्कार-2015
दिल्ली पब्लिक लायब्रेरी बोर्ड की ओर से 'सृजन कुंज' पत्रिका को प्रोत्साहन पुरस्कार
सम्प्रति: संपादक, सृजन कुंज (त्रैमासिक साहित्यिक पत्रिका)
पता : 'शब्दांश', बालाजी की बगीची, वार्ड नंबर दस,
पुरानी आबादी, श्रीगंगानगर-335001
मोबाइल : 094146-5829

कुलवन्त अभी मरा नहीं

बोतल के जिन्न की तरह एकदम मतपेटी से निकलकर मतगणना-टेबल से होता हुआ वह वाक्य मतगणकों में फैला था। सबने ठहाका लगाकर बारी-बारी से मतपत्र को हाथ में लेकर उस वाक्य को पढ़ा था। फिर उपेक्षित-सा वह रद्द मतपत्रों के ढेर में फैंक दिया था मगर दीपेन्द्र के दिमाग में वह वाक्य छाया प्रति की तरह अंकित होकर रह गया। वह चाहकर भी खुद को उस वाक्य से अलग नहीं कर पाया। किसी वोटर ने अपने मत पत्र पर सभी उम्मीदवारों के नाम के आगे मोहर लगाकर नीचे लिख दिया था-हरामजादो, अब तो खुश हो जाओ! मैंने तुम्हारी सबकी ऐसी-तैसी कर दी है! सबको वोट दे दिया है!

देश के राजनीतिज्ञों में बढ़ती सत्ता लोलुपता और कुर्सी के प्रति अंध भक्ति से उत्पन्न सामाजिक उपेक्षा से जनमानस में फैला आक्रोश उस

वाक्य में स्पष्ट परिलक्षित था मगर उस आक्रोश का लोगों पर क्या प्रभाव पड़ा है? किसी ने कान तक नहीं धरा उस पर! उपेक्षित-सा उसका आक्रोश रद्द हुए मतपत्रों के ढेर का हिस्सा मात्र बनकर रह गया।

मतगणना स्थल का अवलोकन करते दीपेन्द्र के मन मस्तिष्क में बार-बार कुलवन्त का चेहरा घूम जाता था। मौजूदा राजनीतिक परिस्थितियों से क्षुब्ध कुलवन्त अक्सर कहा करता था, 'सब हराम के पिल्ले हैं। साले खद्दर वाले... देश को लूटके खा जाएंगे। अपने मतलब के लिए कुछ भी करने को तैयार रहते हैं। देश की जरा भी फिक्र नहीं है इन्हें। फिक्र है तो अपनी तिजोरी की। स्विस खातों की। वोट बैंक की। ये और किसी की बिलकुल चिंता नहीं करते।'

एक बारगी तो दीपेन्द्र को लगा कहीं आक्रोश से भरे कुलवन्त ने तो यह वाक्य मतपत्र पर नहीं लिख दिया, मगर यह कैसे हो सकता है? कुलवन्त को तो गुजरे हुए एक सप्ताह बीत चुका है। उसकी आँखों के सामने जली थी कुलवन्त की चिता। इसका मतलब कुलवन्त की तरह और भी लोग हैं जो नेताओं की हरकतों से दु:खी हैं और इस प्रकार अपना आक्रोश व्यक्त कर रहे हैं? मगर इस तरह आक्रोश व्यक्त करने का असर क्या पड़ेगा? उम्मीदवार तो चिकने घड़े हैं! टप से पानी गुजर जाता है। लेश-मात्र भी असर नहीं होता।

दीपेन्द्र ने देखा, मतगणना स्थल के एक तरफ बने मीडिया सैंटर में कुछ पत्रकारों के साथ एक प्रमुख पार्टी का उम्मीदवार बातों में मशगूल है। उसके चेहरे पर ठीक वैसे ही भाव थे, जैसे जुए में सारी सम्पत्ति जीतने के बाद दाँव पर लगी द्रोपदी को देखकर सभी कौरवों के मुखमण्डल पर रहे होंगे। मतगणना का दूसरा चक्र चल रहा था और वह अपने निकटतम प्रतिद्वंद्वी से आठ हजार मतों से आगे था। उसका खुशी से दमकना स्वाभाविक था।

दीपेन्द्र ने उनके बीच जाकर उस मतपत्र का जिक्र किया जिसमें 'वह वाक्य' लिखा था। उस वाक्य को अक्षरश: बोलकर उसने उम्मीदवार की प्रतिक्रिया जाननी चाही। वह उम्मीदवार सभी पत्रकारों के साथ बेहयाई से हंसता रहा। उसने न उस मतपत्र को गंभीरता से लिया न ही उस वाक्य को। सब पत्रकार जीत की ओर अग्रसर उम्मीदवार का इण्टरव्यू लेने के लिए उमड़ पड़े। दीपेन्द्र भीड़ से निकाल कर खुद को बाहर ले आया।

'सब चढ़ते सूरज को सलाम करते हैं। यह कोई नहीं सोचता चमक-दमक के साथ निकल रहा सूरज रात को कितने मासूमों की जिन्दगी से खेलकर आया है।'

दीपेन्द्र सोचता है- किसी ने यह नहीं देखा कि इस बढ़त को हासिल करने के लिए इसने कितने लोगों को शराब पिलाई होगी? कितना पैसा बहाया होगा? अखबारों को झूठे विज्ञापन दिए होंगे? उसके पास पैसा आया कहाँ से? अब ये पैसे की वसूली कहाँ से करेगा?

कुलवन्त भी तो इसी बात को रोता है। यही नेता देश का भांडा बैठाने पर तुले हैं। वे कभी नहीं चाहते कि देश तरक्की करे। सिर्फ खुद की तरक्की चाहते हैं। वरना क्या कारण, अठारह महीने बाद ही देश पर मध्यावधि चुनाव थोप दिए गए। आठ हजार करोड़ रुपए को तेल दे दिया इन सालों ने। चुनावी हिंसा में लोग मरे सो अलग।

कुलवन्त की नजर में देश की गरीबी, बेकारी और भ्रष्टाचार के लिए सिर्फ नेता ही दोषी हैं। उसके मुताबिक जब तक नेता कुर्सी के लिए लड़ते रहेंगे, एक-दूसरे के कपड़े फाड़ते रहेंगे, तब तक यह देश इसी तरह अधनंगा, भूखा-प्यासा, दरिद्र-सा टुकर-टुकर दुनिया की ओर ताकता रहेगा। देश की समृद्धि चाहिए तो पहले इन नेताओं को कालकोठरियों में ठूँसा जाए। इनकी सारी चल व अचल सम्पत्ति को कुर्क कर लिया जाए। विश्व बैंक का सारा कर्जा एक ही दिन में उतर जाएगा। इनके काले धन से ही देश की पवित्र धरती काली पड़ने लगी है। पर कोई शुरुआत तो करे...।

दीपेन्द्र जानता है कि कुलवन्त जो चाहता था, वह इतना आसान है नहीं, जितना कि उसे सोच लेना! मगर कुलवन्त जैसे लोगों के दिलों में जो फोड़ा पक रहा था, जो ज्वालामुखी उनके भीतर धधक रहा था, वह किसी दिन तो फूटेगा। तब इन नेताओं को बहा ले जाएगा! कभी तो इस देश के कुलवन्तों का आक्रोश, जो आज मात्र मतपत्र पर फूटा है, वह प्रत्यक्ष में फूटेगा और तब भारत की तकदीर को बदलने से कोई नहीं रोक पाएगा!

कुलवन्त के अन्दर धधक रहे ज्वालामुखी से दीपेन्द्र कई बार डर जाता। उसे लगता कुलवन्त किसी खतरनाक डगर पर चल रहा है। यह जहरीला रास्ता है जिसमें कदम-कदम पर विषधर बैठे हैं अपना विषैला फन फैलाए! खादर-खाकी ओढ़े इन विषधरों से कभी भी कोई अनहोनी की आशंका

से दीपेन्द्र कई बार घबरा जाता। कुलवन्त उनसे कभी नहीं डरा। वह अपने आक्रोश के स्वर उनके सामने भी बुलन्द रखता। जब कभी राजनीतिक लोगों से सामना होता और कुलवन्त अपने तेवर दिखाने लगता, दीपेन्द्र उसे खींचकर दूर ले जाता। राजनीति के अपराधीकरण के बाद राजनीतिज्ञों और उनके गुण्डों की कल्पना दीपेन्द्र को परेशान कर देती। उसे लगता ये नेता भूखे भेड़िये हैं, जो सामने बोलता है, उसे खा जाते हैं। और वह कुलवन्त को इन भूखे भेड़ियों का निवाला बनने नहीं देना चाहता था। वह पत्रकार होने के बावजूद नेताओं के आगे खुद को बेबस महसूस करता। क्योंकि वह जानता है कि जब अखबार मालिक इनके पिठ्ठू बन गए हैं तो उस श्रमजीवी की क्या बिसात है।

कुछ दिन पहले की बात है। चुना व प्रचार जोरों पर था। नेता घर-घर आकर जनसम्पर्क करके वोट माँग रहे थे। एक मोहल्ले में आयोजित नुक्कड़ सभा में जब एक प्रत्याशी ने अपने प्रतिद्वंद्वी की आमदनी को लेकर सवाल उठाया और कहा कि उसने काले कारनामों से धन कमाया है तो भीड़ में खड़े कुलवन्त ने गोली की तरह सवाल दाग दिया था, 'तो नेता जी, आप ही बता दें, आपने इतनी दौलत कहाँ से कमाई?'

भीड़ में इस प्रकार एकाएक पूछे गए सवाल से नेता जी हकला गए थे। उन्हें ऐसे सवाल की उम्मीद नहीं थी। फिर भी बोले थे, 'रात-दिन मेहनत करके कमाई है।'

'मगर मेहनत तो सारा शहर करता है। बीस साल पहले आप रिक्शा चलाते थे। आज करोड़पति बन गए हैं। कई तेल मिलें हैं आपके पास! बीस साल में इतनी तरक्की सबकी नहीं होती!' कुलवन्त के ये शब्द आग की तरह झुलसा गए नेताजी को। तब दीपेन्द्र को बात खतरे के निशान से ऊपर जाती नजर आई थी और वह कुलवन्त की बाजू पकड़कर उसे बाहर ले जाने लगा था। दीपेन्द्र के दब्बूपन पर झुंझलाते कुलवन्त ने गुस्से में कहा था, 'सब चोर हैं यार, देश को लूटके खा रहे हैं।' मगर उसकी इस बात से दीपेन्द्र रुका नहीं था। वह कुलवन्त को बाहर खींच ले गया था।

तब सारी रात दीपेन्द्र को चैन नहीं आया था। उसे बार-बार लगता था कि नेताजी के गुण्डे कुछ गड़बड़ न कर दें। रह-रहकर सभा में लाल सुर्ख

अंगारा होता नेताजी का चेहरा उसकी आँखों के आगे घूम जाता था। उसने कुलवन्त को समझाया भी था कि अगर वह इसी तरह बकवास करता रहा तो किसी दिन अनहोनी हो जाएगी। तब उसकी विधवा माँ का क्या होगा? किसके सहारे जाएगी वह? छोटे भाई-बहनों को कौन संभालेगा?

तब उम्मीद के विपरीत कुलवन्त ने एक सवाल उससे किया था, 'असैम्बली में बम फैंकने से पहले भगतसिंह को क्या अपनी बूढ़ी माँ की याद आई थी? क्या चन्द्रशेखर आजाद ने अंग्रेजों से लोहा लेने से पहले अपने परिवार वालों की चिंता की थी?'

कुलवन्त के इन सवालों से दीपेन्द्र निरुत्तर हो गया था। उसे कोई जवाब नहीं सूझा था। वह सिर्फ इतना ही कह पाया था, 'वह स्थिति और थी यार...।'

'नहीं।' कुलवन्त ने चिल्लाकर कहा था, 'ये स्थिति उससे अलग नहीं है। फर्क सिर्फ इतना है पहले फिरंगी देश को लूट रहे थे, अब स्वयं इस देश के नेता भारत माँ को नीलाम करने पर उतारू हैं। पहले देश को गुलामी से आजाद कराने के लिए जंग लड़ी गई थी मगर आज आजादी को कायम रखने के लिए एक और लड़ाई की दरकार है। देश को फिर गुलाम होने से बचाने के लिए सिर पर कफन बाँधने की जरूरत है। देश फिर भगतसिंह और चन्द्रशेखर आजाद की माँग कर रहा है मेरे भाई।'

खामोश रह गया था दीपेन्द्र। कुलवन्त के मुँह से निकले आक्रोश के ये स्वर पिघले शीशे के समान ल गे थे उसे। देशभक्ति का जज्बा उसके दिल में भी था। मगर घर फूँककर तमाशा देखने की कोई तमन्ना उसकी नहीं थी। इसलिए उसने कुलवन्त के इस आक्रोश को दबाने का ही प्रयास किया था।

लेकिन ज्वालामुखी को कब तक दबाया जा सकता था। अगले ही दिन एक अन्य मोहल्ले में हुई नुक्कड़ सभा में जब उन्हीं नेताजी से कुलवन्त ने पुराना सवाल पूछ लिया तो वहाँ खड़े नेताजी के कुछ समर्थकों से उसकी कहा-सुनी हो गई थी। तब लोगों ने उन्हें छुड़वा दिया था और कुलवन्त को शाँति भंग न करने की चेतावनी देते हुए दूर छोड़ आए थे। लेकिन अगले दिन सुबह रेल लाइनों पर कुलवन्त की लाश के टुकड़े मिले। पुलिस ने

बेरोजगारी से तंग आकर आत्महत्या का मामला बना दिया था। दीपेन्द्र इस बात को मानने को कतई तैयार नहीं था। उसे शक नहीं, पूर्ण विश्वास था कि नेताजी के इशारे पर कुलवन्त की हत्या करके पटरियों पर रेलगाड़ी के आगे फैंका गया है।

आज मतपत्र पर कुलवन्त के आक्रोश को पुनर्जीवित होते देखकर उसे लगा कि कुलवन्त अभी मरा नहीं है। वह इस देश के कुछ अन्य विद्रोही मतदाताओं के भीतर पल रहा है और कभी भी बाहर आ सकता है।

सुरेन्द्र सुंदरम्

परिचय
जन्म : 1971
गाँव : लिखमीसर पीलीबंगा
हनुमानगढ़, राजस्थान।

सम्प्रति : शिक्षा विभाग राजस्थान में हिन्दी व्याख्याता पद पर कार्यरत

कृतियाँ : वक्त में तुम्हारा हूँ (काव्य संग्रह)
घग्घर नदी के टापू (कहानी संग्रह)
जाम्भोजी की चिङकली (बाल काव्य)

कृतित्व- लम्बे समय तक नुक्कड़ नाटकों का मंचन, जन आन्दोलनों में सक्रियता, देशभर के कवि सम्मेलनों में सहभागी, महत्त्वपूर्ण पत्र-पत्रिकाओं में निरन्तर प्रकाशित।

घग्घर नदी के टापू

जेठ की भरी दोपहर में रतिलाल अपने दोस्त को पुकार रहा है, यार गमदूर! एक जग पानी लेकर आना, आवारा कुत्तों ने मेंरी साइकिल पर पेशाब कर दिया है, सारी सड़कें पड़ी हैं, खम्भे गड़े हैं, पर इनको भी यही जगह मिलती है। ये तो इनका कद छोटा रह गया वर्ना सीट पर चढ़ कर मूत देते। साइकिल को धोकर रतिलाल फुदकते, बड़बड़ाते संकरी गली में तैरता निकल गया। गमदूर वहीं खड़ा-खड़ा देखता रहा, उसे लगा कि रतिलाल का एक कंधा बराबर एक ही दिशा में झुकता जा रहा है।

गमदूर कमरे में घुसा तो उसकी पत्नी चंदो

भरी बैठी थी। बिना देर किए खोद-खोद कर पूछने लगी- "कर आए अपने भाई को विदा, कुछ दूर तक साथ चले जाते, सांईदास की दुकान तक, गले मिले या हाथ मिलाकर ही सलटा दिया। गमदूर! जब सूरज बीच आकाश में उल्टियां करने लगता है तो तुम्हारा ये दोस्त रतिलाल लोगों के घरों में घुस आता है। हर चीज को सूंघ-सूंघ कर देखता है। मेंज की दराजों को टटोलता है। तुम्हारे हर किए कराये पर नजर है उसकी। खुद ने तो घर में एक हाफ माइंड औरत बांध रखी है। जो चुम्बन भी ऐसे लेती होगी जैसे मतीरा खा रही हो। मैंने ये सोचकर कूलर में पानी भरा था कि घड़ी भर सुस्ता लूंगी पर ना जाने क्यों ये बला घर में आ टपकती है। मैंने बहुत बर्दास्त कर लिया पर अब ना होगा।" चंदो ने बात पूरी करते हुए चुन्नी से माथा पोंछ कर लम्बी सांस छोड़ी। रत्तिलाल के गुब्बारे को जैसे बाहर उलीच दिया हो।

रत्तीलाल के प्रति बोले गए शब्दों से पूरा कमरा सुन्न था। पंखे की ताड़ियां फर्र-2 कर रही थी। हेंगर पर लटके कपड़े चंदो की बात की हामी में सिर हिला रहे थे। गमदूर काफी देर तक अंतर्द्वंद्व में रहा, फिर साहस जुटा कर बोला- "चंदो वह भी तो इस शहर में अकेला है। किससे बातें करे, किस पर यकीन करे, किसे कहे कि वो अपरिचित नहीं है। जड़ नहीं है, उसके भीतर भी एक विराट सौन्दर्य है। वह सौन्दर्य को बांटकर जीना चाहता है। वो इस घर को पराया थोड़े ही मानता है, फिर अपने ही घर में आने-जाने के लिए भला पूछने की जरूरत कहां रहती है। में भी तो उसे चाहता हूं। वह मेंरी भी जरूरत है। वो तो सुलगती धूप में छांव की तरह है। हम साथ रहे हैं, गांवो की गलियों में रात-रात भर नुक्कड़ नाटक किए हैं। क्रांन्ति की हर सम्भावना को हमने साथ रहकर महसूस किया है। मेरे पास इस आदमी के अलावा और क्या है। दो साथी और थे कल्लू व लांगड़ जो पहले ही छूट गए है।" चंदो ने उबकायी लेते हुए कहा- "मुझे तुम्हारा ये रतिलाल इस घर में नहीं चाहिए बस।" गमदूर उठकर जर्दा थूकने बाहर निकला, वापिस अंदर आया तो अपने पंख समेटते हुए बोला- "रतिलाल है पागल आदमी, बाहर आग बरस रही है और ये निकला है साइकिल यात्रा करने।" कहते हुए गमदूर ने चंदो की बिन्दी को उतारकर बैड से चिपका दिया और कूलर के सामने पसर गया।

गमदूर रतिलाल को दिल से चाहता है, इसके पीछे बहुत से कारण हैं।

मगर चंदो को नहीं चाहता, इसका कोई भी कारण नहीं है। दोनों एक ही छत के नीचे विश्वास के दीपक को जलाए रखने की कसमकस में लगे हैं। एक मटमैली रोशनी की हिफाजत में वे दोनों कितने वर्षों से अंधेरेपन को झेल रहे हैं, कोई नहीं जानता। जब घर में विवेक, चेतना, भावना और संवेदना के सहारे जीना कठिन हो जाए तो अप्रत्यक्ष रूप से मृत्यु का अभ्यास शुरू हो जाता है। जीवन सुन्दर है, लेकिन उसकी सुन्दरता भौतिक उपमानों से बड़ी है। उस सुन्दरता का सम्बन्ध हृदय की गहनता व मन के गीलेपन से है। उस तक की यात्रा करना दूसरा जन्म पाने जैसा है।

चंदो अब भी कहना चाहती है और वह कह उठती है- "गमदूर! तुम्हारे जैसे लोगों को कुछ भी होना ठीक था पर पति होना ठीक नहीं था। जब नाटक ही करने थे, मशालें ही जलानी थी, तो फिर शादी करके, ये एड़ी उठाकर फांसी क्यों लगाई। मुझे तो कोई और मिल जाता। तुम्हारी ये विराट स्वतंत्रता तो खंडित ना होती। तुम चाहे भावना के कुल्हड़ में संवेदनाओं को डालकर जी भर चाटते, कौन रोकने वाला था तुम्हें। में साफ बात कहती हूं कि मुझे तुम्हारी साहित्यिक बकवास नहीं सुननी। सूर, तुलसी, डन, मिल्टन मेरे लिए कुछ नहीं थके हुए नाम है। जो मेंरी मौलिक व पोषित अभिलाषाओं के आगे छोटे हैं, में घर चाहती हूं। जैसे घर होते है वैसे घर। मुझे कुछ नहीं छुपाकर जीना। में निर्मम व नग्न सत्य के साथ जीना चाहती हूं। जब से तुम्हारे साथ किराये के इस घर में आई हूं, घर में पड़ी इन दो कुर्सियों की आठ टांगों की चिंता में घुली जा रही हूं। डरती हूं कि कोई मेंहमान इन पर बैठे और ये टूट ना जाएं। जान खाने के लिए तुम ही काफी थे, ऊपर से ये रतिलाल। जीवन मूल्य, जीवन मूल्य करता आ धमकता है। में पूछती हूं कि जेब में तुम्हारे दुअन्नी नहीं तो जीवन मूल्यों को क्या चूल्हों पर पकाओगे। तुम व तुम्हारे सारे निकम्मे दोस्त भूख पर गर्व करते हैं और कहते हैं, यह तो क्रांति की सुगबुगाहट है। कोमरेड-कोमरेड के नारे लगाते हो निक्कर तो फटी पड़ी है, पहले उसे सिलवा लो, देश, समाज की लड़ाई बाद में लड़ लेना। साले भड़भूंजे कहीं के...

चंदो और भी बहुत कुछ कहना चाहती थी परन्तु उसके पीहर से फोन आ गया। वह बहुत देर तक बातें करती रही, बीच-बीच में अपने बालों को संवारती, दर्पण में खुद को देखकर खिलखिलाती। जब बात पूरी हुई तो

सारे कमरे का वातावरण बदल चुका था। सभी चेहरे पहचाने से लगने लगे। सिवा एक चेहरे के जिसे वह इस घर में कभी नहीं देखना चाहती। उसकी निर्निमेष पुतलियां मुस्कुरा उठीं। गमदूर के लिचपिचे चेहरे को अपनी दोनों हथेलियों में दबाकर उसने अपनी अलसायी आंख उस पर गड़ा दी। अद्‌भुत आकर्षण, गुंथे हुए फूलों की महक, आलोड़ित करता बदन, प्यास, तंद्रा व यौवन का उन्मेष। गमदूर एक ही पल में कई एहसासों से गुजर गया। प्रसाद की कामायनी, विद्यापति का मांसल, सौन्दर्य वर्णन, जॉनडन की मखमली कल्पनाओं में झूलता गमदूर अचानक उमड़ी इन शीतल बूंदों में भीग कर कांप उठा। अहो सुंदरी! तुम मेंरी उत्कट जिजीविषा हो। में तुम्हारे आंचल की अंधखुली परतों में सिमटने को उन्मुक्त हूं। तुम्हें जो मेरे लिए अवकाश हो तो में उम्रभर तुम्हारे लिए निर्जीव तटों पर ठहर कर तुम्हारा इंतजार कर सकता हूं।

अब चंदो को यकीन हो गया कि गमदूर की आंखों में सिर्फ चंदो है। घर है, कमरा है, गाड़ी है और एक गुदगुदा टेडीबीयर भी है जिसे वह फुरसत के क्षणों में अपने वक्ष में दबाकर सो जाती है। आज इस घर में जैसे सब कुछ देव लोक से उतर आया हो, सिवा रतिलाल के। वह नहीं है उसकी कोई पहचान, खुशबू, एहसास कुछ भी तो नहीं है। गमदूर इस व्यामोहित वातावरण से दूर होने की कोशिश करने लगा। वह छिटककर दूर जा खड़ा हुआ, कंठ की फांस को निगलते हुए बोला- "चंदो तुम क्यों नहीं चाहती कि रतिलाल भी रहे, इस भरी पूरी दुनिया में, हमारे साथ, हमारे बीच, अगर तुमने उसको अपने आपसे दूर करना ही है तो में समझा दूंगा उसे। कह दूंगा कि वह जिस तलाश में भटक रहा है, वह जलमाया है, मरीचिका है। हमारे बीच व्यर्थ की बातों का महत्त्व नहीं रहना चाहिए। कह दूंगा उसे, वो मेंरी बात को अच्छी तरह जान लेता है।" चंदो की प्रतिक्रिया पहले से अधिक उग्र थी, वह बोली- "तुम समझा दोगे उसे! वो बड़ी कुत्ति चीज है, हर बात को खोद खोदकर कहता है, और तुम! तुम तो उसके व्यामोह में आधे-अधूरे बनकर रह जाते हो।" गमदूर इस बार अपनी लाचारी को सामने लाकर बोला- "चंदो! तुम्हारे साथ रह कर भी कहां पूरा हो पाया हूं। हूं तो यहां भी अधूरा ही। मन से, भावना से, चेतना से, विचारों से। क्या मेरे इस अधूरेपन से तुम्हारा कोई सरोकार है या बस

एक ही जिद्द है, रतिलाल को मार देने भर की जिद्द। तुम्हारी सोच तटस्थ है चंदो! इसलिए तुम्हें बीच भंवर में डूबने वाले लोगों की पीड़ा समझ नहीं आती। जो तटस्थ होता है, वह इतिहास का द्रोही होता है। समय तो सत्कार उन लोगों का करता है, जो तटस्थताओं को तोड़ फना होने का हौसला रखते हैं। चंदा! एक दिन तुम मुझे भी रतिलाल बनाकर फैंक दोगी।" चंदो पसीने से तरबतर होकर बोली- "मैं फैंक दूंगी तुम्हें", तुम सिर्फ पति नहीं हो मेंरे, इस व्यवस्था में मेरे साथ चिपके रहना, मेरे साथ-साथ तुम्हारी भी मजबूरी है। वैसे तुम्हारे घर की दरारों में तुम्हारी मां के खिचड़ाये बालों से पैबंद लगे है गमदूर! मगर रोशनी तो फिर भी छन-छन कर आ ही जाती है। मां ने तो हंस रोकर निभा दिया, परन्तु मिला क्या? क्या दिया तुमने? तीन-चार टपोरिये दोस्त, जो मां को अम्बो-अम्बो कह कर सारा दिन घर को कबूतर खाना बनाये बैठे थे। "तो तूं बना दे अंगूरों का बाग साली कब से चपड़-चपड़ कर रही है, ना बोलने का सऊर ना सुनने का ढंग, चौबीसों घंटे सलवार में टेढ़ी होकर घूमती हो। तुम्हारे जैसी औरतें मेंरी मां के आगे गुबरेले जितनी औकात रखती हैं।" इतना कहकर गमदूर इस कारागृह से बाहर निकल भागा।

तीन पुली पर बैठा गमदूर सिगरेट के धुंए में कुछ अदृश्य लेकिन चित में स्पष्टतः उभरती तस्वीरों को याद कर रहा है। घग्घर नदी के किनारे कालीबंगा की थेहड़ पर चारों दोस्त, गमदूर, रतिलाल, कल्लू धाणक, मनु लांगड़ बैठे यहां-वहां बिखरी हड्डियों को नदी में फैंक कर कहते। हमने अपने पूर्वजों की गति कर दी, तर्पण कर दिया। फिर रेल की पटरियों पर लाइन बनाकर चलते। जिसका पांव फिसल जाता उस रात का सारा खर्चा उसकी जेब से लगता। गमदूर के लिए जर्दा, कल्लू के लिए भूने चने, मनु लांगड़ को बीकानेरी सुपारी और रतिलाल को एक कप चाय ईनाम में मिलती। रेलवे स्टेशन की बैंच पर बैठ कर चारो चर्चा करते मुक्ति बोध की फंतासी, अज्ञेय की व्यक्तिवादी चेतना, मिल्टन का प्राकृतिक सौन्दर्य इलियट क्रोचे से होते हुए मार्क्सवाद तक आते-आते गाली-गलोच होने लगता। फिर उठकर गंदे पानी से भरे तालाब के किनारे बने भूतघर जैसे कमरे में आ बैठते। कल्लू धाणक अपनी अधमरी पसलियों पर हाथ फिराता, चाश्मा उतारकर गीड पोंछता और कहता- "यार गमदु! ये हिन्दुस्तान कभी

वासनाओं से मुक्त नहीं हो सकता। सीमाओं पर चीन, पाक टैंशन दे रहा है, पर सारा देशबिगड़ेल घरों की छोरियों के रियलिट शो देखकर आध ुनिक बना घूर रहा है, कोई पांखडी बाबाओं का स्नान किया पानी पी रहा है। धर्म तो चेतना के उत्थान की अवस्था है। मनु लांगड़ सुपारी की बचर-बचर करके कहता "यार कल्लू! इस भोमली को घेर-घार के लाओ। दो साल से चप्पलें घिस रहा हूं, पर कभी आती ही नहीं। चलती भी है तो ऐसे जैसे सिर पर घड़ा उठा रखा हो। उस भोमली के अलावा मेरे पास कुछ भी तो नहीं है। एक बाप है, जो हर रोज लोगों के हाथों हारकर घर लौट आता है। भाई है निकम्मा, नहाने बैठता है तो पानी की टौंटी हमें बंद करनी पड़ती है। कल्लू धाणक ने डांटते हुए कहा- यार लांगड़ प्रेम तो स्वतः प्रस्फूटित होता है। इसे कोई छीनकर नहीं ला सकता, नई चप्पलें खरीद ले कभी तो उसको तुझ पर तरस आ ही जाएगा।

हमारे में एक अघोरी और था जिसे हम सभी बाबा कहते थे। गमदूर ने कहा "देखना एक दिन ये बाबा केला खा जाएगा और हम छिलका उतारते रह जांएगे।" कल्लू धाणक कहता "नहीं ऐसी बात नहीं है, वो साला अपनी तरह नंगा है, जब तक पैसा नहीं आएगा वह भी यहीं फुदकता फिरेगा।" रतिलाल कहता, "ये मरेगा नहीं इसे भूखा रहने की आदत पड़ गई है, जो आदमी भूख से मरने का अभ्यास कर लेता है, उसे समझ पाना कठिन होता है। एक अपना वी.पी. है रोटियां पेट से बांधकर सोता है।" गमदूर की तंद्रा टूटी, अब भी वह तीन पुली पर बैठा था। सोचना उसका काम है वह सोचता ही जा रहा है। जैसे घग्घर नदी में बाढ़ आ गई है, तटबंध टूट गए हैं हम सभी अपने आपको बचाने के लिए अलग-अलग टापुओं पर चढ़ गए हैं। अघोरी व वी.पी. किनारे पर उतर चुके हैं। पानी का बहाव तेज है हमारे पांव टापुओं की गाद में फंस गए हैं। हम कितने बेबस हैं, बोल सकते हैं पर चल नहीं सकते, कैसी विडम्बना है, बहती नदी में ठहरे हुए टापुओं की।

गमदूर चलना चाहता पर चल नहीं पाता, वह अपने आस-पास नजरें दौड़ा-दौड़ा कर देखता है कितने ही टापू कितने ही लोग फंसे बैठे हैं यहां-वहां सिर्फ बुदबुदाहट है पावों की आहट तो कब से मौन है।

जिसे जहां टूटना होता है वह वहीं पर आकर टूटता है। कांच मूर्तियां

सपने सीमाएं सबकी एक उम्र होती है। आज घर में सिर्फ चंदो है। ना मां के खिचड़ाए बाल, ना रेल की पटरियां, ना थेहड़, ना कल्लू ना मनु ना रतिलाल। लगता है सभी का नदी में तर्पण हो गया है। फिर भी रह रहकर आभास होता है कि घग्घर के तट पर बसी सभ्यता का अवसान अभी नहीं हुआ है। बाढ़ आएगी गाद में फंसे पांव टापुओं से निकल आएंगे और हम नदी की धार में चलकर नई सभ्यता का रचाव करेंगे जो सभ्यता घग्घर के टापुओं से कहीं अधिक बड़ी व ठोस होगी।

मदन गोपाल लढ़ा

परिचय
सम्पर्क: 144, लढ़ा निवास,
महाजन, बीकानेर, राजस्थान,
पिन : 334604
09982502969

मदन गोपाल लढ़ा हिंदी व राजस्थानी में विगत दो दशकों से निरंतर सृजनरत हैं और कविता, कहानी, आलोचना व अनुवाद में विशिष्ट पहचान रखते हैं। अब तक एक दर्जन से अधिक किताबें प्रकाशित। साहित्यिक पत्रकारिता के साथ टी.वी. व रेडियो से आपका सतत जुड़ाव। राजस्थान शिक्षा विभाग के लिए डी.एल.एड. पाठ्यक्रम की हिंदी शिक्षण व उच्च प्राथमिक कक्षाओं की हिंदी विषय की पाठ्यपुस्तकों के लेखन में आपकी भागीदारी रही है। प्रमुख कृतियाँ- होना चाहता हूँ जल, रक्त में घुली हुई भाषा, आँखों में आकाश (हिंदी) म्हारै पांती री चिंतावां, चीकणा दिन, च्यानण पख, सपनै री सीख, दादीमा री लाडली, तिणकला अर पांख्यां, अखूट तासळो (राजस्थानी) आदि।

रेलवे स्टेशन

कोई छोटा स्टेशन रेलगाड़ी गुजर जाने के बाद जैसा उदास हो जाता है, ठीक वैसा ही एहसास अवंती के अंतस में उतर आया था।

उत्तरी बिहार के उस गुमनाम-से रेलवे स्टेशन पर जहाँ उसके पापा नौकरी करते थे, रोज ही ऐसी उदासी को महसूस करती थी वह। अक्सर वह पापा से कहती थी कि रेलवे स्टेशन पर कभी

घर नहीं बनाना चाहिए। उसके पापा ने अपनी इच्छा से बनाया भी नहीं था। रेलवे ने आवास के लिए क्वार्टर आवंटित किया था। स्टेशन मास्टर की नौकरी भी तो चौबीसों घंटे चलती है। कभी मॉर्निंग शिफ्ट, तो कभी नाइट। कभी ऑवर टाइम तो कभी टूर। अब दूर घर किराये पर लें तो भागते-भागते ही थक जाएँ। वैसे भी छोटे स्टेशनों पर स्टाफ कम होता है तो स्टेशन मास्टर को अपनी ड्यूटी के साथ-साथ दूसरी जिम्मेवारियाँ भी निभानी पड़ती हैं। कुछ उसके पापा का स्वभाव भी ऐसा था जो बेबात टेंशन ले लेते। मम्मी लाख टोकती रहती मगर उनके कानों पर जूं तक नहीं रेंगती और रेस्ट के दिन भी स्टेशन पर बैठे रहते।

दिन भर में कुल जमा चार गाड़ियों का ठहराव था उस स्टेशन पर। दो सवारी गाड़ियां बिना रुके गुजरती थी जिनको झण्डी दिखानी पड़ती थी। मालगाड़ी इस रूट पर अमूमन कम ही आती थी। जब कोई सवारी गाड़ी स्टेशन पर आती तो मेंले जैसा माहौल हो जाता वहाँ। रेल की यात्रा सस्ती थी और सुरक्षित भी। सड़क मार्ग सुविधाजनक भी नहीं था। इस वजह से आस-पास के अधिकांश लोग रेल में ही सफर करते थे। टिकट खिड़की पर तो आधे घण्टे पहले भीड़ लगनी शुरू हो जाती। गाड़ी आने के साथ रौनक परवान पर चढ़ जाती। किसी को चढ़ने की उतावली तो किसी को उतरने की। ठेले वाले चाय-पानी की आवाज से आसमान सर पर उठा लेते। स्टेशन पर एक दानदाता ने वाटर कूलर लगा रखा था जिससे पानी भरने के लिए सवारियों के झुण्ड हाथों में बोतल-केतली लेकर उतर आते। जब गाड़ी रवानगी की सीटी लगाती और धीमी गति से चल पड़ती तब लोग दौड़ते हुए गाड़ी में चढ़ते। गाड़ी रवाना होने के बाद पीछे रहे लोगों में एकाएक सुस्ती आ जाती। ठेले वाले मौन होकर अपना सामान समेटने लगते तो स्टेशन पर मौजूद लोग भी धीमे कदमों से लौट पड़ते। खाली पटरियाँ डरावनी-सी लगने लगती। अगली गाड़ी आने तक स्टेशन यों ही सूना-सा रहता।

स्टेशन पर रहने वाले लोगों के लिए गाड़ी जिन्दगी का अभिन्न हिस्सा थी। उनकी दिनचर्या गाड़ी से ही चलती थी। मसलन लोकल आने के बाद वे दिन का खाना खाते थे। सुपर फास्ट का मतलब दोपहर की चाय का वक्त हो गया। गाड़ी देखना उनके लिए मनोरंजक खेल था। अमूमन महिलाएँ क्वार्टर के सामने वाली छोटी दीवार के ऊपर से गाड़ी को ताकती तो बच्चों की

टोली रेलवे स्टेशन पर जा धमकती। खुद अवंती भी तो अक्सर छुट्टी के दिन गाड़ी आने से पहले अपने साथियों के साथ स्टेशन पहुँच जाती और उसकी रवानगी तक बेमतलब घूमती रहती। उसे आज भी याद है कि भव्य तो गाड़ी रुकने के डेढ़-दो मिनट में स्लीपर-ऐसी बोगी में घूम आता और इसे एक उपलब्धि की तरह पेश करता था। भव्य का क्वार्टर उसके ठीक बगल वाला था। उसके पापा गैंगमैन थे। जब अवंती के पापा की यहाँ पोस्टिंग हुई उससे पहले ही भव्य का परिवार यहाँ आ चुका था। सात साल तक दोनों परिवार साथ-साथ रहे। दीवार के साथ दोनों के मन भी मिल गए थे। शुरू में तो इस निकटता की वजह मूल रूप से एक अंचल का होना था, पर बाद में मन मिलने से अपनत्व बढ़ गया। मेंलजोल का इससे बड़ा नमूना क्या होगा कि एक घर में दाल बनती और दूसरे में सब्जी, तब भी दोनों परिवारों के खाने में दाल व सब्जी दोनों होती। होली-दीवाली हो या कोई अन्य तीज-त्योहार, दोनों परिवार मिलकर खुशियाँ मनाते। अवंती की उम्र उस वक्त चौदह-पंद्रह की रही होगी। छोटे कद की अवंती दो चोटियां बनाकर एक किलोमीटर दूर हाई स्कूल जाती तब भव्य अपनी साइकिल पर उसे पहुंचाकर कॉलेज जाता। लौटते वक्त भी उसे साथ लेकर आना उसका नियम था। भव्य के दोस्तों ने जहाँ बारहवीं के बाद कॉलेज की ओर रुख किया वहीं उसने आई.टी.आई. में दाखिला ले लिया। वह जहाँ भी पढ़ा अपने सौम्य व्यवहार से सबका चहेता बना रहा। यही स्थिति उसकी कॉलोनी में थी।

ऐसे ही किन्हीं पलों में अवंती के मन-आंगन में नेह का बिरवा उगा। मगर उसका आभास अवंती के अलावा किसी को भी नहीं हुआ। भव्य को तो कतई नहीं। न अवंती ने कुछ कहा, न भव्य ने कुछ सुना। हवा-पानी नहीं मिला तो बिरवा लहलहा नहीं पाया। अलबत्ता घड़ी की टिक-टिक अनवरत जारी रही। पढ़ाई के साथ-साथ भव्य अपने पापा को सहारा देता रहा। उसके पापा का काम जरा कठिन था। वे अक्सर लोहे की ट्राली को लाइन पर धकेलते हुए लेकर जाते और लाइनों की मरम्मत कर शाम तक वापस लौटते। कई बार उनकी तबीयत ठीक नहीं होने पर भव्य उनकी जगह चला जाता। रेलवे के अफसरों को इसलिए एतराज नहीं होता क्योंकि भव्य अपने बुढ़ाते पापा की तुलना में कहीं ज्यादा काम करता था।

उन्हीं दिनों रेलवे ने कम वेतनमान की कुछेक श्रेणियों के कार्मिकों को

सेवानिवृत्ति लेकर अपने बच्चों को रेलवे सेवा में भर्ती करवाने की योजना शुरू की। भव्य के पापा तो जैसे ऐसे ही अवसर का इंतजार कर रहे थे। उन्होंने अपनी जगह भव्य का आवेदन करवा दिया और चार-पांच महीनों की प्रक्रिया के बाद भव्य विद्यार्थी से रेलवे कर्मचारी बन गया। यहाँ तक तो सब ठीक-ठाक था मगर उसकी नई पारी को अवंती का परिवार सहज रूप से स्वीकार नहीं कर पाया। असल में अवंती के दोनों भाई एक दशक से बेरोजगारी से संघर्ष कर रहे थे। बड़ा तो बी.एड. था वहीं छोटे ने दो विषयों में पी.जी. कर रखी थी। उनकी वजह से घर में तनाव रहता था। अंवती के पापा चाहते थे कि वे भी भव्य के पापा की तरह अगली पीढ़ी को जिम्मेवारी सौंप कर राहत की सांस लें। मगर मंत्रालय ने यह योजना चुनिंदा श्रेणियों में लागू की थी। स्टेशन मास्टर को उच्च पद मानते हुए इससे अलग रखा गया था। यही वजह है कि अवंती का परिवार भव्य की नौकरी को सहज रूप में नहीं ले पाया। 'अरे यह भी कोई सफलता है जिसका जश्न मनाया जाए। बाप की जगह लगा है भव्य। पहले नौकरी में रहते मरने पर संतान को अनुकम्पा नियुक्ति मिलती थी, अब तो जीते जी...।' कुछ ऐसी ही प्रतिक्रिया व्यक्त की थी अवंती के परिवार वालों ने। ईर्ष्या ने सात साल पुराने प्रगाढ़ सम्बन्ध को दांव पर लगा दिया। बात निकली तो दूर तक जानी ही थी। भव्य तक भी गई। मगर उसने कोई जवाब नहीं दिया। चयन पत्र मिलने पर उसने पूरी कॉलोनी में मिठाई बांटी। अवंती के घर भी मिठाई लेकर गया मगर अवंती की मम्मी ने यह कहकर लेने से इंकार कर दिया कि हमारे घर में कोई मीठा नहीं खाता। इस बीच भव्य को पहली पोस्टिंग अपने इलाके में मिल गई। दो दिनों में उसका परिवार अपना सामान समेटकर भव्य के नए कर्मक्षेत्र के लिए रवाना हो गया। जब भव्य व उसकी मम्मी गाड़ी में सामान रख रहे थे तब भी अवंती के घर से कोई बाहर नहीं निकला। कॉलोनी के लोग उनको विदा करने के लिए बाहर सड़क तक गए मगर तब भी वहाँ अवंती के घर से कोई नहीं था। इस बात की चर्चा तो होनी ही थी।

जाने के बाद पहली दीवाली पर भव्य का फोन आया। लैंडलाइन नम्बर पर। अवंती ने ही उठाया। 'हेलो' के साथ वह पहचान गई कि भव्य लाइन पर है। मगर वह अपने घर का वातावरण वह जानती थी। लिहाजा उसने फोन काट दिया और चौंगा उठाकर नीचे रख दिया।

उसके बाद कई कलैण्डर बदल गए। ये सब बातें अतीत का हिस्सा हो गई। हालांकि इसकी टीस अवंती के मन में अब तक बनी रही। उधर अवंती के पापा का प्रमोशन हो गया। वे स्टेशन अधीक्षक बन कर राजधानी पहुँच गए। उसके एक भाई ने मोबाइल की दुकान खोल ली तो दूसरा एक प्राइवेट बैंक में लग गया। अवंती ने भी कॉलेज की पढ़ाई पूरी करके अब फैशन डिजाइन के कोर्स में दाखिला ले लिया। रोज सुबह उसकी क्लास लगती थी। वह सिटी बस से कोचिंग सेंटर जाती थी। हमेशा की तरह आज भी वह सिटी बस में बैठी थी कि सहसा एक व्यक्ति को देखकर चौंक पड़ी। वह भव्य था। कुछ मोटा हो तो गया था मगर बाकी वैसा का वैसा। बस में भीड़ थी तो वह ऊपर वाला पाइप पकड़ कर खड़ा रहा। अवंती के मन में आया कि उससे बात करे। मगर वह अपनी जगह से खड़ी नहीं हुई। भव्य उसको नहीं देख पाया था। अवंती के मन में विचारों के भंवर उठते रहे। चौथे स्टॉप पर जैसे ही बस रुकी, भव्य उतर गया। अवंती को झटका-सा लगा। उसने कांच में से बाहर देखने का प्रयास किया मगर भव्य भीड़ में ओझल हो गया। सचमुच माफी मांगना भी तो हर किसी के बस की बात नहीं। उसके लिए भी तो साहस चाहिए। अवंती को लगा कि एक किस्म का सूनापन उसके भीतर उतर आया है।

माधव राठौड़

परिचय
सम्पर्क: 144, लढ़ा निवास,
महाजन, बीकानेर, राजस्थान,
पिन 334604
09982502969

कहानी संग्रह- मनु में मार्क्स ढूंढती
संपादन- डॉ. सत्यनारायण के पत्र और
कहा नियों का संपादन

उकताया हुआ एक दिन

आज भी अमन दीप कॉम्पलेक्स की शाम उसे उबाऊ लग रही थी। कुछ देर पहले वह फोन पर पति के घिसे सवालों के पीटे जवाब देकर आई है।

"मयंक कैसा है, घर पर राशन तो है, खाना खा लिया क्या?"...हद है यार परसों तो गये हो, मगर सवाल ऐसे जैसे महीनों हो गये।

वो इन सवालों से उकता गई।

रोज फेसबुक चेक करना उसके खाली जीवन का हिस्सा बन गया था। ऐसी जगह जहाँ आप अकेले होकर भी भीड़ में पाए जाते हो, बिना बोले ही काफी कुछ बोला जाता है, लिखा जाता है, लड़ा और झगड़ा जाता है। मयंक ट्यूशन गया हुआ था और पति परसों ही मुंबई निकल गये। इधर वो एक-ऊबा सा जीवन जी रही थी। पति प्राइवेट नौकरी के चक्कर में इतने उबाऊ हो गये, उसे देख वो डर जाती, दिनभर बिजनेस और बिजनेस की बातें।

खाने वाली बाई बहुत बोलती है।

वह टीवी पर न्यूज देखने लगी।

मैडम पता है, राजस्थान में आधी रात को कोई औरतों के बाल काट देते हैं, यह देखो टीवी पर भी आ रहा है।

ये चैनल वाले भी न जाने क्या-क्या दिखाते हैं। वो पूरी तरह ऊब से भर गई। टीवी बंद कर बालकनी में आकर खड़ी हो गई। किचन से तेज आवाज आई शायद कुछ गिरा हो... वो अंदर जाती उससे पहले आवाज बंद हो गई। बाहर कुल्फी वाला रोज इसी टाइम वही टन टन...वो उकता गई इस आवाज को सुनते-सुनते। अचानक डोर बेल बजी।

"मैडम, मिसेज सिंह यहाँ रहती हैं क्या?"

"कौन मिसेज... जरा पता लेकर ही आया करो, यूँ ही मुंह उठाये चले आते हो।" उस आदमी का इस वक्त दखल देना उसे अच्छा नहीं लगा।

"वह, जो सी.डी.पी. हॉस्पिटल में काम करती है।"

उस आदमी के पीछे सहमी सी एक लड़की खड़ी थी।

"फोर्थ फ्लोर 902।" उसने दरवाजा धकियाते हुए खुद को बंद कर दिया।"

"मैडम इस मिसेज सिंह के यहाँ लड़कियाँ क्यों आती रहती हैं?" भीतर बाई जी के सवाल ने उसे घेर लिया।

उसे जवाब दिए बिना वह बालकनी में आकर खड़ी हो गई।

"903 वाली मेंडम बता रही थी कि वह घर पर डी.एन.सी. करवाती है।" अंदर से बाई जी खुद ही जवाब देकर शायद हल्का महसूस कर रही थी।

सामने वाली मंजिल में हरेक बालकनी में कपड़े टंगे हुए थे। इस फैलते महानगर में अपने हिस्से की धूप के लिए सिकुड़ती जगह में बारिश में कपड़े सुखाना उसे बोरिंग लगता। कुछ घरों में लाइट जल रही थी, औरतें इधर-उधर हिलती-डुलती दिख रही थीं। बच्चे टीवी छोड़ सामने पार्क में खेल रहे हैं। कुछ रिटायर लोग बेंचों पर बैठे हैं।

काश! वह भी रिटायर होती तो पूरे दिन उकताने के बाद उनके साथ बैठ अपनी बोरियत दूर करती।

पर गृहस्थी से भला कोई रिटायर्ड होता है...वो खुद की बचकानी कल्पना पर मुस्कुरा दी।

पिछली बार पति को कहा था, "मुझे नौकरी करनी है, में दिनभर पड़ी-पड़ी पागल हो जाऊँगी।"

"अरे क्या रखा है प्राइवेट नौकरी में?, दिनभर घिस-घिस कर थके हारे घर लौटो, तुम तो फ्लैट में ऐश करो...पति का जवाब था।

हा! हा! हा! ऐश...उसे पता है अकेले पड़े रहने में क्या ऐश है!

मैडम जी...फोन बज रहा है।

फोन लेने गई तो सब्जी के तड़के की गंध नथुनों में फैल गई। वो जल्दीफोन लेकर बाहर आ गई।

इस समय यह रोज की गंध...इससे भी उकता गई।

सासू जी का फोन था।

अभी चूसेगी। क्या खाया, क्या पीया, जयपुर आ जाओ अगर मन नहीं लग रहा हो तो।

अब उन्हें कौन समझाये पिछले महीने तो गई थी।

फोन नहीं उठाया।

वो अभी नहीं चाहती कि शाम को फोन से फिर उकता जाये...

बालकनी की रेलिंग पर पैर डालकर कुर्सी पर पसर गई।

बाहर मिसेज वर्मा मिसेज शर्मा से बातें कर रही थी।

साड़ी, किट्टी पार्टी, ऑनलाइन शॉपिंग वही घिसिपिट्टी...यार ये रोज-रोज वही बातें, यार कोई ढंग की बात क्यों नहीं करता?

वो उकता गई इनको बातें करते देखते हुए। उसने नजर फेर ली।

कॉलोनी के बाहर यूनिपोल पर एक बड़ा-सा ऐड था।

"जुबाँ पर लगाये लगाम।"

उसके मन में आया कि कोई मन पर भी लगाम लगाने वाली चीज होती ..

चलो एफ. बी. देखती हूँ।

फेसबुक को लॉगइन किया तो कुछ नोटिफिकेशन्स दिखे, जिसमें कुछ फ्रेंड रिक्वेस्ट भी थी। अक्सर परिचित लोगों को ही लिस्ट में शामिल करती थी, अनजान लोगों को कभी नहीं, क्योंकि कोफ्त सी होती थी बोराये और ऊबे हुए सवालों का जवाब देने में। इसलिए जो भी 100-50 दोस्त थे ज्यादातर रिश्तेदार या स्कूल कॉलेज के फ्रेंड थे।

वो उसकी पोस्ट पढ़ने लगी। इसके सिवाय धर्म, साहित्य, विज्ञान की फंतासी पर हर पोस्ट नये अंदाज में रोचक तरीके से लिखी गई थी। वह पढ़ती गई।

बाहर अँधेरा घिर गया था।

"मैं जा रही हूँ, दरवाजा बंद कर देना मेंडम जी।" खाने वाली बाई जी की चप्पलों की आवाज सीढ़ियों से आ रही थी।

वो उसकी पोस्ट पढ़ते-पढ़ते उठ कर अंदर आ गई और खुद को यूँ ही बेड पर गिरा दिया।

पता नहीं क्यों, उसे स्वीकार कर दिया। कुछ ही देर में इनबॉक्स में एक एस.एम.एस. चमका 'Thanks for Accepting An unknown......।'

क्या रिप्लाई करूं वो शब्द जोड़ने लगी, उसे थैंक्स और वेलकम हल्के लगने लगे।

'अज्ञात को जानना ही मानव मन का कुतूहल रहा है।' उसने रिप्लाई किया।

"और इसी कौतूहल ने इस संसार को खोजा।" उधर से जवाब आया।

फिर सिलसिला शुरू हुआ... काफी बातें हुई उस दिन, काफी कुछ जाना एक दूसरे के बारे में एक ही दिन में।

"मम्मी, लाइटें बंद क्यों कर रखी हैं?"

मयंक की आवाज सुन उसने बाहर देखा तो 9 बज चुके थे।

पहली बार उसे फेसबुक बोरियत भरी नहीं लगी। पहली बार फेसबुक पर किसी की पोस्ट्स को स्क्रॉल करने की बजाय हरेक को ठहर कर पढ़ा, उसे लगा कि कुछ ऐसा लिखा हुआ था जो उसके भीतर गहरे भरता जा रहा था जो उसे भीतर से सुकून दे रहा था, सूखे हुए जीवन में हरापन महसूस हुआ।

शायद पहली बार दिमाग को अच्छा पढ़ने को मिला।

"मै दिनभर बोर हो जाती हूँ।" उसने एक दिन अपनी समस्या रखी।

आपके क्या शौक हैं?

शौक तो कुछ नहीं पर में लोगों से, चीजों से और घटनाओं से जल्द उकता जाती हूँ।

कुछ तो शौक रहे होंगे स्कूल और कॉलेज के दिनों में?

तब तो मुझे कविता लिखना और किताबें पढ़ना अच्छा लगता था।

तो अब क्यों नहीं करती यह सब?

पता नहीं, यह सब छूट गया।

कल आपकी कविता पढूंगा, लिख कर रखना।

उसने फिर से लिखना शुरू किया।

जब भी अपनी नयी कविता फेसबुक पर डालती, वो सीधे कमेंट्स नहीं करके इनबॉक्स में कुछ न कुछ उलटे-सीधे लिख देता, जिसमें अक्सर समालोचना ही होती प्रशंसा कभी नहीं।

सुनो, "फ्यूचर शॉक" जरूर पढ़ना।

वो किताबें बताता वो पढ़ती रहती।

वो सप्ताह में एक बार पेंटिंग डालता जिसमें अकेलापन बिखरा हुआ होता।

वे उस पर बात करते, उसके आयामों की, कैनवास के विस्तार की, एबस्ट्रेक्ट की।

वो रोज शाम का इंतजार करने लगी। उसकी शाम अब उकताई हुई नहीं होती।

पिछली बार उसने कहा कि ये कितनी अजीब बात है कि हम मेंट्रो शहर में रहते हुए भी अभी तक मिले नहीं।

क्यों मिलें? उसका हर बार यही जवाब होता।

मैं तुझे अपने कैनवास पर उतारना चाहता हूँ...वो अक्सर कहने लगा।

"कल शाम 4 बजे।" उसने मेंसेज छोड़ दिया।

शहर की लोकल ट्रेन में जगह बनाती वह खड़ी हो गई। खचाखच भरी ट्रेन रोज की तरह अपनी स्पीड से चल रही थी। शायद इस शहर और ट्रेन को कोई फर्क नहीं पड़ता कौन कहाँ जा रहा है। वो सोचने लगी ये ट्रेन भी ऊब जाती होगी रोज फेरे करके। इसलिए सबसे बेमतलब सी चलती जा रही है इन उकताए लोगों को लेकर।

धकियाते, खिदबदाते लोग, उनके शरीरों से उठती गंध और पसीने ने अजीब-सा वातावरण बना रखा था। उसने सीट के लिए अगले स्टेशन पर उम्मीद भरी नजर दौड़ाई, मगर कोई नहीं उतरा।

ट्रेन रुकती तो एक साथ लोग उतरते, हवा आने की थोड़ी जगह बनती मगर जल्द ही भर जाती।

उसे अचानक लगा कि पीछे खड़े व्यक्ति का शरीर बार-बार उसे छू रहा है। उसने पीछे देखा तो दो बटन खोले छाती के बाल दिखाता हुआ किसी प्राइवेट कम्पनी का कर्मचारी दाँत निपोर रहा था।

वह फिर इस सड़ी हँसी से उकता गई। हद है, जब भी इस लोकल में सफर करती हूँ तो पसीने की गंध के बीच यह स्पर्श और पेट पर हाथों का स्पर्श, या कंधों पर झींगते गर्म साँसों के झोंके या पांव के सेंडिल को दबाते जूते।

उसने स्टेशन आने पर खुद को बाहर फेंका और हवा को अंदर खिंचा।

उसके दिए एड्रेस पर पहुंच कर उसने डोर बेल बजाई।

अभी 4 बजने में दो मिनट कम हैं।

एक कमरा खुला, जिसमें खिड़की से ढलते सूरज की धूप आ रही थी। सामने अलमारी में किताबें बेतरतीब ठूँसी हुई थी। मेंज पर लेपटॉप और कागज पड़े थे। पास ही "एलेन टोपलर की फ्यूचर शॉक" उलटी हुई पड़ी थी जिस पर मोटी फ्रेम का चश्मा पड़ा था। वो कुर्सी पर बैठ गई और वो सिकुड़ी हुई चादर पर बैठ गया।

"विन्सेट गाग की जीवनी लस्ट फॉर लाइफ" दराज से झाँक रही थी, शायद इन दिनों ही पढ़ कर रखी होगी।

उसे लोगों के साथ बैठने पर खुद को बदलना पड़ता है इसलिए वह अजीब से तनाव से भरी हुई थी। उसकी निकटता उसे उलझा रही थी। जल्दी उस कमरे में भी ऊब उतरने लगी।

वो उठ कर चाय बनाने चला गया। वो कमरे में इधर-उधर देखने लगी ढलते सूरज की किरणें पेंटिग पर पड़ रही थीं, इससे रंगो में अजीब चटकपन आ गया था, यह देख वो अंदर से खुश हो गई।

वो चाय पीने लगी पर उसे कोई स्वाद नहीं आ रहा था उसने आधा कप पीकर रख ली।

"जो भी करना हो जल्दी करो मुझे जाना है।" वो उकता गई थी।

चलो मेरे कैनवास रूम में....

वो अंदर से हिल गई, उसकी देह को कैनवास पर उतारेगा। उसने दूसरे कमरे ले जाकर पर्दा गिरा दिया और सिगरेट जला ली, उसके होंठ और काले दिखने लगे।

वह ब्रश कैनवास पर फेरने लगा, अब उसकी पीठ दिख रही थी।

वो अंदर से भय से भर गई, वो उठ कर मुड़ने लगी।

"अरे, यूँ ही बैठी रहो।" उसने उसे पीछे से आकर बाँहों में भर कर कानों की बाली के पास होंठ लगाते हुए बोला।

धड़कनों से देह थरथरा उठी, छाती के भीतर तूफान उमड़ आया। वह धीरे से साड़ी खोलने लगा।

उधर साँसों का तूफान उठ रहा था, कुछ रंग देह के कैनवास पर बरस कर बिखरने वाले थे वो एक हाथ से ब्रश से कैनवास रंग रहा था तो दूसरे हाथ से उसने ब्लाउज के बटन खोल दिए।

अब वह उसके नजदीक आकर उसके देह के कटाव का नाप लेने लगा।

गले में जैसे कुछ फंस गया हो, मुंह सूख गया, देह पसीने से चिपचिपा गई...

उसके झुकने से उसकी सांसे तेज सुनाई दे रही थी।

होंठ काँपने लगे...उसकी पीठ पर जैसे कोई गर्म अंगारा रख दिया हो।

वो हड़बड़ा कर उठी तो रंगो का कोलाज बिखर गया। स्टूल लुढ़क गया जिस पर कई रंग फैल गये, मन का कैनवास बदरंग हो गया।

उसे लगा यह सब छल है रंगों का, शब्दों का और यह कुंची उसे छलने का हथियार है। पहले छली जायेगी रंगों में उतार कर और फिर कैनवास पर उतर आएगा उसका छला हुआ रूप।

वो उसे उसी हालत में छोड़ बाहर आ गई, कपड़े ठीक किये और दरवाजे से बाहर आ गई।

"तुम उकताई हुई लड़की हो, तुम्हारी बोरियत में कोई भी रंग नहीं भर सकता।" वो सिगरेट, देह और रंगो की मिश्रित गंध भरे कमरे में पीछे से जोर से चिल्ला रहा था।

वो उस कॉलोनी के बस स्टेशन पर आ गई मगर शाम की बसें भरी हुई आ रही थीं। कोई रुकती पर उसमें चढ़ने को जगह नहीं।

वो वहां खड़ी-खड़ी शाम के अँधेरे से भर गई और उसे उस भीड़ से बोरियत होने लगी।

थोड़ी देर पैदल चली फिर ऑटो ले घर पहुँची।

आज भी उसे अमन दीप कॉम्पलेक्स की शाम उसे उबाऊ लग रही थी।

फ्लैट के गेट पर पहुँची तो बाई जी इंतजार करते मिली, "कहाँ गये थे मेंम साहब। दो चक्कर लगा चुकी हूँ?"

बिन जवाब दिए अंदर जाकर सोफे पर गिर गई।

टी.वी. चालू किया।

हर चैनल पर भारत-पाकिस्तान के क्रिकेट मेंच की बहस चल रही थी।

"मेम साहब आज तो भारत जीतेगा पक्का" बाई जी ने फ्रिज से भिन्डी निकालते हुए कहा।

उसने चैनल चेंज कर गाने लगा दिए पर वहां पर गाना चल रहा था।

"मोहे रंग दे।"

दूसरा बदला तो

"रंगरेज मेरे रंग दे।"

तीसरा

"तेरे रंग में रंग गई।"

वो बोरा गई...देह से, ट्रेन की, बस स्टैंड की, रंग की, सिगरेट की और सब्जी के छोंके की गंध जा ही नहीं रही थी।

वो बाथरूम में घुस गई, खूब मलकर साबुन लगाया, फिर शोवर जेल मल कर लम्बा शावर लिया।

न गंध गई, न पीठ पर अंगार की जलन।

वो उकता गई इस गंध और जलन से।

वह बालकनी में खड़ी हो गई, सामने वाले यूनिपोल पर आज नया ऐड था।

"नेरोलेक इम्प्रेशन पेंट लगा कर देखो फिर उन्हें घर बुला कर तो देखो"

मगर उसे आज फिर अमन दीप कॉम्पलेक्स की शाम वैसी ही उबाऊ लग रही थी।

राजेश कमाल

युवा रचनाकार
अभी एक कहानी संग्रह कलमकार मंच से
प्रकाशनाधीन-
विद्यालय पत्रिका- बाल विहंग के संपादक

दुनिया पीतल दी

"हैलो, गुड इवनिंग! कैसे हो?" उधर से किसी लड़की की मधुर आवाज रजत के कानों में घुली।

"गुड इवनिंग! पहचाना नहीं। सॉरी।" रजत मोबाइल पर आवाज को पहचानने की असफल कोशिश कर रहा था।

"मैं साक्षी बोल रही हूं। वही जिसने पिछले वीक में आपके ऑफिस में ज्वाइनिंग ली है।" आवाज सचमुच बहुत मीठी थी।

"ओह, सॉरी! फोन पर पहली बार बात हो रही है इसलिए आपकी आवाज पहचान नहीं पाया। अच्छा, बताइए जॉब कैसी लग रही है?" रजत के सामने साक्षी का अक्स उभर आया। एक दुबली-पतली-सी खुले बालों वाली और थोड़ी स्टाइलिश लड़की। रंग हल्का सांवला। नयन-नक्श सामान्य मगर दिलकश मुस्कान।

"बहुत अच्छा लग रहा है सर! बहुत अच्छे लोग हैं सभी।" एक खनकदार हंसी के साथ साक्षी ने अपनी खुशी का इजहार किया।

"थैंक्स!" रजत ने स्टाफ की तारीफ के लिए धन्यवाद कहा, "वैसे कोई भी दिक्कत हो तो बिंदास कह देना साक्षी जी! कभी संकोच मत करना। मेरे से ही नहीं बल्कि स्टाफ के किसी भी मेंबर से।"

"ओ.के. सर! वैसे मुझे स्टाफ में आप ही मेंरी उम्र के करीब लगते हो।

इसलिए मुझे लगता है, में आपसे खुल कर बात कर सकती हूं।"

"जरूर। जब आपका जी चाहे।"

इस तरह उनके बीच बातचीत का सिलसिला शुरू हुआ। यह बातचीत धीरे-धीरे दोस्ती में बदल गई। स्टाफ में भी कुछ लोग ऐसे थे जो उनकी दोस्ती पर मजाकिया टीका-टिप्पणी करने लगे। इसलिए साक्षी ने ऑफिस के दौरान रजत से बातचीत करना बंद कर दिया। वह घर पहुंच कर शाम को फोन पर बात करती। साक्षी की शादी नहीं हुई थी। और अभी दो-एक साल उसका शादी का कोई इरादा भी नहीं था। तीन बहनों में वह सबसे बड़ी थी। उसके कोई भाई था नहीं। पिता सरकारी शिक्षक थे। दोनों छोटी बहनें अभी पढ़ रही थीं।

रजत पिछले साल से इस ऑफिस में काम कर रहा था। वेतन भी ठीक-ठाक ही था। घरवालों के दबाव के बावजूद वह शादी को टाले जा रहा था। क्यों कि वह एक रिश्ते में गहरी चोट खा चुका था। चाह कर भी उससे उबर नहीं पा रहा था। लेकिन अब मन थोड़ा बदलने लगा था। साक्षी से बातें करना उसे अच्छा लगने लगा। हर शाम उसके फोन का वह बेसब्री से इंतजार करने लगा। व्हाट्सअप पर भी चैट होने लगी। जिस दिन बात नहीं होती वह बहुत उदास हो जाता। उसे लगा कि दिल की बात साक्षी से कह देनी चाहिए। मगर पिछली बार की तरह वह बेसब्र और बेवकूफ नहीं बनना चाहता था। पहले इजहार करने की गलती नहीं दोहराना चाहता था। दूध का जला छाछ भी फूंक-फूंक कर पी रहा था। वह चाहता था कि प्रेम का इजहार इस बार लड़की की तरफ से हो।

पिछले दिनों किसी काम के सिलसिले में रजत का जयपुर जाना हुआ। उसने यूं ही वॉटसअप पर साक्षी से पूछ लिया, "जयपुर जा रहा हूं। आपके लिए कुछ लाऊं क्या?"

साक्षी ने भी तपाक से मेंसेज किया, "सूट ले आना।"

रजत ने पूछा, "कैसा लाऊं?"

"मुझे क्या पता?" उधर से मेंसेज आया।

अब तो रजत का दिल रोमांच से भर आया। इस तरह कोई लड़की बेझिझक आपसे अपने लिए कपड़े मंगवाए तो इसका मतलब तो यही होता है कि वह अपने दिल में आपके लिए जगह बना चुकी है। रजत को इससे

पहले लेडीज कपड़े खरीदने का कोई अनुभव नहीं था। मगर उसके लिए अब यह काम कसौटी बन गया था। अपने काम के बाद वह कपड़ों के मार्केट में गया। उसका दिल धक-धक कर रहा था। पता नहीं उसके खरीदे कपड़े साक्षी को पसंद आएंगे या नहीं? दुकानदार से पूछताछ कर के उसने एक सिम्पल-सा सूट खरीद लिया। दफ्तर में आ कर उसने सबकी नजरें बचा कर वह सूट साक्षी को दे दिया। साक्षी पैकेट पकड़े कुछ देर उसे हक्की-बक्की सी देखती रही। शायद उसे विश्वास नहीं हो रहा था कि वह सचमुच उसके लिए सूट ले आएगा। फिर वह बिना कुछ बोले वहां से चला आया। वह बार-बार भगवान को मना रहा था कि साक्षी को उसका सूट पसंद आए।

जब दूसरे दिन साक्षी वह सूट पहन कर ऑफिस आई तो रजत मारे खुशी के बावला-सा हो गया। अब तो उसे यकीन हो गया कि साक्षी उसे प्यार करने लगी है। साक्षी ने जब व्हाटसएप्प पर पूछा कि बताओ में कैसी लग रही हूं? तो वह अपनी भावनाओं पर काबू नहीं रख पाया और उसने लिखा, "बहुत ही सेक्सी लग रही हो।" साक्षी ने बताया कि उसकी बहनों को भी आपका सूट बहुत अच्छा लगा। वह कोमल सपने संजोने लगा। वह साक्षी की छोटी-छोटी बातों का भी खयाल रखने लगा। और एक दिन साक्षी ने भी उसे ऑफिस के बाद बाजार में बुला कर एक अच्छी-सी पेंट-शर्ट दिलवाई। वह तो निहाल हो गया। उसने तो कभी सोचा भी नहीं था कि इस तरह कोई लड़की उसकी जिंदगी पर छा जाएगी। मगर दिल के रिश्तों में आफतें भी कम नहीं आती। प्यार अगर इतना ही आसान होता तो यह दुनिया जन्नत नहीं बन जाती?

एक दिन शाम को लगभग 9 बजे रजत के पास एक फोन आया। उधर से किसी पुरुष की आवाज थी, "मैं साक्षी के घर से बोल रहा हूं। आप उसे इस तरह के मेंसेज क्यों करते हो? कौन हो आप?"

"आप कौन बोल रहे हो? पहले तो यह बताइए।" रजत भी कुछ आवेश में आ गया।

"मैं उसका भाई विजय सिंह बोल रहा हूं। आपने उसके व्हाटसएप्प पर प्यार-मोहब्बत के कुछ आपत्तिजनक मेंसेज किए हैं। में कल साक्षी के साथ ऑफिस आ रहा हूं। आपके मैनेजर से में सारी शिकायत करूंगा।" उधर से धमकी दी गई।

"पहली बात तो साक्षी का कोई भाई नहीं है। दूसरी बात किसी का फोन चैक करना सरासर गलत है। अगर साक्षी को आपत्ति है तो उससे मेंरी बात करवाइए।" रजत ने कठोर शब्दों में प्रतिवाद किया।

"वह दूसरे कमरे में पढ़ रही है। में उससे बात नहीं करवा सकता और न ही वह आपसे बात करना चाहती है। में उसका धर्म भाई हूं। उसका फोन चैक करना मेरा हक है। जब तक उसकी शादी नहीं हो जाती, वह मेंरी निगरानी में रहेगी। आप जैसे लोगों की बुरी सोच और नजर से उसे बचाना मेरा कर्तव्य है।" विजय सिंह नाम के शख्स ने कठोर शब्दों में कहा।

"मेरे जैसे लोगों से तुम्हारा मतलब क्या है भाई साहब?" रजत भी तैश में आ गया, "क्या तुम मुझे कोई आवारा सड़क छाप समझते हो? साक्षी मेंरी दोस्त है। और उससे हर विषय पर मेंरी बातें होती हैं। अगर तुम इस बारे में गंदा सोचते हो तो यह तुम्हारी प्रॉब्लम है। क्या वो सब काम तुमसे पूछ कर करेगी? अगर मेंरी बातों से उसे भी आपत्ति है तो ठीक है, अब से में उससे कोई बात नहीं करूंगा। में उससे कोई जबरदस्ती नहीं कर रहा हूं। मगर किसी तरह की धमकी दे कर मुझे डराने की जरूरत नहीं है।" रजत ने झल्ला कर उसका फोन काट दिया।

रजत काफी देर तक साक्षी के फोन का इंतजार करता रहा मगर नहीं आया। उसे लगा कि साक्षी की शह पर ही विजय सिंह नाम के शख्स ने उसे धमकी दी है। ठीक है, अगर ऐसा ही है तो उसे भी क्या मतलब? कम से कम किसी ऐरे-गैरे से शिकायत करने से अच्छा था कि वह उससे बात कर लेती। मगर आजकल लोगों का कुछ पता नहीं। अंदर से कुछ और होते हैं, बाहर से कुछ और। पता नहीं लोगों के दिलो-दिमाग में कौनसे षड्यंत्र चलते रहते हैं। उसे लगा वह इस बार भी अपने विश्वास पर चोट खा चुका है। वह अंदर से इतना भरा हुआ था कि दूसरे दिन ऑफिस में भी उसने साक्षी को नजरअंदाज ही किया। वह अपने को बेहद अपमानित महसूस कर रहा था। वह सारा दिन कटा-कटा-सा रहा। घर जा कर भी किसी काम में दिल नहीं लगा। दिल उदासी में डूबा रहा।

कुछ ही देर बाद मोबाइल पर साक्षी के नंबर चमके। उसने बेमन से कॉल रिसीव किया। साक्षी की उलाहना भरी आवाज आई, "आज क्या हुआ? मुंह क्यों फुला रखा था? मुझसे कोई गलती हो गई क्या?"

रजत की दुखती रग पर जैसे किसी ने हाथ रख दिया, "नहीं, आपसे भला क्या गलती हो सकती है? गलती तो मुझसे हुई है। मैंने खामखा आपको परेशान कर रखा है। अगर आपको मुझसे इतना ही एतराज था तो मुझसे आप सीधे-सीधे भी तो कह सकती थी? मुझे इस तरह दूसरों के हाथों अपमानित करवाने की क्या जरूरत थी?"

"क्या हुआ? कुछ बताओगे भी? सच में मुझे कुछ नहीं पता, आखिर मैंने ऐसा क्या कर दिया? प्लीज बताओ!" साक्षी ने इसरार किया।

रजत ने हैरानी के साथ कहा, "क्या आप सचमुच कुछ नहीं जानती? क्या आपको नहीं पता आपका कोई भाई कल मुझे आपसे बात करने की वजह से धमकी दे रहा था? वैसे मुझे भी क्या पड़ी है किसी फालतू के पचड़े में पड़ने की यार! इतना ही एतराज है तो मुझे भी क्यों बातें करनी? सॉरी!"

"ओहो! अरे यार! समझ गई। कल रात को घर पे विज्जू भैया मेरा फोन लिए बैठे थे। मतलब उन्होंने कुछ उलटा-सीधा कह दिया आपको। पर मुझे इस बारे में कसम से उन्होंने कुछ नहीं बताया। उनकी तरफ से में सॉरी बोलती हूं यार!" साक्षी के स्वर में दयनीयता और अफसोस था।

रजत ने पूछा, "मुझे तो कभी नहीं बताया आपका कोई भैया भी है! क्या करता है ये?"

"विज्जू भैया है तो दूसरी जाति का। मगर मैंने इसे अपना धर्म भाई बना रखा है। आपको पता है मेरे कोई भाई नहीं है ना! इसकी टेण्ट और डी.जे. की दुकान है। दो-तीन गाड़ियां भी हैं इसके पास। मेरे लिए यह कुछ भी कर सकता है। पिछले दिनों चालीस हजार का सोने का कड़ा बनवा कर दिया है मुझे। सॉरी यार! आगे से में कभी भी किसी को अपना फोन नहीं दूंगी।" साक्षी विजय सिंह की शानो-शौकत से काफी प्रभावित लग रही थी।

रजत ने साक्षी को छेड़ते हुए कहा, "कोई बात नहीं। मगर मुझे डर है कि जिस तरह अचानक कोई आपका भैया निकल आया, वैसे ही कल को अचानक कोई सैंया नहीं निकल आए।"

साक्षी ने लगभग डपटते हुए कहा, "चुप रहो। ऐसा कुछ नहीं है। मेरे बारे में इतना गंदा मत सोचो।"

परंतु न जाने क्यों विज्जू भैया वाली बात हजम नहीं हो रही थी। क्योंकि

यह रिश्ता कहीं भी मेंल नहीं खा रहा था। इसी शशोपंज में उसने कह दिया, "डी.जे. और गाड़ी-मोटर रखने वाला ही आपको मिला भाई बनाने के लिए? उसके और आपके व्यक्तित्व और स्तर में दिन-रात का अंतर नहीं है? मुझे कुछ हजम नहीं हो रही बात! इन लोगों की सोच बहुत ही खराब होती है। सारे ऐब और ऐबियों से इनका नाता होता है। इनके लिए रिश्ते कोई मायने नहीं रखते। ये रिश्ते की आड़ में कुछ भी कर सकते हैं। ऐसे लोगों का कोई ईमान-धर्म नहीं होता। अब तो आप पर भी मुझे संदेह हो रहा है यार!"

कोई जवाब देने के बजाय साक्षी ने फोन काट दिया। लगता है नाराज हो गई। रजत ने कुछ देर बाद अपनी गलती महसूस करते हुए उसके नंबर डायल किए। दो-तीन बार के बाद भी जब उसका फोन नहीं लगा तो रजत समझ गया कि उसके नंबर ब्लॉक कर दिए गए हैं। वह अपनी बेवकूफी और भाग्य पर तरस खा कर रह गया।

दो-तीन दिन से न तो साक्षी ने कोई फोन किया और न ही बात की। दफ्तर में तो वैसे भी न के बराबर बातें होती थीं। उनके अलग-अलग केबिन थे और काम भी अलग-अलग ही थे। इसलिए दिन भर में बहुत कम सामना हो पाता था। लंच के टाइम भी अलग रूम में बैठना होता था। रजत पछता रहा था कि उसे इस तरह नहीं बोलना चाहिए था। डी.जे. और गाड़ी-घोड़ों के साथ रहने वाला हर कोई खराब थोड़े ही होता है। साक्षी ने धर्म भाई का रिश्ते काफी जांच-परख के बाद ही जोड़ा होगा। आखिर वो पढ़ी-लिखी समझदार लड़की है। शायद उसके प्रति उसी के दिल में खुन्नस भर गई है। शायद वही साक्षी को ले कर ज्यादा पजेसिव हो गया है। कोई भी भाई अपनी बहन के आशिक को ठीक करने का हक रखता है। मगर प्यार के बीच में कोई अवांछित आए तो बर्दाश्त भी कैसे हो? अब तो उसे अपने सपनों का महल भरभरा कर गिरता हुआ महसूस हुआ। उसे लगा कि हमेशा के लिए साक्षी से उसके संबंध टूट गए हैं। वैसे उनके बीच झगड़े और नाराजगियां तो पहले भी हुई हैं, परंतु इतना लंबा अबोला नहीं खिंचा था। अब तो दिल की दीवारें भी तिड़की हुई लगी। उसने सोचा कि उसके नसीब में प्यार है ही नहीं।

वह एक शाम बेहद खामोश और उदास बैठा था कि उसके मोबाइल की घण्टी बजी। साक्षी का फोन था। मीठी आवाज में बोली, "गुड इवनिंग!

कैसे हो?"

"ठीक हूं। बहुत दिनों के बाद याद आया? बताओ कैसे याद किया?" रजत ने रूठे हुए स्वर में कहा।

"क्यों सर! अपनों को याद करने के लिए कोई बहाना चाहिए क्या?" उधर से मधुर आवाज की खनक उभरी।

"चलो, आपने मुझे अपना तो माना। मैंने तो सोचा था, अब सब कुछ खत्म हो गया।" रजत ने अपनी उदासी को झटकते हुए कहा। इसके लिए तो साक्षी की एक मुस्कान ही काफी थी। मगर जब नसीब रूठता है तो आदमी छोटी से छोटी चीज के लिए भी तरस जाता है।

"सॉरी यार! हार्टली सॉरी! आप पर में बहुत विश्वास करती हूं। पर कभी-कभी आप ऐसी बातें कर जाते हो कि दुःख होता है। पर एक आप ही हो जिस पर विश्वास किया जा सकता है। अगर आपने कभी मेरा विश्वास तोड़ा तो में आपको गोली मार दूंगी। सचमुच।" साक्षी ने नाराजगी भरे स्वर में कहा।

"ओके बाबा! नहीं तोड़ूंगा। मगर आप भी मेरा दिल कभी मत तोड़ना। नहीं तो में भी आपको गोली मार दूंगा। में आपसे बहुत प्यार करता हूं। आई लव यू।" रजत उमड़ी हुई भावनाओं के साथ बहता चला गया। आंखों में आंसू भर आए। वह जिस भाव को बड़े जतन से छुपाए हुए था, वह आखिर प्रकट हो ही गया। अपनी इस अधीरता के सामने वह जरा लज्जित भी था।

"कैसी फालतू की बातें कर रहे हो आप? में इस प्यार-वार में विश्वास नहीं करती। में नहीं चाहती कि हम दोनों बदनाम हों। में आपसे प्यार नहीं कर सकती। मेरे घरवाले नहीं चाहते कि में लव-मैरिज करूं। में तो मेंरिज के बाद अपने लाइफ पार्टनर से ही लव करना चाहती हूं। प्लीज आप समझने की कोशिश करो। मुझे बड़ा डर लगता है इस प्यार से। हमेशा सोचती हूं कि मुझे किसी से प्यार ना हो जाए या कोई मेरे प्यार में ना पड़ जाए! यार में कैसे समझाऊं आपको?" साक्षी ने बड़ी निष्ठुरता से सब कह दिया।

रजत को बड़ा धक्का लगा, "तो क्या में अब तक एक भ्रम में जी रहा था? जो बातें अब तक अपने बीच हुई, क्या उनका मतलब कुछ और था? मजाक मत करो यार! सचमुच आपसे प्यार करने लगा हूं। मुझे अपना लाइफ-पार्टनर बना लो यार! घर जमाई बन के रह जाऊंगा। आपके

मम्मी-पापा को अपने मम्मी-पापा की तरह प्यार करूंगा। मुझमें अगर कुछ कमी है तो में उसे सुधारने की कोशिश करूंगा। में पहले ही चोट खा कर टूटा हुआ प्राणी हूं। आपसे मिल कर जुड़ने लगा हूं। फिर से मत तोड़ो प्लीज!" रजत ने लगभग गिड़गिड़ाते हुए कहा।

"मुझे आपका यह प्यार नहीं चाहिए सर! मुझे एक भाई का प्यार चाहिए। आप जानते हैं मेरे कोई भाई नहीं है। अगर आप भाई का प्यार दे सकते हो तो मंजूर है।" साक्षी ने दो टूक शब्दों में कहा।

रजत उसकी बात सुन कर हैरान रह गया। उसे अपनी आंखों के सामने सब कुछ तिलमिलाता नजर आया। यह लड़की क्या है यार? सब कुछ इस पर न्योछावर कर रहा हूं, फिर भी बकवास किए जा रही है? उसने प्रकट में कहा, "आपके कोई भाई नहीं है तो इसका मतलब आप किसी को भी मजबूर करोगी भाई बनने के लिए? ये जो धर्म भाई बनने का नाटक करते हैं, इनकी असलियत बहुत घिनौनी होती है।"

साक्षी ने बीच में कहा, "कोई नाटक नहीं होता। सब सही होता है। आपकी सोच ही खराब है। दरअसल आपको मेरे विज्जू भैया से जलन हो रही है। मगर में आपको बता दूं, उसके बारे में कभी गलत मत सोचना। और बोलना भी मत वरना मुझसे बुरा कोई नहीं होगा।"

रजत ने बात के सिरे को अपने हाथ में लेते हुए कहा, "क्या आपने कल का अखबार नहीं पढ़ा?"

"मैं अखबार कम ही पढ़ती हूं।" साक्षी ने तुनक कर कहा।

रजत ने बताया, "उसमें लिखा था कि एक युवक अपनी बहन के ससुराल में किसी औरत का धर्म भाई बना हुआ था। उसके पास भी गाड़ी थी। वह बहन के पास जाता तो उस औरत के पास भी जरूर जाता। एक दिन जब वह औरत बीमार हुई तो डॉक्टर के पास शहर जाने के लिए धर्म भाई को बुलाया। भाई अपनी गाड़ी में उसे शहर ले गया। फिर उसने वापस लौटते हुए अपने दो और दोस्तों को भी बुला लिया। रास्ते में गाड़ी सुनसान जगह रोक कर उन्होंने उस औरत के साथ सामूहिक बलात्कार किया और छोड़ कर भाग गए।" उसने एक पल के लिए अफसोस की सांस ली और आगे कहा, "मुझे शरम आती है ऐसे रिश्तों पर। में दिखावे के इन बनावटी रिश्तों में विश्वास नहीं करता। वैसे भी आप तीनों बहनें हर तरह से सक्षम

हैं, फिर आपको भाई की बैसाखी क्यों चाहिए? मैंने आपको हमेशा प्रेमी की नजरों से देखा है। में अब इसके अलावा आपसे और कोई रिश्ता नहीं जोड़ सकता। अगर जोड़ता हूं तो यह मेंरी भावनाओं के साथ ज्यादती ही होगी। सॉरी!"

साक्षी ने बिना कुछ बोले फोन काट दिया। रजत का दिल बैठ गया। उसकी आंखों की कोर भीग गई। इतनी जल्दी वह फिर से दिल पर चोट खा जाएगा यह उसे अंदाजा नहीं था। वह उसे जो कुछ समझाना चाहता था, वह समझा नहीं पाया। वह किसी की भावनाओं को आहत नहीं करना चाहता था। दरअसल वह कल के अखबार की उस छोटी-सी घटना को पढ़ कर जज्बाती हो गया था। वह इस बात से डर गया था कि कहीं साक्षी के साथ कभी ऐसा नहीं हो जाए। यही डर आज उसकी बातों में समा गया था। उसका इरादा साक्षी को गलत ठहराना या उसके रिश्ते पर लांछन लगाना कतई नहीं था। वह तो उसे भाई के अभाव की हीन ग्रंथि से उबारना चाहता था। परंतु साक्षी ने उसे समझने की कोशिश ही नहीं की।

रजत ने कुछ देर बाद फिर से साक्षी का नंबर लगाया मगर उधर से कोई प्रतिक्रिया नहीं आई तो वह समझ गया कि साक्षी ने उसका नंबर ब्लॉक कर दिया है। और देखते ही देखते साक्षी ने उससे बातचीत के सारे संपर्क काट दिए। वह फिर से अकेलेपन की घाटियों में भटकने लगा। जिसको रजत अपनी जिंदगी में ईश्वर की सौगात मान रहा था, अब उसे जिंदगी का एक मजाक मान कर भुलाने की कोशिश में जुट गया। वह एक बार फिर नियति के हाथों छला गया। वह अपने प्यार के इजहार पर इस बार भी बहुत पछता रहा था। इजहार कर के उसने अपने को ही कमजोर और सस्ता सिद्ध किया है साक्षी की नजरों में। तभी तो उसने उसे समझने की जरा भी कोशिश नहीं की। उसे अपने दिल का सच इस तरह किसी को नहीं बताना चाहिए था। उसकी भावनाओं के साथ खिलवाड़ ही तो हुआ। झूठे रिश्तों की आड़ उसे कतई पसंद नहीं थी। वह उन कई रिश्तों के सच जानता था जो धर्म के भाई-बहन बने हुए थे। उसे उबकाई आती है ऐसे दिखावटी रिश्तों को देख कर।

अब तो उनके बीच महीने भर से सारी बोल-चाल बंद थी। अब तो साक्षी से जब कभी सामना भी होता तो वह बच कर निकल जाती। रजत

को कभी अपने पर गुस्सा आता कभी साक्षी पर। जो एक संभावित या काल्पनिक सच को नहीं सुन सकती वो कटु सत्यों को सुनने का माद्दा कहां से लाएगी? जो एक छोटे से अभाव की पूर्ति के लिए किसी ऐरे-गैरे को राखी बांध सकती है, उसकी समझ पर तरस आता है।

कुछ दिन बाद साक्षी छुट्टी पर रहने लगी। वह चार-पांच दिन से ऑफिस नहीं आ रही थी। रजत ने सोचा कि वह पूछे कि क्या बात है? मगर उसका तो मोबाइल नंबर ही ब्लॉक कर रखा है। वह और पूछता भी किससे? फिर सोचा, साक्षी से अब उसका लेना-देना ही क्या रह गया है? दोनों की दिशाएं अलग, दोनों की सोच अलग, दोनों की जिंदगी अलग! और वह इन विचारों को झटक कर अपने काम में दिल लगाने की कोशिश करने लगा। मगर दिल था कि साक्षी के साथ किसी अनहोनी के बारे में सोच कर धड़क जाता। नजरों से दूर हो कर तो वह और ज्यादा परेशान कर रही थी। रात-दिन एक खटका-सा लगा रहने लगा। वह अब भी उसे किसी परेशानी में नहीं देख सकता था। क्यों कि उसके दिल में साक्षी के लिए जो प्यार जागा था वो अब किसी भी ढब सो नहीं पा रहा था। वह न चाहते हुए भी बेहद चिंता में रहा।

लगभग पांच-छह दिन की छुट्टी के बाद जब साक्षी ऑफिस आई तब जा कर रजत के दिल को जरा सुकून मिला। उसने एक उड़ती-सी नजर से साक्षी को देखा। साक्षी के हाव-भाव उसे कुछ सेहतमंद नहीं लगे। उसका चेहरा बुझा हुआ और उतरा हुआ-सा था और आंखें लाल थीं और सूजी हुई थीं। जैसे कई रातें सोई नहीं हो या खूब रोई हो। शायद इन दिनों में बीमार-सीमार पड़ गई होगी। वह सिर्फ सोच सकता था पर पूछने की हिम्मत नहीं कर पा रहा था। साक्षी बिलकुल गुमसुम थी। दूसरे लोगों से भी बेहद कम बोल पा रही थी। उसकी चाल भी बेहद सुस्त हो गई थी। जैसे उसे जबरदस्ती ऑफिस में धकेल दिया हो। रजत तीन-चार दिन तक छुपी नजरों से उसे ऑब्जर्व करता रहा। बात-बात पर दिलकश मुस्कान बिखेरने वाले होठों की हंसी अब नदारद थी। एक गहरी उदासी वहां व्याप्त थी। मगर उसने किसी अनहोनी को सिरे से झटक दिया। साक्षी को ऑफिस में देख कर उसे अच्छा लगता है, बस इतना ही काफी है। उसकी जाती जिंदगी में तांक-झांक करने का उसे कोई हक नहीं।

रजत ने अपने आपको बुरी तरह डांटा कि वह क्यों खामख्वाह उसकी चिंता में मरा जा रहा है जिसे उसकी और उसकी भावनाओं की कतई परवाह नहीं? मगर वह अपने पागल दिल को तनिक भी समझा नहीं पाया। वह जानने को बेचैन हो गया कि आखिर साक्षी इन दिनों किस पीड़ा से गुजर रही है? वह उसे इतना उदास और परेशान नहीं देख सकता था। उसने फैसला कर ही लिया कि आज वह साक्षी से जरूर बात करेगा। वह उपेक्षा करेगी या जलील करेगी, सब देखा जाएगा।

दोपहर के लंच टाइम में साक्षी अपना टिफिन ले कर एक छोटे से कमरे में घुसी, जहां वह अपना लंच करती थी। कुछ लोग अपने-अपने केबिन में ही लंच कर लेते थे। कुछ किसी कमरे में बैठ कर निबटाते थे। अब सभी अपने लंच में मशगूल हो गए। रजत ने भी कुछ निवाले निगले। जब उसे लगा कि साक्षी ने लंच कर लिया होगा तो वह चुपके से उसके कमरे में जा धमका। साक्षी फटी-फटी आंखों से उसे देखती रही। वह असमंजस की स्थिति में बिना कोई हाव-भाव दिखाए बैठी रही।

"क्या बात है? बहुत परेशान हो आजकल? क्या में जान सकता हूं इस बारे में?" रजत ने वहां बिछी दरी पर साक्षी के करीब बैठते हुए पूछा। फिर कहा, "चलो, में उस दिन के लिए सॉरी बोलता हूं। मुझे वह सब नहीं कहना चाहिए था। आपकी अपनी जिंदगी है, अपने नाते-रिश्ते हैं। इस बारे में सही-गलत का फैसला करने वाला में कौन होता हूं? आप जो चाहे सजा दे लीजिए। बस इतना बता दीजिए कि आजकल आपको क्या हो गया है? जब से आप छुट्टी के बाद आई हो आपकी शक्ल ही बदल गई है। आप कुछ भी समझो, मुझे बहुत बुरा लग रहा है।"

साक्षी कुछ नहीं बोली। वह कुछ देर तक रजत को ऐसे देखती रही जैसे पहचानती ही नहीं हो। फिर उसने अपनी नजरें झुका लीं। रजत ने देखा, उसके गालों पर आंसू ढुलक रहे थे। रोने से उसके कंधे थरथरा रहे थे। रजत ने अपना कांपता हाथ धीरे से उसके कंधे पर रखा और फिर हटा लिया। कुछ देर बाद जरा संयत हो कर बोली, "दुनिया बाहर से जैसी दिखती है, अंदर से वैसी है नहीं। मुझे रिश्तों की जरा भी समझ नहीं। जिसे मैंने अपना भाई बनाया उसी ने मेरे साथ गंदा सलूक किया। अब आपको में किस मुंह से बताऊं?"

"जो भी हुआ है वह बता दो। बताने से दिल हल्का हो जाता है। में अब भी आपकी कदर करता हूं। आपकी बात किसी को भी नहीं बताऊंगा।" रजत ने अपना दिल मजबूत कर के कहा। वह डर रहा था कि पता नहीं क्या हुआ होगा? पता नहीं क्या सुनने और सहने को मिलेगा?

साक्षी ने कांपती आवाज में बताया, "मुझे किसी काम से शहर जाना था। में बस स्टैण्ड जा रही थी। वो हरामी रास्ते में मिला। उसने कहा कि वह भी गाड़ी ले कर शहर ही जा रहा है। शहर पहुंच कर उसने कहा कि तुम अपना काम करके मुझे कॉल कर देना में घर छोड़ दूंगा। काम होते-होते मुझे शाम हो गई। मैंने सोचा जब 'भैया' साथ है तो मुझे क्या फिक्र? वह शहर में ही अपने एक दोस्त से मिलने की बात कह कर मुझे भी अपने साथ उसके रूम पर ले गया। वहां उन दोनों ने मेरे मना करने के बावजूद शराब पी और फिर दोनों ने मेरे साथ गलत काम किया। में उसे धर्म भाई-बहन होने की दुहाई देती रही पर उसे कोई फर्क नहीं पड़ा। किसी को भी बताने पर उसने मुझे जान से मारने की धमकी दी है। उसके लिए मैंने आपको भी बुरा-भला कहा। मुझे कुछ समझ में नहीं आ रहा में क्या करूं? जीना बोझ लगने लगा है। मगर अपनी छोटी बहनों के बारे में सोच कर डर जाती हूं।"

कुछ देर के लिए रजत सदमें में आ गया। वह कुछ भी नहीं बोल पाया। बड़ी मुश्किल से अपने को संभाला, "हे भगवान! जिसकी मुझे आशंका थी वही हुआ। मगर आपने मेंरी एक नहीं सुनी। अब तो जो हो गया उसे भूल जाओ। इस हादसे को ज्यादा तूल देना ठीक नहीं। फालतू की बदनामी और टेंशन होगी सो अलग। बस इतना ध्यान रखो कि वह आपको ब्लैकमेल ना करने लग जाए। उससे अपने सारे संबंध तोड़ दो। हो सके तो मम्मी-पापा को भी उसके गलत चाल-चलन के बारे में बता दो ताकि वे भी उसे अपने से दूर रखें। में तुम्हारे साथ हूं।" रजत ने अपने साथ-साथ साक्षी को भी तसल्ली देने की कोशिश की।

"आपकी नजरों में भी अब मेंरी क्या इज्जत रह जाएगी? बहुत बुरी हूं में। कौन अच्छा है, कौन बुरा है, कौन अपना है, कौन पराया है? इसका मुझे जरा भी ज्ञान नहीं। मगर विश्वास करूं तो किस पर करूं?" सूजी रतनारी आंखों से आंसू पोंछते हुए कहा साक्षी ने। वह इस तरह पछता रही थी जैसे सारी गलती उसी की हो। मगर कहावत है न कि चाकू खरबूजे पर गिरे या

खरबूजा चाकू पर, कटना तो खरबूजे को ही होता है।

रजत को समझ में नहीं आ रहा था कि अब वह क्या बोले? वह कैसे साक्षी को सांत्वना दे? उसने जरा सोच कर कहा, "अगर आपका दिल गवाही दे तो तुम मुझ पर यकीन कर सकती हो। में तो जैसा पहले था वैसा ही अब हूं। तुम भी पहले जैसी ही हो मेरे लिए। हादसे तो किसी के भी साथ हो सकते हैं। अगर में तुमको पहले जैसा अच्छा नहीं लगता और तुम चाहती हो कि में बदल जाऊं तो में बदलने के लिए भी तैयार हूं।" रजत ने अनायास ही साक्षी का हाथ अपने हाथ में ले लिया।

"नहीं, आप जैसे हो वैसे ही रहो। बिलकुल भी मत बदलना। मुझे नहीं चाहिए कोई भाई-वांई। मुझे तो एक सच्चा दिल चाहिए जिसमें में महफूज रह सकूं। मगर अब तो में किसी के काबिल नहीं रही।" साक्षी ने रजत की आंखों में कुछ तलाशते हुए कहा।

रजत ने धीरे से अपने होंठ साक्षी के होंठों पर रख दिए। उनको हौले से 'किस' किया और चुपके से बाहर निकल आया। साक्षी गहरे विश्वास से भरी देर तक अंदर बैठी रही। लंच टाइम खत्म होने के बाद जब बाहर आई तो चेहरे पर तनाव बहुत कम बचा था। रजत ने भी उसे देख कर राहत की सांस ली और पूरे उत्साह से अपने काम में जुट गया।

परिचय
कुलदीप सिंह भाटी
जोधपुर

9413461694

कुलदीप सिंह भाटी

हाल ही में लिखना शुरू किया।

समर्पण

दफ्तर में 5 बज चुके हैं। करीब पंद्रह से बीस कार्मिकों का कार्यालय है। कुछ अपने सेवानिवृति के आस-पास बचे चंद महीनों के गुजर जाने की प्रतीक्षा में नौकरी कर रहे हैं, कुछ स्टाफ इस विभाग में अपने 10 से 15 वर्षों के अनुभव की डींगें हांकने मेंअपनी कार्य-कुशलता समझते हैं, कुछ अभी पांच-छः साल की नौकरी में वास्तविक रूप से सेवा भाव से तो कुछ कामचलाऊ कार्य सीखने में जुटे हुए हैं। घड़ी की 5 बजे की सुइयां अधिकतर स्टाफ के पदचाप भी दिशासूचक यंत्र की तरह उनके घर की ओर घूमने को आतुर हैं। इसी समय-विज्ञान के कारण अधिकतर स्टाफ कार्यालय से जा चुका है और कुछ स्टाफ इस समय-विज्ञान को अपने मनो-विज्ञान से परास्त करते हुए जाने की तैयारी कर रहे हैं। चेतन प्रकाश जो लगभग पच्चीस वर्ष के युवा कार्मिक है, सीट पर बैठे किसी काम में बहुत व्यस्त हैं, साथ ही कुछ परेशानी में भी लग रहे हैं। चेतन प्रकाश स्वभाव से ही अच्छे, ईमानदार,

कुशल कार्मिक होने के साथ मृदुभाषी भी है। दफ्तर में आने वाले अधिकांश ग्राहक और क्लाइंट पहले उनसे ही अपना काम करवाने का प्रयास करते हैं। इस कारण दफ्तर से जाने के तय समय 5 बजे के बाद भी दफ्तर में देर तक कार्य करते रहना जैसे उनकी चर्या का हिस्सा हो गया। चेतन प्रकाश के समीप में ही बैठे जयराम जी भी जो अधिकारी हैं तथा पिछले महीने ही विवाह के बाद अपनी पत्नी संग जोधपुर सैटल हुए हैं। घर पर पत्नी के अकेले होने और नई-नई शादी के बाद जयरामजी को घर जाने की आतुरता स्वाभाविक है और इसी ऊहापोह में वो अपने काम को समेटने में व्यस्त हैं। अमूमन 6 बजे चेतन प्रकाश और जयराम जी साथ ही अपना काम समेट कर घर को निकल जाते हैं। दोनों लगभग हमउम्र होने से उनमें वैचारिक एकरूपता तो है ही साथ ही ऑफिस के कार्यों में भी इनमें गजब की आपसी समझदारी और संतुलन है। कुछ युवा कर्मचारी साथी मन ही मन इनसे कुढ़ते रहते हैं, पर ये दोनों अपने मिलनसार स्वभाव के कारण, आमतौर पर कार्यालयों में पसरी ओछी राजनीति और गुटबाजी से दूर ही रहते हैं।

अब घड़ी में 7 बजने वाले हैं और दफ्तर की वरिष्ठ अधिकारी नीलिमा जी ने किसी अति-आवश्यक कार्य के लिए चेतन प्रकाश जी और जयराम जी को आज सुबह ही निर्देशित किया था। नीलिमा जी को अपने कार्यालय के इन दोनों कार्मिकों की कुशलता पर कोई संदेह नहीं है अतः वे भी निर्देश देकर निश्चिन्त हो गई तथा अपने प्रशासनिक कार्य में व्यस्त हो गई। नीलिमा जी के निर्देश अनुसार चेतन प्रकाश जी को किसी बड़े कार्य के लिए प्रोजेक्ट तैयार करना है। जयराम जी और चेतन प्रकाश जी सुबह से ही इस कार्य में लग गए। दिनभर के मानसिक श्रम के बाद भी अंतिम सफलता प्राप्त नहीं हो रही थी जिसकी शिकन उनके चेहरों पर स्पष्ट दिख रही है। दोनों ने अपने प्रोजेक्ट में आ रही तकनीकी खामी को जानने के लिए दूसरे शहर की शाखा के सीनियर कार्मिक हेमंत से संपर्क किया। हेमंत जो कि तीस साल का एक युवा है और आईटी का विशेष ज्ञान रखता है और कई प्रोजेक्ट के लिए उसने पहले भी अपने कौशल से कई यूटिलिटी बनाकर कार्य को सुगमता से सम्पन्न किया है उसकी इस दक्षता का जैसे डंका बजता था। उसके रिकॉर्ड और ज्ञान को देखते हुए विभाग द्वारा उसे सुपर स्केल स्कीम के अंतर्गत मैनेजमेंट द्वारा अपनी विशेष शक्तियों द्वारा आउट ऑफ टर्न

पदोन्नति देकर विशेष सहायक अधिकारी की जिम्मेदारी दी गई हैं।

दफ्तर की ई-टेलीफोन डायरी से मोबाइल नम्बर लेकर चेतन प्रकाश ने हेमन्त को फोन किया। चेतन प्रकाश ने बड़ी सज्जनता से अभिवादन कर अपना परिचय दिया और अपने प्रोजेक्ट के बारे में बताया। चेतन प्रकाश ने हेमन्त जी से पूछा कि – "आप मेरे वरिष्ठ कुशल तथा तकनीकी रूप से दक्ष कार्मिक हैं और आपने इस प्रोजेक्ट पर पहले भी कार्य किया है। मेरे कार्य में कुछ तकनीकी समस्या आ रही है तो आप बता पाएंगे कि में कहाँ गलती कर रहा हूँ?"

हेमंत ने जवाब दिया कि – "मैं बताता हूँ कि तुम क्या गलती कर रहे हो। तुम्हारी गलती यह है कि तुम मुझे कार्यालय समय के बाद 7 बजे फोन कर रहे हो।" चेतन प्रकाश हेमंत के इस अहंकार भरे उत्तर से एक बार तो सकपका गए पर फिर खुद को संभाला और पुनः बोले – 'सर! में भी आपका जूनियर कर्मचारी ही हूँ लेकिन यह प्रोजेक्ट हमारे लिए आवश्यक है इसलिए में भी आज देर तक बैठा हूँ.....' इतने में ही बात काटते हुए रूखे स्वर में हेमन्त बोला कि – 'मैंने नहीं कहा तुमको देर तक रुकने को।' चेतन प्रकाश ने शालीनता से माफी मांग कर फोन रख दिया। सारे मामले को जयराज जी से अवगत करवाते हुए वो किसी और की सहायता से अपने प्रोजेक्ट को पूरा करने में लग गए। आखिर में किसी प्रकार से उन्होंने प्रोजेक्ट तो पूरा कर लिया पर हेमन्त के शब्द बाणों ने चेतन प्रकाश को विचलित-सा कर दिया था। जयराम जी ने चेतन प्रकाश की बेचैनी को देखते हुए समझाया कि – 'ये वो लोग हैं जो कुछ को जानकर सब कुछ जानने का अंहकार करते हैं, वो सेवा में आपसे वरिष्ठ हो सकता है पर कार्य के प्रति समर्पण में आप ही वरिष्ठ हैं। वो क्रम में आपसे ऊपर होते हुए भी कर्म में आपसे काफी नीचे हैं। आप ऐसे लोगों की परवाह न करें। ये वो मंडूक हैं जिन्होंने कुएं से बाहर की दुनिया कभी नहीं देखी है और स्वयं को ज्ञान-सिंधु का सम्राट समझते हैं। ऐसे स्वघोषित घमण्डी लोगों का अंहकार तभी टूटेगा जब इनको कोई नहीं पूछेगा और आप जैसे लोग दूसरों की मदद करेंगे।'

जयराम जी की बातें सुनकर चेतन प्रकाश के चेहरे पर हल्की मुस्कान तैरने लगी। दोनों ने अपना तैयार प्रोजेक्ट अपनी सीनियर अधिकारी नीलिमा जी को सुपुर्द किया।

दो सप्ताह बाद नीलिमा जी ने चेतन प्रकाश और जयराम जी को बधाई दी कि उनका प्रोजेक्ट पूरे देश में अव्वल श्रेणी में चयनित हुआ है और उनको पूरे विभाग में आगामी प्रोजेक्ट में कनिष्ठ अधिकारी के लिए चयनित किया गया है। जयराम जी ने चेतन प्रकाश की तरफ हाथ बढ़ाकर बधाई दी और जयराम जी मन ही मन सोचने लगे कि कभी-कभी समय से परे जाकर किया कोई कार्य कार्मिक को समय से पूर्व लाभान्वित तो करता ही हैं ऐसे युवा कार्मिकों की संस्था के प्रति निष्ठा भी दूसरों को प्रोत्साहित करती हैं। चेतन प्रकाश जी ने जयराम जी को कहा कि -'यह मेंरी नहीं हमारी जीत हैं। प्रबंधन ने हमारे युवा कौशल पर विश्वास जताया है, उस विश्वास पर हमेशा खरा उतरूंगा।' जयराम जी ने मजाक करते हुए कहा 'तो फिर वो हेमन्त भी तो युवा ......।' इतने में ही चेतन प्रकाश ने जयराम जी की बात काटते हुए कहा 'चलो छोड़ो! अब इस खुशी के पल में ऐसे लोगों का जिक्र करके मजा किरकिरा न करो जो खुद अपनी बातों से अपनी किरकिरी करते हों।' जयराम जी और चेतन प्रकाश के चेहरों पर आत्मविश्वास भरी सम्मानजनक मुस्कान थी।

अरमान नदीम

परिचय

अरमान नदीम

पिता -नदीम अहमद नदीम

जन्म 5 जुलाई, 2005

जन्म स्थान ; बीकानेर

शिक्षा- 10जी में अध्ययन रत

संपर्क

जैनब कॉटेज, बड़ी कर्बला मार्ग

चोखूँटी बीकानेर 334001

मोबाइल- 6375783049

लेखन-कहानी, लघुकथा

प्रकाशन-पत्रिका, युगपक्ष में कहानी, लघुकथाओं का प्रकाशन

सन्नाटे में शहनाई

कमरे में कपड़ों के ढेर लगे थे सिर्फ सिलाई मशीन चलने की ही धुनथी और इकबाल इसी धुन में रमे हुए पूरी तन्मयता से कपड़े सिलने में लगे थे। इकबाल की बीवी काफी देर से पास में खड़ी थी। आखिर उसे थोड़ी तेज आवाज में बोलना ही पड़ा सुनिए आज आरूष फिर आएगा मेंरी समझ में नहीं आ रहा है, कैसे समझाएं और मशीन परझुके हुए अपने सर को उठा कर बोला, हां बात तो सही है मेंरी भी समझ में नहीं आ रहा। दोनों के बीच बात चल ही रही थी तभी दरवाजे पर हल्की थाप आई "चाचा जी क्या अंदर आ सकता हूं?" हां! हां! आ जाइए-अफसाना ने स्टूल आगे किया।

"चाचा जी क्या फैसला किया आपने?" बेटे हम लोग गरीब हैं, फिर धर्म की दीवारें भी तो ऊंची हैं, हम कैसे पार कर पाएंगे-

शादी तो शहनाज से ही करूँगा, चाचा जी मुझ पर भरोसा रखो मैं शहनाज को कोई तकलीफ नहीं होने दूँगा।

चाचा जी मेरा घर इंसानियत का मंदिर है। मेरे पापा हिन्दू और मेंरी मां ईसाई है जो आज भी चर्च जाती है। शहनाज भी नमाज पढ़ेगी तो मुझे एतराज नहीं होगा। इकबाल अब निरुत्तर थे।

आरुष परिवार के साथ कुछ दिनों बाद इकबाल के घर रिश्ता लेकर चला आया। आरुष के पिता ने कहा आप किसी तरह की चिंता नहीं करें। हम शादी का सारा खर्चा उठाएंगे। इकबाल से कुछ भी बोला नहीं जा रहा था।

वो कभी कैंची उठा कर एक तरफ रखते या फिर सुई धागे से पास ही पड़े कपड़े के टुकड़े पे तुरपाई करने लगते हैं।

आरुष के पिता ने मौन तोड़ा, बोले, इकबाल साहब इस समाज को खूबसूरत बनाने की जिम्मेदारी हम लोगों पर है। चाहे तो छीजते इंसानी रिश्तों की तुरपाई कर दें या फिर सब कुछ छिन्न-भिन्न।

शहनाज चाय ले के आ चुकी थी। सबने चाय पी। चाय की तारीफ की। आरुष की मम्मी ने शहनाज का माथा चूम लिया।

आप कल हमारे घर तशरीफ लाइये इकबाल साहब। आरुष के परिवार को विदा करके इकबाल ने अफसाना को कहा क्या यह रिश्ता शहनाज के लिए अच्छा है?

अफसाना- लेकिन अगर उन्हें यह बात पता चली कि शहनाज बोल नहीं सकती तो वो लोग रिश्ता कभी नहीं करेंगे।

इकबाल- हम यह बात उन्हें नहीं बताएंगे।

अफसाना- लेकिन अगर उन लोगों ने शहनाज को अपनाने से मना कर दिया तो फिर क्या होगा। इकबाल- ऐसा नहीं होगा। शहनाज से जाकर बात करता हूं। शहनाज किताब पढ़ रही थी। सुनो बेटा अब मेंरी उम्र होने को आई है और तुम्हारी अम्मी की भी तबीयत सही नहीं रहती, जाने कब अल्लाह का बुलावा आ जाए, इसीलिए मैंने तेरे लिए लड़का देखा है। और कल उसके घर हम जाकर बात करेंगे, लेकिन तुझे एक बात बता रहा हूं शादी से पहले वो तुझसे बात करें तो बोलने की कोशिश मत करना।

शहनाज ने गर्दन हिला दी। अफसाना शहनाज को दुल्हन के रूप में देख रही थी।

दोनों घर से निकलकर बताए हुए पते पर पहुंचे तो उनके सामने शानदार

घर था। दोनों बहुत खुश थे उस घर को देखकर क्योंकि उनकी बेटी अब इस घर में आने वाली थी। आपने क्या फैसला लिया? आरुष के पिता बोले -

"हमें रिश्ता मंजूर है। घर में शादी की तैयारियां होने लगी लेकिन एक दिन शहनाज ने अपनी सहेली रोशनी जो उसकी सारी बातें समझती थी और राजदार भी थी को एक अहम जिम्मेदारी दी, रोशनी के माध्यम से आरुष को संदेश भिजवाया मिलने के लिए। इकबाल और अफसाना बाजार गए हुए थे। आरुष घर पंहुचा, शहनाज उसके सामने थी लेकिन खामोश थी। आरुष बोला, "शहनाज कुछ तो बोलो अगर किसी ने हमें यहां देख लिया तो गलत समझेंगे। शहनाज ने अपनी सलेट पर कुछ लिखना शुरू किया उसने लिखा कि में बोल नहीं सकती, आरुष एकदम चोंका। उसने फिर लिखा कि मैंने आपको शादी से पहले यही बात बताने के लिए बुलाया है।" फिर कुछ देर बाद इकबाल और अफसाना भी पहुंच गए।

उन दोनों को देखकर आरुष और शहनाज घबरा गए। तभी इकबाल ने कहा घबराओ मत बच्चों। इकबाल ने शहनाज की स्लेट हाथ में ले ली और बोले देखो अफसाना हमारी बच्ची कितनी ईमानदार है। आरुष ने कहा, "आप ये बात मुझे पहले ही बता देते मुझे इस बात से कोई परेशानी नहीं है।

इकबाल-बता तो देता मगर नहीं बता पाया। अब तुमको सब जानना जरूरी भी है।

कुछ साल पहले की बात है, में, अफसाना और मेरा बेटा अदनान तीनों घर पर थे, तभी दरवाजे पर लक्ष्मी इसे गोद में लेकर आई वो परेशानी में थी। बहन जी क्या हुआ इतनी परेशान क्यों हो? लक्ष्मी बोली इकबाल भाई बस आप ये खत पढ़ लीजिए। खत मेरे सगे भाई से भी बढ़कर महेन्द्र का था जो एक फौजी था, उसने लिखा था कि वह सीमा पर दुश्मन के साथ झड़प में घायल हो गया है और बचना मुश्किल है। पूरे हक के साथ कह रहा हूं मेंरी बेटी और लक्ष्मी का ख्याल रखना दोनों माँ बेटी इस घर का हिस्सा थीं।

कुछ सालों पहले हम लोग गांव में घूमने गए थे। सब घूम रहे थे वहां पर गांव का दोस्त एक हथिनी और उसके साथ एक बच्चा लेकर आया था। लेकिन कुछ देर बाद उसका बच्चा खेलते-खेलते कहीं गुम हो गया। जब बच्चा नहीं मिला तो हथिनी काबू से बाहर होने लगी, अपने आसपास की चीजों को बर्बाद करने लगी। और उसी घटना में मेरा पंद्रह साल का बेटा और लक्ष्मी

की मौत हो गई और शहनाज की आवाज भी चली गई और इसका असली नाम अवनी है।

बेटा, अगर तुम शादी नहीं करना चाहते हो तो--

आरुष बोला, अब तो में शहनाज से ही शादी करूंगा।

सन्नाटे में मानो शहनाइयां गूंज उठीं।

परिचय
भरत ओला
जन्म: 6 अगस्त, 1963 को गाँव भिरानी, जिला हनुमानगढ़, राजस्थान में।
शिक्षा: पीएच.डी.
सम्पर्क: हथाई, 37, सेक्टर नं. 5, नोहर, जिला-हनुमान गढ़ (राज)-335523
मो. 94145-03130.
e-mail: bharatola@gmail.com
कहानी / भरत ओला
नाटक, कलाकार और बिसनाराम

भरत ओला

कृतियां: 'जीव री जात', 'सेक्टर नं. 5', 'भूत', शकित्ती कहाणी खतम'(राजस्थानी कथा संग्रह), 'धुलगांठ', 'घुलगांठ माथै घुलगांठ' (उपन्यास) सहित एक दर्जन से अधिक पुस्तकें प्रकाशित। कई रचनाओं का विभिन्न भाषाओं में अनुवाद तथा उपन्यास 'घुलगांठ' का हिंदी, पंजाबी और मराठी में अनुवाद प्रकाशित। राजस्थानी तिमाही 'हथाई' का सम्पादन।

पुरस्कार: राजस्थानी कथा संग्रह 'जीव री जात' पर साहित्य अकादमी पुरस्कार, मुरलीधर व्यास राजस्थानी कथा साहित्य पुरस्कार, कमला गोइन्का पुरस्कार सहित अनेक पुरस्कार/सम्मान प्राप्त। राजस्थानी भाषा मान्यता संघर्ष समिति के संस्थापक अध्यक्ष।

कलाकार और बिसनाराम

बिसनाराम एक सीधा-साधा गंवई आदमी था। न वह नाटकों के बारे में जानता था और न उसने कभी कोई नाटक देखा था, हालांकि वह फिल्मों का शौकीन था लेकिन नाटक देखने का सौभाग्य पहली बार प्राप्त हो रहा था। बिसनाराम ने सुन रखा था कि फिल्मी पर्दे पर कलाकार की कलाकारी से अधिक कैमरे की कलाकारी होती है लेकिन यहां

तो सब कुछ आंखों के सामने था। प्रत्यक्ष। वह मंडली के उस भक्त को मन ही मन धन्यवाद देने लगा जो उसे यहां लेकर आया था।

जीवन में पहली बार इतना भव्य रंगमंच देखा था। उसकी आंखें फटी की फटी रह गई थीं। क्या ही गजब रंगमंच था। लाल किला था, सिंहासन था, दरबार था, दरबारी थे, नेपथ्य में दहाड़ती शेर की आवाज थी लेकिन अभी सिंहासन खाली था। बराबर में कुछ नई, कुछ पुरानी, कुछ रिपेयरिंग की हुई धोई-चमकाई कुर्सियां थीं। एक तरफ कोने में माथे पर मुकुट बांधे, हाथ में आड़ा-तिरछा झंडा थामे, गोटेदार किनारी वाली लिश्कारे मारती भगवीं साड़ी में सजी-धजी भारत मां थी। चेहरे पर बहुत सारा मेकअप पुता होने के बावजूद चेहरा आब-उतार था। होंठ मुस्कराने की तर्ज में थे लेकिन वे मुस्कराते कम और फैले ज्यादा दिख रहे थे। बड़ी-बड़ी पीली आंखों में काजल डालने से वह और बड़ी दिखाई देने लगी थीं लेकिन इससे भय और खौफ कुछ ज्यादा ही स्पष्ट नजर आने लगे थे। लम्बोतर चेहरे पर उदासी और पीड़ा के भाव छुपाये से भी न छुप रहे थे। इस सबके बावजूद दीप प्रज्जवलन की तैयारी जोरों पर थी।

स्टेज का झीना पर्दा उठा और मुख्य कलाकार अभिवादन में हाथ हिलाता हुआ डाइस पर आ खड़ा हुआ।

पंडाल तालियों की गड़गड़ाहट से गूंज उठा।

कलाकार ने संवाद आरंभ किया, "भाइयों और बहनों!"

पंडाल एक बार फिर करतल और हर्षित ध्वनि से गूंज उठा। गजब अभिनय, गजब पटकथा, गजब संवाद। सब कुछ गजब ही गजब था। मतलब हर दृष्टिकोण से गजब। देश की दुर्दशा थी, बेकारी थी, भुखमरी थी, आत्महत्या थी, चोरी थी, दलाली थी, भ्रष्टाचार था, बलात्कार था, काले धन की करतूतें थीं, शहीदों की सिसकियां थीं और अच्छे दिनों की उम्मीद थी। वाह! क्या ही गजब नाटक था।

नाटक ने बिसनाराम को हिलाकर रख दिया था। बिसनाराम खासा प्रभावित था। सिर्फ बिसनाराम ही क्यों? नाटक देखने वाला हर दर्शक प्रभावित था। जीवंत अभिनय ने सभी के दिलों पर गहरी छाप छोड़ दी थी। कुछ भावुक किस्म के दर्शक तो दुःख और खुशी में रोने लगे थे।

मेंथिलीशरण गुप्त ने शायद ऐसे ही भावुक लोगों को देखकर लिखा होगा, 'भरा नहीं जो भावों से, बहती जिसमें रसधार नहीं, हृदय नहीं वह पत्थर है, जिसमें स्वदेश का प्यार नहीं।'

कलाकार सिंहासन पर विराज चुका था। लेकिन नाटक तो आखिर नाटक होता है, कोई कितने दिनों तक उससे चिपका रह सकता है? नाटक भावुकता और खुशफहमी तो दे सकता है लेकिन पेट नहीं भर सकता, हालांकि वक्त-बेवक्त वह नाटक के दृश्यों को याद करता रहता है लेकिन नाटक के दृश्यों के सहारे जिंदगी की गाड़ी तो नहीं खेंची जा सकती। पेट का गड्ढा तो काम करने से ही भरेगा। काम? काम भी भला कैसा और कौन-सा? वैसे काम है भी कहां? लेकिन जैसा भी है पेट के गड्ढे के लिए ढूंढना तो पड़ेगा।

तो समय पाकर बिसनाराम भी आम लोगों की तरह अपने पेट के गड्ढे को भरने में व्यस्त हो गया। एक शाम घर लौटने से पहले उसने अपने ऑटो रिक्शा वाले साथियों से सुना कि आज रात बारह बजे के बाद एक हजार और पांच सौ के नोट चलन से बाहर हो जाएंगे। एक बार तो उसकी समझ में ही नहीं आया कि ऐसे कैसे हो सकता है? लेकिन जब उसके साथियों ने उसे समझाया कि पैसे वाले सब गए भांग के भाड़े, तो उसकी खुशी का ठिकाना ना रहा। उस दिन दूसरे आम देशवासियों की तरह बिसनाराम भी बहुत खुश था। उसे यकीन होने लगा था कि वाकई अच्छे दिनों की शुरुआत हो चुकी है। काला धन अब थोड़े ही दिनों बाद बाहर आने वाला है।

बैंकों के आगे लगने वाली लम्बी-लम्बी लाइनों में लगने की उसे आवश्यकता ही महसूस नहीं हुई। शाम तक पांच सौ, सात सौ की सवारियां उसे मिल ही जाती थीं और इस से गुजारा चलता रहता था।

पहले तो कोई भी सवारी ऐसी नहीं होती थी, जो उसे पांच सौ या एक हजार का नोट देकर बकाया मांगती। लगभग तो दस या बीस रुपये खुले देते या फिर अधिक से अधिक सौ या पचास का नोट। पांच सौ का नोट कभी-कभार ही उसकी आंखों के आगे से निकलता था। फिर उस बड़े-से हजार के नोट के बारे में सोचने का कोई मतलब नहीं था लेकिन जिस दिन नोटबंदी हुई, उस दिन से लेकर तकरीबन दो महीनों तक वह और उसके ऑटो रिक्शा वाले साथी पांच सौ और हजार के नोटों के इर्द-गिर्द ही चक्कर काटते रहे।

नोटबंदी से पहले उन्होंने कभी इस चीज पर बहस नहीं की कि देश में पांच सौ के नोट कितने हैं और हजार के कितने? दरअसल नोटों की गिनती का यह आंकड़ा उसकी समझ से बाहर था। लाखों करोड़ों नोटों की गिनती उसके बस की बात नहीं थी। अधिक से अधिक बिसनाराम अपने पुश्तैनी घर की उस कच्ची कोठरी का माप ले लिया करता कि इतने नोटों से कितनी कोठरियां भरी जा सकती होंगी। वह यह सोचकर हैरान हुआ जाता कि इतने सारे नोट लोगों ने कैसे कमाए होंगे और कहां जमा किए होंगे? वह न अर्थशास्त्री था और न व्यापारी, फिर भी हिसाब जोड़ने की नाकाम कोशिश किए जाता था।

बिसनाराम और उसके साथियों को यह बात सोच-सोच कर बड़ा आनंद आता था कि मोटे पेट वाले सेठ से लेकर कोट पैंट और टाई वाले ऑफिसर अब घंटों बैंकों की लाइन में खड़े रहेंगे लेकिन इसके बावजूद वे पांच सौ और हजार के सारे नोट जमा नहीं करवा पाएंगे। करवाएंगे तो पकड़े जाएंगे। मतलब झूठ और बेईमानी से कमाई उनकी सारी कमाई खाक हो जाएगी। उनकी तिजोरियों में धरा सारा पैसा, एक अवधि के बाद अपने आप सरकार की तिजोरी में चला जाएगा।

बिसनाराम और उसके साथी इसी तरह के किस्से और कहानियों में खुशी ढूंढ रहे थे। लेकिन उनकी खुशी बहुत दिनों तक नहीं रही, जब उन्हें मालूम हुआ कि मोटी तोंद वाला एक भी सेठ अथवा ऑफिसर पैसे बदलवाने के लिए लाइन में नहीं लगा। हमेशा की तरह नूरा, रामभतेरी धनिया, होरी ही लाइन में लगे थे। एक भी ऑफिसर या सेठ की जमा पूंजी बाहर नहीं आई थी लेकिन बेटी की शादी के लिए शराबी पति से छुपा छुपा कर इकट्ठी की गई भतेरी की हजार दो हजार की गांठी सबके सामने आ गई थी। कई दिन तो बेचारी इसी उधेड़-बुन में फंसी रही कि पैसा बचाए या इज्जत? लेकिन जब लगा इस जमाने में पैसा है तो इज्जत अपने आप पीछे दौड़े चली आती है, तो पैसा बचाने में ही भलाई समझी। लेकिन बेचारी गरीब की न इज्जत बची न पैसा। कुछ उधारी मांगने वाले दरवाजे पर आ खड़े हुए तो कुछ कूट पीट कर शराबी पति ले उड़ा। बेचारी भतेरी तो पहले से भी ज्यादा गरीब हो गई।

नोटबंदी के साल भर बाद ही बिसनाराम और उसके साथियों को

कालेधन की कमाई और नोटबंदी की सफाई का मामला समझ में आ गया। वे अपने आप को ठगा हुआ महसूस कर रहे थे। न चोर पकड़े गए थे न दलाल। न मंहगाई घटी न डीजल के दाम।

बिसनाराम को अच्छी तरह याद है कि चार साल पहले जब उसने पहले पहल अपने ऑटो रिक्शा में डीजल डलवाया था, तो डीजल का भाव पचपन-छप्पन रुपये के आसपास था। शाम को टीवी स्क्रीन पर कलाकार और उसके साथी डीजल के भावों को लेकर आग बबूला हो रहे थे। उन सबके साथ एक ठरगल-सी गाली बिसनाराम ने भी मोनी बाबा को ठोकी थी लेकिन आज जब इकहेत्तर रूपये लीटर डलवाया तो न कलाकार गाली निकाल रहा था और न शागिर्द हाय तौबा मचा रहे थे।

न्यूज चैनल वालों को तो मंदिर मस्जिद, हिंदू-मुसलमान, भारत-पाक और तीन तलाक से ही फुर्सत न थी। एक भक्त तो राष्ट्रभक्ति में इतना अंधा हुए जा रहा था कि वह तुरत-फुरत दुश्मन को नेस्तनाबूद कर रामराज्य की स्थापना करने पर तुला था।

ऐसे में भला डीजल और किसानी की क्या बिसात? कुछ सिरफिरे जरूर सोशल मीडिया पर महंगाई, गरीबी, बेरोजगारी, किसान-किसानी चिल्ला रहे थे लेकिन इन्हें तो पहले ही देशद्रोही घोषित कर दिया गया था।

थोड़े दिनों बाद उसका यह भ्रम भी जाता रहा कि उनकी जेब से तो कुछ गया नहीं। जब एक दिन अचानक पैसों की जरूरत पड़ी तो बैंक केशियर ने साफ कर दिया, "खाते में सिर्फ पांच सौ रुपये थे, जिसमें से दो सौ तीस मिनीमम बैलेंस न होने के कारण कट गए, शेष तीन सौ अस्सी आप निकलवा नहीं सकते। बेहतर हो दो हजार जमा करवा जाओ। नहीं तो अगली बार ये भी न बचेंगे।" सुनकर बिसनाराम के होश उड़ गए।

पत्नी के खाते का भी यही समाचार था। उसे पता ही नहीं था कि शहरी ब्रांच में कम से कम दो हजार रुपये खाते में होने ही चाहिए।

वह कन्फ्यूज हो गया, "बैंक तो जमा पैसे पर ब्याज देता है, ले कैसे सकता है?" लेकिन वह इस पहेली को सुलझा ही नहीं पा रहा था। उसे इस बात की भी हैरानी हो रही थी कि लाला रेशमलाल के सारे लाल नोट गुलाबी कैसे हो गए? नोटबंदी के बाद उसकी तोंद का घेरा इतना कैसे बढ गया? पहले लाला को बैंक में प्लास्टिक की कुर्सी मिलती थी लेकिन

आजकल जब भी बैंक जाता है, मैनेजर के सामने सोफे पर पसर कर बैठता है। ऑटोरिक्सा के लिए बैंक लोन से इंकार करने वाला मैनेजर लाला रेशमलाल को इतनी सारी बसें खरीदने का लोन घर जाकर कैसे दे आया?

वह अपने दोस्तों की इस बात से भी इत्तेफाक नहीं रखता कि हवाई जहाज का लोन सरल, ऑटोरिक्सा का कठिन। जब कभी कोई ऑटोरिक्सा वाला आकर कहता, "रे बिसना! वो एक और बंदा कई हजार करोड़ लेकर भाग गया।" तो उसकी विचलन और बढ़ जाती। वह कन्फ्यूज हुआ टुगर-टुगर सुनता और देखता रहता। शुरू-शुरू में वह जरूर कुछ समझता था लेकिन अब तो सब कुछ उसकी समझ से बाहर हो गया था।

बिसनाराम इन दिनों बहुत अपसेट है। ऑटोरिक्सा की अगली सीट पर बैठा अक्सर ख्यालों में ही खोया रहता है। रात को आठ या नौ बजे घर लौटने वाला बिसनाराम रात के दस और ग्यारह बजा देता है। पत्नी पूछती है तो वही रटा-रटाया एक ही जवाब, "ऑटोरिक्सा की किस्त के पैसे ही पूरे न हो रहे थे, कैसे वक्त पर आता?"

लोग तो जैसे बाजार आना ही भूल गए। बिसनाराम हर अगली सुबह इस उम्मीद से उठता कि आज हजार आठ सौ का काम करके ही लौटेगा लेकिन हजार आठ सौ तो दूर पांच सौ ही बमुश्किल बन पाते थे।

बिसनाराम पहले सुबह सात बजे के आसपास स्टेशन पहुंचता था लेकिन आजकल अलसुबह चार बजे ही पहुंच जाता है। आज दोपहर वाली गाड़ी में उसकी बहन बन्तो भी आने वाली है। हरियाणा में बच्चों के पेपर हो गए थे और वे सप्ताह भर ननिहाल का लुत्फ उठाना चाहते थे। दरअसल बच्चों से कहीं अधिक बन्तो कुछ दिन मां के पास शहर में रहना चाहती थी।

बिसनाराम ने यह तय कर लिया था कि वह सुबह चार बजे वाली ट्रेन के समय ही स्टेशन पर आया करेगा, हालांकि सुबह-सुबह उठना उसे किसी सजा से कम नहीं लगता था लेकिन मजबूरी थी। आमदनी भी बढ़ानी थी और दोपहर में बहन के साथ हथाई भी करनी थी। दोपहर तीन बजे वाली ट्रेन की सवारियां तो लेनी ही लेनी है। यही तो एक ट्रेन है, जिसमें भरपूर सवारियां मिलती हैं। हालांकि आज वह दोपहर तक ही काम करेगा। दोपहर बारह बजे वाली ट्रेन से बहन और बच्चों को सीधा घर ले जाएगा और फिर शाम तक बहन के साथ हथाई करेगा।

आज सुबह चार बजे वाली गाड़ी आई और चली भी गई लेकिन

बिसनाराम के हाथ एक भी सवारी न लगी, हालांकि सवारियां ठीक-ठाक उतरी थी लेकिन कुछ अपनी गाड़ियों में जा बैठी, कुछ छोकरों के साथ मोटरसाइकिल पर, तो कुछ ने उसकी परवाह ही न की और पैदल ही चलती बनी। शेष बची उनको उसके साथी लपक ले गए।

बिसनाराम फिर ऑटोरिक्सा की सीट पर आकर बैठ गया। नाटक, फिल्म और सड़क के दृश्य इतने घोच-पोच हो गए थे कि उसे कुछ समझ में ही नहीं आ रहा था। वह गाने सुनने का शौकीन था लेकिन उसके ऑटोरिक्सा में तो म्यूजिक सिस्टम ही नहीं था, जो गाने सुन कर मन बहला सके। ऑटोरिक्शा की अगली सीट पर सवारियों के इंतजार में बैठा वह अपनी ही दुनिया में खोया रहता है।

शहर बनते इस कस्बे में आए उसे चार साल हो गए। उसका पैतृक गांव कस्बे से कोई ज्यादा दूर नहीं है, यही कोई बीस-बाइस किलोमीटर होगा लेकिन इन चार सालों में बमुश्किल चार बार ही गांव गया होगा। दो बार अच्छे दिन लाने की गरज से वोट डालने और तीसरी बार अपने पुश्तैनी मकान का सौदा करने और चौथी बार किसी शादी-ब्याह में।

बाप गुजर जाने के महीने भर बाद ही उसने यह तय कर लिया था कि उसे गांव छोड़कर शहर जाना है। गांव में न उसके कोई पुश्तैनी जमीन थी और न कोई स्थाई काम-धंधा। पिता की तरह वह न तो हल डंडे का काम कर सकता था और न ही हाथ से आटा पीसने वाली पत्थर की चक्की में किल्ली-माइनी ठोक सकता था। वैसे भी हाथ से आटा पीसने वाली आटा चक्की आज रह भी कितने घरों में गई है? उसका बाप तो फिर भी कभी किसी मृतक की तिगठी गढ़कर तो कभी किसी जेई या चौसंगी के सींगे घड़कर पांच-पच्चीस या डलिये दो डलिये दानों का ज़ुगाड़ कर ही लेता था लेकिन यह सब उसके बस की बात न थी।

वैसे उसने भी काठ के मनके बनाने की मशीन लगाई थी। कुछ दिन तो वह धंधा ठीक-ठाक चला लेकिन थोड़े दिनों बाद वह भी टाँय-टाँय फिश हो गया। कुछ दिन खेजड़ी की सूखी लकड़ी बेचने का धंधा भी किया लेकिन एक दिन पुलिस के ऐसा हत्थे चढ़ा की लकड़ी और जमापूंजी दे दिलवाकर पिंड छुड़वाया।

पिता उसे गांव में बांधे हुए थे। पिता नहीं रहे तो कोई बंधन भी नहीं रहा। मां है लेकिन मां का क्या? मां को तो वही रहना पड़ेगा जहां वह रहेगा।

उसने अपने बचपन के दोस्त रामदीन के साथ बैठकर सेटिंग कर ली थी कि उसे शहर में ऑटो रिक्शा ही चलाना है। ड्राइविंग लाइसेंस बनते तो आजकल कितनी देर लगती है। वैसे भी ड्राइविंग लाइसेंस बनवाने के लिए ड्राइविंग आना जरूरी नहीं है। पहले लाइसेंस तो बनाओ। ड्राइविंग सीखने में कौनसे बरस लगते हैं? वैसे भी बेरोजगारी के इस युग में ज्यादा कानून बाजी ठीक भी नहीं। अगर ऐसा हो गया तो डी.टी.ओ. ऑफिस के बाहर बेचारे खोखे वाले यातायात सलाहकार बेरोजगार न हो जाएंगे। ऑटोरिक्सा का क्या, आज नहीं तो कल चलाना सीख ही लेगा। भला हो बेचारे रामदीन का, जिसने ड्राइविंग लाइसेंस बनने के महीने भर बाद ऑटोरिक्सा चलाना सिखा दिया था।

सुबह के सात बज रहे थे। धड़धड़ाती और भोपू बजाती आती आज की यह तीसरी ट्रेन स्टेशन पर आ रही थी। बिसनाराम ऑटो से उतर कर सीधा स्टेशन की ओर भागा। इसे भागना नहीं तो लेकिन चलना भी नहीं कहेंगे। उसकी चाल में गजब की फूर्ति थी। तेज कदमों से वह बहुत जल्दी ही टिकट घर तक पहुंच गया था। गाड़ी स्टेशन पर खड़ी हो गई थी और सवारियां उतरने लगी थी। बिसनाराम के दिमाग में आया कि क्यों नहीं स्टेशन के अंदर ही चला जाए लेकिन वह स्टेशन मास्टर से एक बार फिर से डर गया।

'बहुत बदतमीज है यह स्टेशन मास्टर। आदमी का मान मारते देर नहीं लगाता। अंदर घुसे नहीं कि झिड़का नहीं। अरे भाई! तुम्हारे बाप का क्या जाता है? ना यहां कोई कुली है, ना कोई और मजदूर। पर नहीं, देखते ही पिल पड़ेगा, बाहर जाते हो या लगाऊं पैनल्टी। बड़े आए पैनल्टी लगाने वाले। अरे! उन नेताओं के साथ पूरा रैला घुस आता है स्टेशन पर, लगाई कभी पैनल्टी? क्या वे सब स्टेशन की टिकट लेकर आते हैं? पर नहीं, उनसे नहीं पूछेगा। उनकी तो जी-हजूरी करेगा, पर साला हमारे पीछे हाथ धोकर पड़ा है। व्यवस्था खराब होती है! हम व्यवस्था बिगाड़ने वाले हैं और वे बनाने वाले? क्या गजब खेल है? चोर को लाग साहूकार को जाग। कुछ शर्म-शंका ही नहीं? गरीब के सब बैरी हैं।' बिसनाराम मन ही मन बड़बड़ाया।

सवारियों का रेला टिकट घर में घुस चुका था। बिसनाराम ने अधेड़ महिला के थैले की ओर हाथ बढ़ाते हुए पूछा, "कहां चलोगे मेंम?" जैसे मेंम अभी उसको थैला सौंपते हुए कहेगी, "सेक्टर नंबर पांच छोड़ दे भैया!"

लेकिन मेंम ने थैला जमीन पर छोड़ते हुए कहा, "अरे नहीं रे भाई! बेटा आ रहा है, वहीं ले जाएगा।"

बिसनाराम के पास यह सब सुनने का वक्त कहां? वह तो हाव-भाव से ही पहचान जाता है कि सवारी सामान देगी या जवाब। बिसनाराम बगल में पर्स दबाए चली आ रही लड़की की तरफ लपका।

"बोलो! कहां चलना चाहेंगे आप?" बिसनाराम को खुद ही मालूम नहीं कि उसने इतनी मीठी और प्यारी हिंदी कहां से बोलनी सीख ली।

लड़की ने साथ चल रहे लड़के की तरफ देखा, जैसे पूछ रही हो, "क्या करना है जी!"

"अरे छोड़ो यार! और बहुत मिलेंगे।" लड़के ने लड़की की आंखों में देखते हुए कहा।

"फिर भी सर! आप दीजिए ना मुझे अपना बैग।" बिसनाराम ने लड़की के साथ चले आ रहे लड़के से विनती की।

"अरे नहीं यार!" लड़के ने बिसनाराम को लगभग झिड़क दिया।

बिसनाराम अब एक और परिवार के सामने खड़ा था। बाप-बेटा, सास-बहू और भाई-बहन। कुल छः जीव थे। बच्चों की उम्र चार और आठ के बीच रही होगी। नौजवान जोड़े की तीस-पैंतीस के आसपास। तो अधेड़ रिटायरमेंट की उम्र पार कर चुका था। अब टिकिट घर में बहुत ज्यादा भीड़ नहीं रह गई थी। परिवार के पास ठीक-ठाक सामान था। दो बैग, एक सूटकेस और दो थैले। लड़की ने भी एक कैरी बैग ले रखा था। बिसनाराम उन्हें किसी भी सूरत में स्टेशन से बाहर नहीं जाने देना चाहता था। सवारी भी बिसनाराम के साथ चलने के मूड में थी, क्योंकि उनके बैग और थैले ठसाठस भरे हुए थे। टिकट घर तक ही वे उन्हें बमुश्किल ला पाए थे।

पता चला कि उन्हें चक राजासर जाना था। बिसनाराम सवा सौ डेढ़ सौ के आसपास की आस लगाए बैठा था लेकिन परिवार सौ रुपए से अधिक देने को तैयार नहीं था।

"बीस रुपये सवारी के हिसाब से ही एक सौ बीस रुपये बनते हैं साहब!" बिसनाराम ने आखिरी हथियार फेंका, लेकिन वृद्ध उसका भी बाप निकला।

बच्चे का गाल सहलाते हुए बोला, "अबे! तू इसको सवारी कहेगा? और गुड़िया भी कौन सी सवारी है? सवारी तो चार ही है। सौ दे ही रहे हैं। लेने हो तो सामान उठाओ वरना कोई बात नहीं।" बूढ़े ने बिसनाराम की

हवा निकाल दी।

बिसनाराम जानता था कि चक राजासर कोई भी सवा सौ रुपए से कम नहीं जाएगा लेकिन संशय का बीज उसके भीतर पड़ा था।

'खुदा ना खास्ता कोई तैयार हो ही जाए तो? और फिर यह क्या जरूरी है कि वे सवा सौ में मुझे ही ले जाएंगे। हनीफ, देवीलाल, रामकिशोर और भी तो होंगे न?'

"देख लो माइत! दस-बीस और दे देते तो गरीब मारी ना होती, बाकी तो फिर सौ में भी जाऊंगा ही।" उत्तर का थोड़ा इंतजार करने के बाद बिसनाराम ने दो थैले उठा लिए।

"सौ रुपए कम नहीं है भाई! बाजार की देखो क्या हालत है? जहर खाने को पैसा नहीं।"

"कम तो नहीं है साहब! पर डीजल का भाव भी तो देखो, आज इकहत्तर रुपये बिक रहा है। सुबह उठो तो रोजाना बढ़ा हुआ मिलता है।"

"अभी क्या है, अभी तो और बढ़ेगा। डीजल-पेट्रोल एक भाव होंगे देख लेना। डीजल की गाड़ियां भी तो बंद करनी है ना इनको।" बूढ़ा भी आक्रोशित था।

"फिर तो गरीब और किसान मर जाएगा साहब!"

"मरे न गरीब और किसान। किसे चिंता है गरीब और किसान की। पचहतर प्रतिशत पैसा एक प्रतिशत लोगों के पास जमा हो गया। किसी ने चीं-चप्पड़ की?" वृद्ध का आक्रोश बढ़ता ही जा रहा था।

बिसनाराम पर से भी नाटक का असर उतर चुका था। बोला, "सभी पैसे वालों का घर भरने में लगे हैं साहब! गरीब का पेट तो पहले भी खाली था और आज भी खाली है। कह रहे थे काला धन वापस लाएंगे। प्रत्येक की जेब में पन्द्रह-पन्द्रह लाख रुपए होंगे। लाख तो दूर, पन्द्रह पैसे भी नहीं आए।" बिसनाराम ने एक लंबा सांस लिया।

"वो तो उन्होंने कब का साफ कर दिया भाई! कि वह तो चुनावी जुमला था।" वृद्ध ने जुमले की तरह सूटकेश दूसरे हाथ में बदलते हुए कहा।

"साहब! सुना था कि कच्चा तेल के दाम तो काफी गिर गए थे लेकिन सरकार ने तेल सस्ता किया ही नहीं।" बिसनाराम अभी भी डीजल में उलझा था।

"किसके लिए करते? तुम्हारे लिए? तुम उन्हें क्या फायदा देने वाले थे?"

बिसनाराम इससे ज्यादा नहीं जानता था, इसलिए चुप हो गया और थैलों को ऑटो रिक्शा की छत पर जमाने लगा।

"देखना रे भाई! कहीं सामान गिर ना जाए।" महिला पहली बार बोली थी।

"आप चिंता न करो माता जी! यह हमारा रोज का काम है।" कहते हुए बिसनाराम ने सारे सामान को ऊपर-नीचे करके सेट कर दिया।

अब सवारियों को बैठाने का सवाल था। सास, बहू और वृद्ध को पिछली सीट पर बैठाने के बाद, दोनों बच्चों को अपनी सीट के पीछे लगी पतली पट्टी पर बैठा कर खुद अपनी सीट पर बैठते हुए नौजवान से बोला, "भाई साहब, आप यहां आ जाओ।"

नौजवान शायद इसका अभ्यस्त था। बिना किसी वाद-प्रतिवाद के ड्राइवर के पास बैठ गया। ऑटो रिक्शा अभी स्टेशन से आधा किलो मीटर ही गया होगा कि ट्रैफिक पुलिस ने उसे रुकवाते हुए झिड़का, "चल साइड में लगा।"

ऑटो रिक्शा को साइड में खड़ा कर बिसनाराम सिपाही के पास गया और बोला, "हां, क्या बात हुई साहब!"

"अच्छा हमीं से बात पूछता है? क्या तेरे दीदे फूटे पड़े हैं। इतना अणजाण भी ना है तूं। ला कागज ला तेरे।" सिपाही ने स्टेशन मास्टर से भी बुरी तरह झिड़का।

बिसनाराम कागज लेकर ट्रैफिक इंचार्ज के पास पहुंचा तो इंचार्ज ने सिपाही को हुक्म दिया, "दलबीर! चालान काट इसका।"

"पर साहब! कागज तो देख लीजिए..."

"बकवास बंद कर। छः छः सवारियां बैठाए बैठा है और ज्ञान अलग से झाड़ता है।" इंचार्ज कुछ अधिक ही गुस्से में था।

सिपाही ने चालान बुक संभाल ली।

"साहब! सुबह से बोहनी ही नहीं की। मां कसम पहला चक्कर है।"

"हमने भी तो बोहनी नहीं की। हम भी तो करें।" इंचार्ज सुबह-सुबह खीझा हुआ था।

बिसनाराम ने जेब से पचास का नोट निकालकर सिपाही की तरफ बढ़ा दिया। ट्रैफिक इंचार्ज का मूड और भी खराब हो गया।

"अबे साले! भीख देण लग रहा है क्या? पूरे तीन सौ निकाल।"

"तीन सौ?" बिसनाराम को आश्चर्य हुआ।

"हां, तीन सौ।" इंचार्ज का लहजा शख्त था।

"पर साहब! रेट तो पचास का ही है।"

"अबे साले! किसने कहा तेरे को?"

"वो तो साहब! हमेशा ही देते हैं।"

"अबे! चालान तीन सौ का ही कटता है।"

"पर साहब!"

"घणी बकवास ना कर। ला तीन सौ रूपये दे। ना तो साले को अभी सीज करूं।"

"लेकिन साहब है ही नहीं। यह देख लो।" बिसनाराम ने ट्रैफिक इंचार्ज को अपना पर्स दिखा दिया।

"दलबीर! इसके कागज और मोबाइल ले ले।" इंचार्ज ने आखिरी फैसला सुना दिया।

"आप कहो तो सौ रुपए सवारियों से लेकर दे दूं साहब!" बिसनाराम लगभग गिड़गिड़ाया।

"अबे साले! क्यों सुबह-सुबह दिमाग खराब कर रहा है। तुझे पता नहीं मार्च चल रहा है। हमें भी तो अपनी नौकरी बचानी है। टारगेट तो हमें भी पूरा करना है ना।"

बिसनाराम कुछ कहता या समझता उससे पहले सिपाही ने चालान काट कर उसकी तरफ बढ़ा दिया। कटा हुआ चालान देखकर वह हतप्रभ रह गया।

"साहब! मैंने कहा न कि मेरे पास पैसे..."

"अरे हमें पता है यार, लेकिन हम भी क्या करें। हमारे भी तो ऊपर से डांग दे रखी है ना।" बिसनाराम का रुआँसा मुंह देखकर सिपाही ने तसल्ली देनी चाही।

बिसनाराम वहीं हाथ बांधे खड़ा रहा।

"अब तू जा यार! शाम तक पैसे ले आना।" सिपाही ने बिसनाराम के कागज अपने पास रखते हुए उसे हिदायत दी।

बिसनाराम कटे हुए चालान को जेब में डालते हुए थके कदमों से ऑटो रिक्शा की सीट पर आ बैठा।

"क्या हुआ?" वृद्ध ने जानना चाहा।

"कुछ नहीं।" कह नहीं सकते। बिसनाराम में कटे चालान के बारे में बताने की शक्ति नहीं थी या वह कोई और लफड़ा मौल नहीं लेना चाहता

था। शायद टारगेट, नौकरी, डांग और मार्च उसकी समझ से बाहर हो गए थे। वैसे भी बिसनाराम आजकल शब्दों के माया जाल में उलझा रहता है। उसे समझने में दिक्कत होने लगी है कि कौन-सा शब्द नाटक का जुमला है और कौन-सा सीधा-सीधा संवाद।

उसने ऑटोरिक्सा स्टार्ट किया और चक राजासर की सड़क पकड़ ली। ऑटोरिक्सा की आवाज के सिवाय वातावरण में खामोशी पसरी थी। वृद्ध इस खामोशी को तोड़ने ही वाला था कि छोटी बच्ची बोल पड़ी, "मम्मा! आज कितनी तारीख है?"

"इक्कीस बेटे।" मम्मा ने संक्षिप्त सा उत्तर दिया।

"कल बाइस और परसों तेइस। तेइस मार्च को मेंरी सहेली का बर्थडे है।" बच्ची ने बताया।

बिसनाराम के कानों में अचानक नाटक का एक और संवाद गूंजा, "भाई और बहनों! आज कितनी तारीख है?"

"इक्कीस।" भीड़ ने कहा।

"कल कितनी होगी?"

"बाइस!" मरियल भीड़ रिरीआ रही थी।

"और परसों?"

"तेइस!" भीड़ फिर रिरीआई।

"बोलो! देश आगे बढ़ रहा है कि नहीं?" कलाकार ने भीड़ से हुंकारा भरवाया।

"कलाकार...! कलाकार...!! कलाकार...!!!" नारे लगाते दरबारी और भक्तों ने आसमान सिर पर उठा लिया।

भीड़ किंकर्तव्यमूढ़ मुंह बाये आवाक खड़ी थी।

बिसनाराम की जीभ तालु से चिपक गई। दोपहर बारह बजे वाली ट्रेन में बहन आने वाली है यह बात तो वह बिलकुल भूल ही चुका था।

पिछली सीट पर बैठा वृद्ध पोती को 23 मार्च की कहानी सुनाने का प्रयास कर रहा था, जबकि बिसनाराम के कानों में कलाकार... कलाकार... कलाकार... के नारे गूंज रहे थे।

तेइस मार्च की कहानी नारों और अच्छे दिनों के शोर में सुनाई ही नहीं दे रही थी। देश की तरह ऑटो रिक्शा भी टूटी सड़क पर हिचकोले खाता हुआ तारीखों की तरह आगे बढ़ रहा था।

फटी जेब से एक दिन

जब मेंरी आंख खुली वह वक्त से बेखवर ठुड्डी पर कलम टिकाए सोच की गंभीर मुद्रा में बैठा था।

मैंने दायां हाथ बढ़ाकर घड़ी देखी, सात बज चुके थे। टेबिल लैम्प अभी भी जल रहा था। बण्डल से बीड़ी निकालकर होठों में थामते हुए मैंने असित से पूछा- "कहो महाशय। कहानी लिख ली?"

"कहां यार, रात से सोच रहा हूं, पर कहानी की शुरुआत नहीं हो रही है और कहानी की शुरुआत इस बात से करनी है कि रात हो चुकी है और...।"

बस बस..." बीड़ी का लम्बा कश खींचकर उसमें धुंआते हुए मैंने कहा- "साले क्यों अपने को बरबाद कर रहा है। पढ़कर अच्छे नम्बर ला और कहीं ढंग की सर्विस...।"

सुबह-सुबह उपदेश मत झाड़ो। तुमने कौन-सा तीर मार लिया फर्स्ट डिवीजन लाकर और फिर देखता हूं कब बनते हो आई.ए.एस, यों ही मर जाओगे एक दिन सड़ते हुए।"

रहने दे बहुत हो गया। खड़ा हो चाय पीने चलें।" मैंने बात को वहीं खत्म करने के अंदाज में कहा।

यार, कल ही होटल वाला बड़बड़ा रहा था कि खूब रुपये हो गये पहले उन्हें चुकाओ।" उसकी आवाज कुछ ठण्डी और सटकी हुई थी।

तो साले के खाकर घोड़े ही मर रहे हैं। दे देंगे होंगे तब।" घसीटता हुआ में उसको चाय की होटल तक ले आया था। चाय पीकर कमरे पर आये तब तक साढ़े आठ बज चुके थे। में आते ही फिर बिस्तर में पड़ गया। असित

नहा धो चुका था। "तुम भी चल रहे हो ना विश्वविद्यालय? चलना है तो जल्दी तैयार हो जाओ।" अपनी फाईल संभालते हुए वह बोला।

बस बेटे, रोज नहा धोकर तैयार होओ और जाओ युनिवर्सिटी।

तुम्हें चलना है तो बात करो, नहीं तो यही पड़े सड़ते रहो।

सिगरेट पिलाए तो बस स्टेण्ड तक चल सकता हूं।"

सीधे यह कहो कि वहाँ छोरियां को टापना है।

क्या हुआ तो उन्हें भी टाप लेंगे।" मैंने कहा।

बस के पाते ही असित युनिवर्सिटी चला गया और में सिगरेट पीता हुआ सीधा कमरे की मांद में आकर पड़ गया। जबकि मुझे इस कमरे और उसकी एक एक चीज से घृणा थी। में नहीं चाहता था कि उसकी चीजों से सामना पड़े। वे मुझे हमेशा दांत निकाले घूरती हुई सी लगती। में उनसे बचने के लिये चादर ओढ़कर अपने को सबसे परे कर लेता, और तब तक किये रहता जब तक कि असित विश्वविद्यालय से नहीं लौट आता? इस बीच बाहर सिर्फ चाय पीने और एकाध कचोरी-समोसे खाने निकलता क्योंकि खाने के नाम पर बस यही चीजें उधार मिल सकती थी। कई बार दिनों तक खाने की जगह इन्हीं से काम चलाना पड़ता।

मुझे एम. ए. किये साल भर हो चुका था। असित एम.ए. फाइनल में था। विश्वविद्यालय में उसकी प्रेमिका थी। वह रोज उसके लिए फूल लाती थी जो दिनों तक मुड़े-तुड़े उसकी जेबो में इकट्ठे होते रहते। फूल लेते ही वह हंस दिया करता। क्योंकि उस समय उसे फूल की नहीं रोटी की जरूरत होती और तब वह उसे चाय के लिए कहता और चाय के साथ तली हुई स्लाईस भी। इस तरह दो बजे तक कैण्टीन में बैठे गप्पे हांकता रहता। फिर-"अरे बैंक भी जाना था। अब तो बन्द हो चुका होगा। चलो आज के पैसे चुकाओ।"

इस तरह जेब की अट्ठनी शाम के लिए सुरक्षित रख लेता। अक्सर ऐसा होता और उसकी प्रेमिका सब कुछ जानते हुए भी अनजान बनी रहती।

यह उसके भूख और प्रेम के दिन थे और मेरे बेरोजगारी और भूख के।

हम दो थे। एक एम.ए. कर चुका था, एक कर रहा था। काम की तलाश दोनो को थी, पर काम नहीं मिल रहा था। अपना पेट नहीं भर पा रहे थे, मकान का किराया नहीं दे पा रहे थे।

असित साहित्यिक गोष्ठियों में बराबर जाता। में नहीं। जानता था, वे सब

पाये हुए लोग हैं और ओगालने के लिये यहां आते हैं। मुझे इसी बात से उन लोगों से चिढ़ थी। में हर अच्छे कपड़े पहनने वाले और हंसने वाले की सारी नजरों से देखता था। भूख तनमन में गुंजलक मारकर चौबीसों घण्टे बैठी रहती लेकिन इसके बावजूद भी हम दोनों हंसते रहते। आज मकान मालिक की चेतावनी का अंतिम दिन था कि बकाया सारा किराया जमा करायी या कमरा खली कर दी। पिछले कई दिनों से हम लगातार प्रयास कर रहे थे पर कहीं से भी जुगाड़ नहीं हो पा रहा था।

"उठ साले, अभी तक सो रहा है।" शाम को असित ने आते ही मेरे ऊपर से चादर हटायी तो में पसीने में सराबोर था। "तू यहां आराम से सो रहा और में भूखा-प्यासा, थकाहारा, भटकता रहता हूं। किराये का कुछ करो अनु ने भी मना कर दिया।" अनु उसकी प्रेमिका का नाम था और आज वह उससे कुछ रुपये मांगने वाला था।

"यार, मैंने तो सुबह से कुछ खाया ही नहीं, तुमने तो युनिवर्सिटी में कुछ खा पी लिया होगा।" भूख मेंरी नस-नस से फूट रही थी और में उसकी गुंजलक में जकड़ा ताफड़े तोड़ रहा था।

क्या खाक खा लिया होगा। भूखे को सब भुक्खड़ मिलते हैं।

"फिर आज सोने का?"

"खाना और सोना छोड़ो।" उसने कहा।

"यार मेंरी तबीयत ठीक नहीं है।" में कुछ रूआंसा सा हो उठा।

"मेरी ठीक है। मेराथन छोड़कर आ रहा हूं, अजमेरी गेट से यहां तक पूरे दस किलोमीटर।"

"कुछ दिन तुम गांव क्यों नहीं चले जाते हो? वहां कम से कम दोनों समय खाना तो मिलेगा और रहने की भी चिन्ता नहीं।" मैंने उससे कहा।

"हूं, घर वाले भी यों ही देंगे रोटी, बिना दस बात सुनाए और फिर उनकी आंखों का सामना कौन करेगा? यहां कम से कम पड़े तो रहते हैं। चुपचाप।" उसकी आवाज ढीली और लटकी हुई थी ।

"तुम आखिर चाहते क्या हो?"

"फिलहाल छः महीने तक खूब तर रोटियां खाना और सोना।"

"यार, असल में में भी थक गया हूं। आखिर यह भूख कब तक चलती रहेगी। सारे दोस्त भी नौकरी लगते ही एक-एक कर दूर होते चले गये हैं।

मनीष की देखो, राघव की देखो। अब तो मालूम भी नहीं कहां हैं। आते हैं तो भी नहीं मिलते।"

"तुम लोगों को समझ ही नहीं सकते कि लोग कितने तेज हैं। मनीष के बारे में मैंने तुम्हें बहुत पहले ही बता दिया था।" आवाज में थोड़ी खुशी लाते हुए वह बोला।

मैं मुंह-हाथ धो चुका था और बाहर जाने के लिए एकदम तैयार था। बाहर, जाने की सोचते ही इस बार हम दोनों एक साथ उदास हो गये। शरीर को ढीला छोड़कर वह स्टूल पर लोय की तरह पड़ा था। बाहर चलने के नाम पर शरीर में थोड़ी सी हरकत हुई पर होठों तक ही सिमट कर रह गई। यह कुछ बड़बड़ाया पर आवाज इतनी धीमी थी कि होठों पर बैठी मक्खी नहीं उड़ी।

"तुम इतने कम्पीटीशन देते हो, कहीं भी सलेक्शन नहीं होता। कमी तुममें है, तुम मूर्ख हो।" आवाज में झल्लाहट घोलते हुए वह इतने जोर से बोला जैसे भूख की सारी जड़ में हूं।

"तुमने कौन से तीर मार लिये। सारे दिन छोरी से चिपके रहते हो। कहीं कुछ कोशिश क्यों नहीं करते?" मैंने भी उतने ही ऊंचे बोलते हुए जवाब दिया।

"खैर छोड़ो यार। आज एक गजब का आइडिया आया।" उसकी आवाज लटककर नरम पड़ गयी थी। विश्वविद्यालय में वह छोरी मिली थी मिस गुप्ता। तुम उसे क्यों नहीं फांस लेते। खूब पैसे वाली है। फिर तो दोनों के ठाठ रहेंगे।" उसने कुछ इस तरह कहा जैसे अचानक कोई गड़ा हुआ खजाना हाथ लग गया हो।

"अब ज्यादा बक-बक मत करो। वह यह भी अच्छी तरह जानती है कि पिछले छः महीने से में यही पैंट-शर्ट पहनता आ रहा हूं और पैरो में घिसी हुई हवाई चप्पल के साथ चेहरे पर भी हवाइयां उड़ती रहती है। अब यहां से जल्दी से फूट लो मकान मालिक आने वाला होगा।" हाथ में ताला लेकर उसे बाहर धकेलते हुए मैंने कहा।

दोनों बाहर सड़क पर खड़े थे। एकदम चुप। बीच में अबोला पसरा हुआ था। थोड़ी देर बाद उसके पांव अपने आप पार्क की तरफ घूम गये और उसके पीछे घिसटता हुआ मैं भी पार्क में आकर बैठ गया।

रात के नौ बज गये थे और सोच की अन्धी सुरंगों में गोते लगाने के बावजूद कोई रास्ता दिखायी नहीं दे रहा था, जहां से कुछ रुपयों का इन्तजाम किया जा सके। दोनों वहां से उठे और उठकर चल दिये। पांव चुपचाप रेलवे स्टेशन जाने वाली सड़क की तरफ मुड़ गये थे।

"मैं बुरी तरह थका हुआ हूं और भूखा भी। मुझसे एक कदम भी नहीं चला जा रहा है।" उसके मुंह से आवाज के साथ झाग निकलकर हांफने लगे थे। मैंने झट से छोड़कर उसकी आवाज पर अपने पांव रख दिये और उसकी आवाज को वही थाम लिया।

"मैंने तो पराठे खाये हैं आचार के साथ।"

"तुम साले रहे ठेठ मध्यवर्गीय ही। मन परांठे और अचार में ही अटका रखा है। कोई चिकन की बात करते, व्हिस्की की सोचते तो मजा आ जाता।"

"क्यों बार-बार याद करते हो। इस तरह भूख ज्यादा भड़कती है।" मैंने घमकाने के अंदाज में कहा तो वह चुप हो गया।

असित ने तह किये रूमाल को हल्के से अपने चेहरे पर फिराया और शरीर को ढीला छोड़कर मरे हुए कदमों से चलने लगा। में भी उसके बराबर बराबर चुपचाप चल रहा था। उसकी आंखों में हल्की नमी आकर ठहर गयी थी। "यार अपने को जरूर किसी ने श्राप दिया है और यह श्राप एक नहीं दोनो को मिला हुआ है।" मुझे लगा मेरे कुछ भी बोलते ही उसकी आंखों में बैठी नमी पिघलकर बाहर बहने लगी। हम पावर हाउस तक आ गये थे और रेलवे स्टेशन यहां से अभी भी दो किलोमीटर दूर था।

सामने सड़क के बीचों बीच एक शामियाना तना हुआ था और उसमें से कई लोग आ जा रहे थे। सोचा कोई शादी ब्याह होगा। वहां से आते हुए एक आदमी से पूछा तो मालूम हुआ मृत्युभोज था। हम शामियाने तक आ गये थे। जीमने वाली की एक पंगत बैठ रही थी और दूसरी उठ रही थी। बगल में पैदल आने जाने वालों के लिये जगह छोड़ रखी थी उसी के एक सिरे पर हम खड़े थे। असित ने थोड़ा इधर-उधर ऊपर देखा। निर्णयात्मक मुद्रा में कुछ सोचा और दूसरे ही पल पंगत के एक कोने में जाकर बैठ गया। एक बारगी में हतप्रभ सा खड़ा रहा और पंगत में बैठे लोग मेंरी तरफ देखने लगे तो अगले ही पल में भी असित की बगल में बैठ गया।

मैं बराबर घबरा रहा था। जल्दी से उल्टा सीधा निगलकर हम बाहर

आ गये।

"इस तरह एक दिन तुम जरूर मरवाआगे।" थोड़ी दूर आ जाने पर मैंने कहा।

"चलो आज का तो हो गया। अब मकान मालिक ऐसी तैसी करवाओ साले, इस खाने के लिए ही है क्या यह सच झझट? सच में मुझे इस सबसे घृणा हो गयी है।" डकार लेते हुए उसने थक ही एक पुष्ची सड़क पर छोड़ दी।" अब तो एकाध सिगरेट मिल जाए और सोने की चारपाई।" इस बार उसने ठहाका लगाया और मूंछों पर हाथ फेरते हुए उन्हें सूलगाने लगा। उनमें अटकी हुई पानी की दो चार बूंदे अंगुलियों में ठहर गयी थी।

रेलवे स्टेशन आ गया था। विद्यालय में लोग जमीन पर, बेंचों पर, आड़े तिरछे, मुड़े पसरे हुए थे। एक बेंच पर जरा सी जगह नजर आते ही असित उसकी तरफ लपका और पाव सिकोड़कर धम्म से पड़ गया।

मैं घूमता हुआ दूसरे कोने में आ गया। एक बेंच के कोने में थोड़ी सी जगह थी पर वहां पहले से एक मरियल कुत्ता बैठा हुआ पांवों से अपने शरीर को खुजला रहा था। उसके हिलते ही ढेर सी मक्खियां उड़ी और फिर वापस आकर बैठ गयी। दुरऽऽ दुरऽऽ करके मैंने कुत्ते को वहां से भगा दिया और अकडूं होकर खुद उसकी जगह पड़ गया।

झपकी आयी थी कि पांवों से कोई चीज टकरायी और एक गीला धब्बा छोड़ गयी। झटके से मैंने अपने पांव फैलाये तो मुझे लगा किसी लिजलिजी और मवाद भरी चीज से पांव टकरा गये हैं। खड़े होकर पास ही लेटे व्यक्ति के ऊपर से चादर हटायी वहां एक कराहता हुआ बुड्ढा लेटा हुआ था।

हबीब कैफ़ी

परिचय
हबीब कैफ़ी
10 जुलाई, 1944 ई, को सोजत सिटी (पाली मारवाड़) में जन्म।

पिछले पांच दशकों से भी अधिक समय से उर्दू-हिन्दी में कहानी, उपन्यास, नाटक आदि विधाओं में लेखनरत बहुमुखी प्रतिभा के धनी हबीब कैफ़ी की पहचान एक प्रतिष्ठित शहर के रूप में भी है। 'रास्ते चलने लगेंगे' हिन्दी में इनका पहला ग़ज़ल-संग्रह है।

प्रकाशन : 1. बत्तीसवीं तारीख़, 2. पराजित विजेता, 3. प्रतिनिधि कहानियां, 4. मेरी प्रिय कथाएं (कहानी-संग्रह), 5. अनायक (दो संस्करण), 6. सफ़िया (दो संस्करण व रेडियो नाटक धारावाहिक), 7. रानी साहिबा, 8. गमना, 9. प्रताड़ित, 10. जादुई आईना, 22. आश्रम (प्रकाशित उपन्यास)।

उपन्यास 'गमना' का असमिया भाषा में अनुवाद एवं प्रकाशन।

उर्दू में : 1. सफ़िया, 2. फुटपाट की ज़बानी, 3. मलामती (उपन्यास) और 4. रास्ता मिल जाएगा (शायरी) पुस्तकें प्रकाशित। दो टेली फ़िल्मों का लेखन, दो नाटक मंचित और कई ध्वनि नाटकों का रेडियो से प्रसारण।

सम्प्रति : 72, लाला लाजपतराय कॉलोनी, पांचवी चौपासनी रोड, ईदगाह, जोधपुर-342003, मो. 800024673

भाई

"कहीं जाने का प्रोग्राम है?" मैंने भाभी को मुखातिब किया। वह श्रृंगार किये हुए थीं।

"नहीं तो... क्यों?"

"तो फिर यह आज...?" मैंने उनके नये-से कपड़ों की ओर इशारा किया।

"भई! तुम क्यों छेड़ते हो हमें?" शर्माती हुई वह रसोई की तरफ निकल गयीं।

मैंने अंदाजा किया। मेरा अनुमान सही निकला। अनीस आये थे। रसोई से त्योहार आदि पर बनाये जाने वाले पकवानों की महक आ रही थी। मम्मी भी वहीं थीं।

भाई से मिलने की इच्छा हुई। में दरअसल उन्हें बड़प्पन से कुछ कहने का इरादा रखता था-यह एक महीने में दो-दो चक्कर तुम्हें शोभा नहीं देते। अब तुम कोई नये-नये तो हो नहीं! नौकरी अलबत्ता नयी जरूर है। उसी का ध्यान करो। फिर भी अगर जी न भरे तो भाभी को साथ ले जाना, खाने वगैरह की तकलीफ़ भी रफ़ा हो जायेगी...।

भाई से में यह सब कह देने की स्थिति में था। इसकी वजह थी। हम में रिश्ता कम और दोस्ती ज्यादा थी। वैसे भी हमारी उम्र में कोई लम्बा-चौड़ा फ़र्क नहीं था। वह मुझसे महज ढाई बरस बड़े थे।

उमरें दखलअन्दाजी नहीं करती, हालात कर जाते हैं। इसीलिए तो यही बड़े भाई पिछले दिनों हीन भावना से ग्रस्त स्वयं को मुझसे छोटा समझने लगे थे। लगातार बेरोजगारी ने उन्हें हर कहीं छोटा करके रख दिया था। और इसके साथ भाभी का महत्त्व भी कम होता चला गया। बल्कि हकीकत यह थी कि शुरू से ही भाभी का महत्त्व हमारे घर में कुछ विशेष नहीं रहा था। वह जो अब्बा और मम्मी ने शादी से पहले भाभी के घर वालों से एक खास उम्मीद लगा रखी थी, पूरी न हो सकी। भाभी अपने साथ विशेष कुछ नहीं लायी थी।

मायूसी के आलम में अब्बा ने भाई को उनकी हैसियत का अहसास दिलाना शुरू कर दिया था।

"बेहतर तो यही था कि तुम यह डिप्लोमा की तखती न लगाते।" अब्बा सबकी मौजूदगी में बिना कुछ सोचे-समझे भाई को संबोधित कर जाते, "अम्मा! गलती हमारी ही थी। अब तुम हमारा धंधा भी तो नहीं कर सकते!"

"मैंने कब मना किया है?" भाई सफ़ाई देते।

"मना करने का क्या मतलब? जूतियां गांठोगे? मोची बनोगे?...इस गरीब को देखा!" अब्बा मेंरी ओर इशारा करते, "कबसे बेचारा नौकरी कर रहा है? हमारे काम में भी हाथ बटाता है। एक तुम हो!" इसके बाद वह जैसे स्वयं से कहने लगते, "पर इसमें तुम्हारा भी कोई कसूर नहीं। डॉक्टर और इन्जीनियर तक भी तो बेरोजगार फिर रहे हैं!"

और अनीस सबकी मौजूदगी में कमतरी के अहसास के मारे शर्मिन्दगी में अपनी जगह खड़े शायद इसकी प्रतीक्षा करते कि जमीन फट जाये और अपनी बीबी के साथ वह उसमें गड़ जाये।

मुझे यकीन था कि भाई जूतियां गांठने में भी नहीं हिचकते, पर अब्बा का कोई ठीक नहीं था। वह अगर पुश्तैनी धन्धा करने लग भी जाते तो अब्बा को इससे हर्गिज तसल्ली नहीं होती। तब भी वह उनके काम में बिना वजह कोई-न-कोई खामी निकाल कर डांटने-फटकारने लग जाते शायद।

ऐसे में अनीस को में ही हौसला बंधाने की कोशिश करता। उन्हें में अपने साथ लेकर बाहर निकल पड़ता।

"अनीस! फ़िल्म देखने चलते हैं। बड़ी जोरदार फ़िल्म लगी है।"

"क्यों बोर करता है, यार? ला, सिगरेट पिला। सुबह से एक भी नहीं पी है।"

हम धुआं उड़ाने लगते। मौका पाकर में उन्हें फिर किसी तफरीह वाली जगह चलने के लिए कहता तो वह बिगड़ जाते, "अमां! जानता हूँ, तू मेरा बड़ा हमदर्द है। पर मुझ पर तरस खाने की जरूरत नहीं।"

"फिल्म देखने में तरस खाने जैसी बात कहां है? अलबत्ता तुम्हें अगर रुपए वगैरह दूं तो फिर भी..."

"तो सुन, फिल्म में कम से कम पाँच रुपये तो सर्फ होंगे ही; तू एक काम कर, यह पाँच रुपए मुझे दे दे। में तुझे किसी दिन फिल्म दिखला दूंगा।"

"क्या करोगे इन रुपयों का?.. कोई फरमाइशी चीज खरीदनी है?" रुपए उनके हवाले करने के बाद में पूछता।।

"तू अभी बच्चा है!" वह हँसते।

अनीस का हाथ उन दिनों बहुत तंग था। बेहद छोटी-छोटी जरूरतें भी पूरी

न कर पाते थे। अब्बा से जेब-खर्च का सवाल ही नहीं था। अम्मा मजबूर थीं। मिलने वाले उनसे बहुत पहले ही कन्नी काट चुके थे। ऐसे में जब-तब वह मेंरी तरफ ही देखते थे।

"तुम गलती कर रहे हो।"

मैं भाई की तरफ सवालिया निगाहों से देखता तो वह स्पष्ट करते, "मैं सिगरेट पीता जरूर हूँ, पर इस कदर नहीं। यह पैकिट मेरे पास ही क्यों रहने दिया? तुम नहीं पिओगे?"

"रखो, मुझे तो अब सोना ही है।"

और अर्थपूर्ण मुस्कान के साथ हम विदा हो लेते।

और वह दिन। भाई को नियुक्ति पत्र मिल गया। ओवरसियर का पद। डिप्लोमा काम आया।

"परदेस का मामला है। जरा अपना ध्यान रखियो ये कुछ रुपये हैं।"

फासले से में अब्बा को देखने लगा। यह वही अब्बा थे, जिन्होंने अनीस का जेबखर्च बन्द कर रखा था। यही नहीं, बल्कि अक्सर उनके आगे तंगदस्ती का रोना-रोते रहते थे। और भाई की बेरोजगारी से तंग आकर जब-तब उन्हें कोसते-झिड़कते रहते थे। उस वक्त मेंरी सख्त इच्छा हुई थी कि नजदीक जाकर उन्हें गौर से देखूं, यह हमारे वही, अब्बा हैं अथवा कोई दूसरा शख्स है?

घर में जैसे खुशी की लहर दौड़ गयी थी। अब्बा ने खुदा का शुक्र अदा किया। मम्मी ने शुकराने की नमाज पढ़ कर शीरीनी बांटी। भाभी ने अलग से मिठाई का इन्तजाम किया। और भाई को जैसे फिर से इज्जत के साथ जीने का का हौसला मिल गया था।

अनीस को उसी दिन अपनी ड्यूटी वाले मुक़ाम पर जाना था। सबने उन्हें खुशी-खुशी विदा किया।

अम्मा कुबरा को डांट रही थीं। मेरे कान खड़े हुए। पता चला कि बहन को वह कपड़े घो डालने के लिए कह रही थीं और वह उस में आना-कानी कर रही थी।

"इसकी पढ़ाई में दखल पड़ेगा।" मैंने मां से कहा, "भाभी धो देंगी।"

"आज यह धो देगी तो कौन इसके हाथ घिस जायेंगे? पढ़-लिख कर हाकिम बनना है इसे? पराये घर जायेगी, वहाँ ऐसा कहेगी तो कैसे चलेगा?" "छोड़ो भी... में भाभी से कहे देता हूँ।"

"उसके सिर में दर्द है। और तेरे अब्बा का मिजाज तो तू जानता ही है... कल जुमा है।"

अब्बा के कपड़ों का उस दिन क्या बना, इसका मुझे इल्म नहीं। पर भाभी के सिरदर्द का पता मुझे अपने तई जरूर लग गया था। यह वही भाभी थीं, जो हरारत की हालत में भी घर के छोटे-बड़े किसी भी फर्द के काम से मुह नहीं मोड़ती थीं। बल्कि सबकी हाजरी बजा लाने के बावजूद भी वह सहमी-सहमी रहती कि उनके काम में कोई मीन-मेख न निकाल दे।

नवें दिन ही अनीस लौट आये। उन्होंने वहां अपना काम संभाल लिया था। वह अपने कपड़े और रोजमर्रा के इस्तेमाल का दूसरा जरूरी सामान लेने की गरज से आये थे। वह हालांकि एक दिन, बल्कि रातभर ही टिके थे। अगली सुबह वह वापस चले गये थे। और इस दौरान मैंने महसूस किया था कि अब्बा-अम्मा अब अनीस को मुझसे कमतर या गया गुजरा कतई नहीं समझ रहे हैं। उन्होंने वास्तव में भाई को अपना लायक बड़ा बेटा मानना शुरू कर दिया था। भाई के आराम वगैरह का खास ख्याल रखा गया था। उस शाम खासतौर से भाई की पसंद के खाने बने थे।

अनीस अपनी ड्यूटी वाले मुकाम से घर के हर सदस्य के लिए कोई-न-कोई चीज जरूर लाये थे। मुझे उन्होंने एक बढ़िया सिगरेट केस दिया।

अनीस के मिजाज में मैंने एक खास किस्म की तब्दीली महसूस की थी। उनमें एक आत्मविश्वास और जिन्दगी को जीने का हौसला आ चला था। उनके वजूद पर अब मायूसी और नाकामी का साया कतई नहीं था।

मिलने पर भाई मुझसे उसी अपनत्व और वेतकलुफ़ी से मिले थे। पर फिर भी मुझे लगा था कि वह कहीं मुझे अपने से छोटा और कमतर समझने लगे हैं। इस तब्दीली का मैंने नोटिस नहीं लिया। हर्ज ही क्या है? अपने तौर पर मैंने सोचा, अनीस बड़े हैं, वह ऐसा समझते हैं तो स्वाभाविक ही है। में वास्तव में एक जूनियर क्लर्क ही तो हूं। वह ठहरे ओवरसियर...

अनीस से उस दिन मिलना नहीं हो सका। रात वह बड़ी देर से लौटे थे, अगली सुबह भी मुझी को उन्हें ढूंढना पड़ा। वह अपने कमरे में थे। भाभी रसोई में थीं।

"यह क्या बेमुरव्वती है?" भाई के कमरे में दाखिल होते हुए मैंने कहा, "हम मुलाक़ात से भी गये!"

उनके हाथ में कोई किताब थी। मुझे देखकर वह मुस्कराये।

"तुम्हें शिकायत का हक़ है! किताब एक ओर रख कर हंसते हुए वह बोले, "भाई, सॉरी! में दरअसल...अच्छा छोड़ो, आज दिन के क्या-क्या प्रोग्राम हैं तुम्हारे?

"क्या मतलब? दफ़्तर जायेंगे। और तुम?"

"हम लौटकर आज नहीं जायेंगे। आज हम फ्री हैं और चाहते हैं कि तुम भी फ्री हो जाओ। दफ़्तर से छुट्टी ले लो और हमारे साथ रहो।"

देर तक हम शहर की परिचित सड़कों को अपने पैरो तले रौंदते रहे। थकने पर रेस्तरां में बैठकर कॉफ़ी की चुस्कियों के बीच खुशगप्पियां करने लगे। वह जो भाई के मिज़ाज में अपने प्रति मैंने तब्दीली महसूस की थी, इस दौरान खत्म होने लगी। बाद में हमने मद्रास में बनी एक हिन्दी फ़िल्म का मेंटिनी शो देख डाला। अनीस आनन-फ़ानन पैसा खर्च कर रहे थे।

पिक्चर के बाद घर का रुख करना था, पर भाई ने उस शाम पीने का प्रस्ताव कर दिया। पीने के हम आदी नहीं थे। साल-छह महीने में अलबत्ता किसी पार्टी आदि में एक आध पेग लेने में बुराई नहीं मानते थे।

पीने में शाम बीत गयी। इसके बाद हमने घर का रुख किया। हम पूरी तरह होश में थे। भाई के साथ चलते हुए मुझे लगा कि वह खुशमिजाज हो चले हैं। वह चहके-चहके और प्रसन्न लग रहे थे। इससे मुझे खुशी हुई।

"नफ़ीस" भाई ने मेरे कंधे पर हाथ रखा। घर नज़दीक आ गया था। मैंने उनकी तरफ़ देखा।

"तुम्हें कैसा लग रहा है?" उन्होंने पूछा।

"तुम्हारे साथ?... बहुत अच्छा लग रहा है! बोरियत का अहसास तक नहीं होता। जी करता है कि वहां तुम्हारे ड्यूटी वाले मुक़ाम चला चलूं। आबोहवा भी तब्दील हो जायेगी।"

"सच? तो फिर एक काम कर", उन्होंने मेंरी तरफ़ देखे वग़ैर कहा, "फ़िलहाल कल तू अकेला ही वहां चला जा। में जहां रहता हूं, वहां का पता तुझे दे देता हूं, जाकर सब सामान ले आ।"

मैंने सवालिया निगाहों से अनीस की तरफ़ देखा। वही चिरपरिचित चेहरा था। वही वजूद, जानने के लिए विशेष कुछ भी नहीं रह गया था। फिर भी भाई ने दो शब्दों में मुझे बता डाला कि उनकी छंटनी कर दी गयी है। वहां वह कुछ लोगों के देनदार भी थे।

घर आ गया। घर में दाखिल होते वक़्त मैंने अनीस की तरफ़ नहीं देखा। दरअसल मुझमें इतना साहस ही नहीं था। हम दोनों बेहद चुप थे।

परिचय
पूर्ण शर्मा 'पूरण'
जन्म : 01 जुलाई 1966

पूर्ण शर्मा 'पूरण'

शिक्षा : स्नातकोत्तर (राजस्थानी)

संप्रति : चिकित्सा एवं स्वास्थ्य विभाग, राज. सरकार

पता : सामुदायिक स्वास्थ्य केन्द्र रामगढ़, जिला हनुमानगढ़

प्रकाशित पुस्तकें: डौल उडीकती माटी (राजस्थानी कहानी संग्रह) मेंटहु तात जनक परितापा (राजस्थानी कहानी संग्रह) होम (राजस्थानी उपन्यास) गोरा (राजस्थानी अनुवाद) रवीन्द्रनाथ रा लेख भाग-01 (राजस्थानी अनुवाद) रवीन्द्रनाथ रा लेख भाग-02 (राजस्थानी अनुवाद) भरत ओला की चुनिंदा कहानियां (हिन्दी अनुवाद)

पुरस्कार : केन्द्रीय साहित्य अकादेमी का अनुवाद पुरस्कार

सुरजाराम जालीवाला साहित्य पुरस्कार, गौरीशंकर कमलेश साहित्य पुरस्कार, कमलादेवी पहाड़िया उपन्यास पुरस्कार नृसिंहराज पुरोहित कहानी प्रतियोगिता पुरस्कार

भीष्मदेवी राजपुरोहित संस्मरण प्रतियोगिता का द्वितीय पुरस्कार

ईमेल : pmsharmarmg@gmail-com

मो०: 9828763953

अपनी दुनिया

यह लड़की की दुनिया थी। सिर्फ और सिर्फ लड़की की अपनी। किसी दूसरे का इसमें कोई हिस्सा न था। वैसे लड़की स्वयं किसी और को अपनी इस दुनिया में हिस्सेदार बनाना भी नहीं चाहती थी। शायद जान-बूझकर या किसी भय से, पता नहीं। वैसे पूरी तरह से तो यह भी पता नहीं कि लड़की की इस दुनिया के बारे में कौन-कौन जानता था? क्योंकि लड़की के पास एक नहीं, दो नहीं, तीन-तीन दुनिया थी। एक तो वह जो पीछे की ओर दूर तक दिखाई पड़ती और दूसरी जो सामने ही खुलती, वह कोरे-गोरे टीलों की तलहटी इन दोनों के बीच सीवान हो जैसे। तलहटी के इस पार गेहूं-चने और सरसों की हरियाली, और तलहटी के उस पार, समझें कुछ-कुछ ऊपर की ओर दूर-दूर तलक रेत है। रेत ही रेत। रेत की इस दुनिया का हरियाली दुनिया से कोई सम्बन्ध नहीं, यह बात नहीं। सम्बन्ध तो था पर रहस्यमय सा था। तलहटी से इस ओर बढ़ आई हरियाली कभी ऊपर की ओर अपनी सींव को लांघकर नहीं चढ़ी। पर फिर भी इन दोनों दुनियाओं में हेत रहता आपस में। रेत हेत रखती है। हर किसी से। हरियाली से और हरियाली पर से आते हवा के झोंके से भी। नटखट और आवारा हवा का झौंका न जाने कैसी-कैसी शरारत करता रहता उसके साथ.... पर बेचारी रेत, हेत से भीगती रहती। उलाहना न देती। कभी-कभी तो प्यार में पगा झौंका जब मचल उठता तो कोरे टीलों की गोराई को छूता दूर तक निकल जाता। उसके गोरे-गोरे बदन पर अपनी अंगुलियों की छाप छोड़े जाता। हवा के झोंके के जाने के बाद पगली रेत रात होने तक उसकी अंगुलियों की छाप को सहलाती रहती। ऊपर चांद सिर तक चढ़ आता तब कहीं उसे होश आता और वह मुस्कुराकर रह जाती। तब कहीं घड़ी दो-घड़ी आंख लग पाती।

हरियाली उससे हेत रखती पर इसे जताती नहीं कभी। और फिर जताए भी तो कब? स्वयं का हेत भी तो उससे संभले नहीं संभलता। ढुल-ढुल पड़ता चहुं ओर। बावरे झौंके को छोटी-सी कोई बात हाथ लगी नहीं कि झट से उसके कान में कहने को दौड़ पड़ता। यह बात.. वह बात। भांति-भांति की बात। लाड़-कोड़ की बात... हेत की बात। इससे

हेत.. उससे हेत। सब से हेत। हेत कोई बांधे बंधता है? हेत कौनसा एक के लिए होता है? वह तो न जात देखे न पांत, नया देखे न पुराना..बस्स! ढुल-ढुल पड़ता है। कभी-कभार हरियाली की ओर भी ढुल आता। उसे अकेली नहीं छोड़ना चाहता। और जब कभी हवा के किसी आवारा झौंके का सहारा लेकर ही सही, हरियाली दुनिया में आता रहता। हवा का साथ हो तो वह भूल ही पड़ती कि उसे कितनी देर हो चुकी होती। बँ..खें... चलती जाती, आगे ही आगे। घर-घर, ढाणी-ढाणी ...खेत-खेत। कोरी-गोरी उसकी देह पर उकेरी छाप अब चारों ओर उड़-उड़ जाती। गेहूं के रेशमी बालों पर से... चने के ललछौंहे फूलों पर से... जरा और ऊपर, खेत की क्यारी-नालों पर से होते हुए, ऐसे ही ऊंघते-से शीशम और दूर इकल गड़ी कीकर या फिर मिचमिचाती आंखों से देखती खेजड़ी पर से। वहां दूर नहर के सहारे-सहारे ईंट-भट्टे की सुलगती चिमनी से टकराकर आखिरकार हवा के उस झौंके की मजबूत बाहों में झूलती-झूलाती बेचारी थक-थकाने लगती तो पूरा एक चक्कर लगा चुकने के बाद लौट आती। लौट तो आती पर पूरा कब लौट पाती? लौटना चाहने पर भी नहीं। पीछे छूटते कदम बार-बार उसी जगह पर पड़ते रहें जहां से लौटना हो, तो? महीना-दो-महीना.. साल-दो साल.. सदी-दो-सदी, क्या पता! हल्की-सी कोई छाप गहरी होते-होते ऐन साफ दिखने लगे। दादी के चेहरे पर गहराई सलवटों की मानिंद।

दादी का चेहरा?

हां! दादी के चेहरे पर सलवटों को जाने किसी ने अपने हाथों से बनाया हो। कभी-कभार तो दादी जब कुछ सोचते हुए अपने चेहरे को हाथ से पौंछती तो लड़की को लगता शायद दादी खुद बनाती है अपनी इन सलवटों को। दादी जब ककड़ी छीलती होती या फिर गूदड़ पर पैबंद लगाती होती तो उसके झुके हुए चेहरे की सलवटें मानों झूल-झूल पड़ती। लड़की के आश्चर्य की सीमा न रहती। वह अपने हाथों से लटक आयी सलवटों को ऊपर उठा लेना चाहती। उसे डर रहता लटकती सलवटें कहीं यकबयक नीचे बिछी गुदड़ी पर ना बिखर जाएं। 'दादी...' वह जल्दी-से दादी को आगाह कर देना चाहती पर अचानक जब दादी गुदड़ी को पलट लेती तो उसका चेहरा खदबखद ही ऊपर हो जाता। और सलवटें भी अब

फिर से अपनी पहले की स्थिति में आ जाती।

कभी-कभार नहीं, लगभग रोज ही ऐसा होता। लड़की को स्कूल जाने से पहले तो फुर्सत न होती पर स्कूल से लौटते ही एकबारगी वह दादी के पास अवश्य बैठती। सांझ होते नहीं, जरा पहले। वह जल्दी से अपने बस्ते को बारामदे में फेंकती और उसी तेजी से दादी के कमरे की ओर लपकती। पर कमरे में पहुंचते उसके कदम क्षण भर के लिए ठिठक जाते। फिर धीरे-से कमरे में घुसती। कमरे के भीतर आते समय लड़की का सिर उसकी चौखट से टकराता। पर चौखट से नहीं, चौखट से झूलती वंदनवार से टकराता। वंदनवार लड़की के सिर से टकराती। नहीं .. नहीं, शायद सिर से नहीं। लड़की अपने सिर के बालों को इस तरह से सजाती कि बाल जरा ऊंचे और कलंगी लिए होते। मतलब उस का सिर नहीं, सिर पर निकली बालों की कलंगी टकराती और वंदनवार से झूलते घंटी की शक्ल के धुंघरू 'टन..न..न..न..न' की आवाज करते बोल पड़ते.... आ गई निम्मा..?'

वह जब भी दादी के कमरे में घुसती धुंघरू अवश्य बोलते.... 'आ गई निम्मा..।' लड़की को पता तो होता, फिर भी उसे लगता, दादी नहीं धुंघरू ही बोलते हैं। कई बार उसने दादी से पूछ ही लेना चाहा पर शब्द उसके मुंह से निकलते इतनी देर में तो दादी खुद उससे पूछ लेती, 'नहर-नहर होकर ही आयी हो या इधर टीले के पास से?' वैसे दादी को पहले से पता होता कि निम्मा मतलब उसकी पोती मतलब लड़की नहर के सहारे-सहारे ही आती है, पर दादी अपने मन की तसल्ली के लिए पूछ लेती.. शायद!

लड़की भी तो कम नहीं!

'नहीं जी! आज तो टीले के पास से होकर आयी हूं।' दादी चिंहुककर उसकी ओर देखती।

'आ हा हा..हा..हा।' लड़की अपनी ताली पीटती हुई दादी को चिढ़ाती। दादी मुस्कुराने लगती।

दादी मुस्कुराती तब उसके चेहरे की सलवटें कुछ-कुछ उथली हो जाती, नहीं तो पता नहीं कितनी गहरी होंगी।

थोड़ी देर बाद लड़की दादी के पास से उठकर बाहर आ जाती। अब

लड़की को अपना होमवर्क करना होता। लड़की रोज सोचती, क्यों इतनी मेहनत करवाते हैं टीचर? स्कूल में सब कुछ तो सुना-पढ़ा देते हैं.. फिर भी? सोचते-सोचते वह जीने पर चढ़ जाती और ऊपर छत की मुंडेर के सहारे बैठकर होमवर्क करने लगती। लिखते हुए उसका चेहरा दक्षिण की ओर होता...उधर.. हरियाली और रेत भरे टीलों की सीवान की ओर। वह फटाफट अपना होमवर्क पूरा कर लेना चाहती। देर तक चेहरे को कॉपी पर झुकाए रखती, जैसे दादी गुदड़ी पर झुकाए रखती। पर दादी की तरह उसके चेहरे से कोई सलवट नीचे नहीं झूलती होती... अलबत्ता सिर की उठी हुई कलंगी से धीरे-से खिसक आयी कोई एक फुर्तीली लट कॉपी तक झुक आती। कभी-कभी तो यह फुर्तीली लट ऐन कॉपी के ऊपर ही झुक आती और लड़की की अंगुलियों में फंसे बॉलपेन के सिरे में अटक जाती। लड़की अपने सिर को झटक देती तो नीची उतरी लट फिर से अपनी जगह पर जा चिपकती। पर... ऐसा करते अचानक लड़की को... वहां, जहां सीवान से दूर बिछी कोरे-गोरे टीलों की कोमल देह पर सोनल रेत लहरों के नांई बह रही होती, नजर आती। लड़की की नजरें चिपक पड़ती जैसे। क्षण भर के लिए वह अपना होमवर्क भूल जाती... क्षण भर के लिए वह अपना स्कूल भूल जाती... क्षण भर के लिए वह अपना खेत भूल जाती.. क्षण भर के लिए वह अपना घर, दादी और... और खुद अपना वजूद भी भूल जाती। दूर पश्चिम में जाते बटोही के लाल दमकते चेहरे का प्रतिबिंब कोरी-गोरी देह पर...लहरों के मानिंद बहती सोनल रेत पर पड़ता देख वह क्षण भर के लिए अपनी इस दुनिया या उस दुनिया में नहीं बल्कि किसी और ही दुनिया में होती... अपनी अलग और न्यारी-निराली कोमल-सी दुनिया में...।

हां, लड़की के पास अपनी अलग दुनिया थी। सोनल रेत और हरियाली धरती की दोनों दुनियाओं से अलग। इस दुनिया का किसी दूसरे को कुछ पता न था। बस! खुद लड़की को ही पता था.. या फिर उसे। उसे..? किसे..? लड़की बताती नहीं। अपनी दादी को भी नहीं। पर दादी को सब पता है। लड़की ने खुद कभी नहीं बताया और न ही ऐसी किसी बात का छोर ही पकड़ाया, जिसे पकड़ कर लड़की की दुनिया में जाया जा सके। तो फिर दादी को कैसे पता? यह तो नहीं पता पर... पर इतना तय

है कि दादी को पता था।

शुरू-शुरू में तो लड़की सोचती, 'ना, यूं ही वहम है उसका..' पर अब इन दिनों उसने कतई मान लिया था कि दादी को सब पता है। सब पता है... मान लिया, पर माना लड़की ने यूं ही नहीं! बाकायदा होमवर्क किया था उसने। वैसे लड़की चालाक तो नहीं पर अपना पक्ष बचाना जानती थी। उसे जब जरा वहम हुआ तो उसने अपनी पड़ताल शुरू कर दी। मां को टटोला। पर मां बेचारी को तो चूल्हे-चौके और ढोर डंगर से ही फुर्सत नहीं। बापू? बापू कब पूरा होते यहां? आधे वहां गांव में और आधे यहां ढाणी में। और ढाणी में भी कौनसे पूरा होते। ढाणी में होते हुए भी उधर दूर गदवाले खेत में होते जैसे। पीछे रहा छोटा भाई नंदू। नंदू बेचारा कुछ जानता तक नहीं। अभी ठीक से पाजामे का नाड़ा भी नहीं बांधना आता। बची दादी। दादी को तो सब पता था।

पता हो भी क्यों नहीं? उम्र ले रखी थी। कितनी? कितनी तो उसे भी नहीं पता पर एक बार उसने पता करने की कोशिश की थी। पहले-पहल जब एक दिन उसे लगा कि कोरे-गोरे टीलों की लहरें दादी के चेहरे की सलवटों-सी हैं तो वह छत से भागकर नीचे आयी और बाहर दालान में बैठी दादी के पास बैठ गई। दादी अपने रोज के कार्य में लगी थी। गुदड़ी पर झुके दादी के चेहरे की सलवटें रोज की तरह ही लटक रही थीं। उसने दादी के चेहरे से लटकती सलवटों को गौर से देखा। एक-दो-तीन-चार... कितनी होंगी? सलवटें? हां.. हां, सलवटें और उम्र भी! दादी की उम्र शायद सौ के आस-पास होगी। उसने धीरे से अपने हाथ से दादी की लटकती एक सलवट को पलटकर देखा। सौ नहीं डेढ़ सौ साल? उसने आश्चर्य से एक और सलवट को पलटा.. दो सौ साल। उसने जल्दी-जल्दी कई-एक सलवटों को और पलटा... तीन सौ... चार सौ साल...?

'हुश्त... पगली!' दादी ने अचानक उसका हाथ पकड़कर परे हटा दिया और लाड़ से झिड़क दिया।

लड़की ने अब निश्चय ही मान लिया था कि दादी सब जानती थी। पर यूं मान लेने पर भी उसके होठों पर एक मुस्कराहट पसर आयी। दादी ने सब कुछ जानते हुए ही आज तक उसे कभी टोका-बरजा नहीं। वह दादी के सामने ही आती-जाती। हां... हां, अपनी दुनिया में। पहले तो

कभी-कभार नागा हो भी जाता था पर इन दिनों सांझ ढले वह अपना होमवर्क पूरा करते ही नियमपूर्वक जाती थी! लड़की अपनी दुनिया से लौटकर जब फिर से इस दुनिया में आती तो दादी उसे आयी देख धीरे से मुस्कुरा देती। लड़की जैसे अकबका जाती। दादी की मुस्कुराहट से अचानक वह चौकन्नी हो उठती। इधर-उधर देखती। अपने कपड़ों को झाड़ती, देखती ..कहीं कुछ चिपककर तो नहीं आ गया! लड़की अपनी समझ से अपनी दुनिया के सारे खोज-निशान वहीं छोड़-छाड़ कर आती पर फिर भी, हो न हो ....।

आपको अभी-अभी बताया न... लड़की की अपनी एक दुनिया थी। अलग और निराली दुनिया। जहां कोरे-गोर टीलों की लहरें भी थीं और हवा के झूले में झूलता झौंका भी पर... पर इससे अलग भी बहुत कुछ था जिसे ठीक से बताया नहीं जा सकता। क्योंकि ठीक से तो अभी खुद लड़की को भी पता नहीं। वह तो जाने पगलाई-सी घूमती रहती बस्स... एक ही जगह.. बैठे-बैठे। उसकी देह नहीं चलती, मन चलता। और जब चलता हुआ मन आखिर थक जाता तो वह फिर से अपनी उसी पहले वाली दुनिया में लौट आती..। जहां मां होती, बापू होता, भाई...काकी..ताई सभी होते..और...और दादी भी तो होती। दादी के सामने आते ही उसके कदम क्षण भर के लिए झिझक जाते... आजकल। वह सोचती, कहीं दादी को...? इसी उधेड़-बुन में रात भर वह देर तक करवटें बदलती रहती, पर दूसरे दिन सांझ ढलते-ढलते फिर से उसके पांव जैसे उड़ने लगते।

लड़की की दुनिया छोटी तो नहीं पर वह उसे करीने से, तह करके अपने चौतरफ लपेटे रखती। जहां तक जाना होता, चली जाती। दुनिया की लपेट को जरा-सी खोलती और मन करता उतनी दूर घूमकर लौट आती। वैसे आमतौर पर उसे अपनी दुनिया की लपेट खोलने की जरूरत नहीं आन पड़ती, अधिकतर सफर तो वह बैठे-बैठे ही कर लेती। लड़की अलबत्ता तो खेत की नाले या ट्यूबवेल के हौद के पास बैठी रहती, नहीं तो अधिक से अधिक नहर के मोघे के पास सटी ढालू तक घूम आती। बस्स!

सूरज की आखिरी किरण डूबे काफी देर हो जाती पर लड़की अभी तक नाले के बहते पानी में अपने पांवों को डुबोए बैठी रहती। उसके

गोरे-गोरे और संगमरमरी पैरों से टकराता पानी जैसे शर्माने लगता.. पर साथ ही बार-बार अपना गंदमी हाथ लड़की के पैरों से छुआता भी जाता। लड़की अपने पैरों को क्रॉस की तरह आड़े-तिरछे हिलाती जाती। इतनी सफाई से कि शांत पानी का एक कण भी इधर-उधर नहीं हो पाता। पानी को जैसे गुदगुदी होने लगती और क्षण-एक में उसका शर्माना भाग जाता। अब वह लड़की के साथ उछल-कूद करने लगता। लड़की को भी खेलने का जैसे बहाना मिल जाता। काफी देर तक खेल चुकने के बाद लड़की अचानक जब अपने पांवों को रोकती, तो उछलता हुआ पानी भी चुपा जाता। वह अपने पनीले बदन पर पड़ती लड़की की परछाई को देखता। लड़की के पांव अब स्थिर होते, लड़की की आंखें अब स्थिर होतीं पर... पर शायद लड़की का मन स्थिर नहीं होता। आज वह अभी तक नहीं आया था। देर तो काफी हो चुकी थी.. और कितना इंतजार करे वह? वहां मां इंतजार करती होगी... बापू भी इंतजार करता होगा..ना, ना.. पर दादी तो इंतजार करती ही होगी। उसे लगा आज काफी देर हो चुकी थी।..शायद अभी उसके आने का समय हुआ नहीं था। उसने पानी से अपने पांवों को निकाल लेना चाहा। पानी को यह अच्छा नहीं लगा। अच्छा तो खुद लड़की को भी नहीं लगा पर..?

पर..लड़की को अपने पांव बाहर निकालने पड़े। जरा देर पहले पांवों के साथ हिलता हुआ पानी अभी स्थिर हो ही रहा था कि अचानक उसमें एक चेहरा दिख आया। पानी में दिखते लड़की के चेहरे के पास एक और चेहरा। पास.. और पास। इतना पास कि लड़की के चेहरे की परछाई के ठीक ऊपर अब उस चेहरे की परछाई थी। नहीं..नहीं, शायद उसकी परछाई के ऊपर लड़की की परछाई थी। शायद.. लड़की का गुलाबी चेहरा अब उसके धवल चेहरे में घुल रहा था या... पानी में दमकते उसके ध वल चेहरे में लड़की का गुलाबी चेहरा घुल रहा था? ठीक से कुछ कहा नहीं जा सकता। पर अब चारों ओर उजास था और वह अपनी पूरी जवानी पर था। चौदहवीं के बाद पूनम की जवानी के साथ। ऊपर उसके होठों से झिर-झिर चांदनी झर रही थी... नीचे खिड़-खिड़ लड़की खिलखिला रही थी। पानी..? घूम-घूम उसके चौफेर घूम रहा था। ऊपर राजवी.. राजी था.. नीचे लड़की खुश थी और चौफेर.. मतलब...।

एक..दो..तीन.. दिनों के बाद दिन बह गए। दिन नहीं, महीनों के बाद महीने बह गए। महीने नहीं, सालों के बाद साल बह गए। लड़की इंतजार करती पर जाने अब इंतजार चुभने लगता उसे। वह कभी ऊपर आकाश की ओर टकटकी लगाए रहती... कभी नीचे पानी में अपने पांवों की ओर। महीने में पंद्रह दिन उसके जल्दी आने के होते। तब जैसे ही लड़की के पांव पानी में उतरते ठीक तभी वह आ जाता और फिर उन दोनों के पांव पानी में होते। उन दोनों के चेहरे पानी में होते। उन दोनों की देह पानी में होती। पानी लड़की के पांवों का गुलाबी रंग घुलाता जाता.. घुलाता जाता..घुलाता जाता और उसे पता ही नहीं चल पाता कि कब उसका गुलाबी रंग राजवी के धवल रंग में घुल गया होता। जरा देर बाद तो रंग इस कदर घुल जाता कि कोई पहचान ही न पाए। पानी में हिलती दोनों देह अब कुछ-कुछ गुलाबी होती है... दोनों देह अब कुछ-कुछ धवल होती।

पर महीने में बाकी के पंद्रह दिन कैसे कट पाते, यह वही जानती। बैठे-बैठे अकुला जाती और उसके भीतर की बेकली उसे चैन नहीं लेने देती। वह नाले की पटरी पर चक्कर पर चक्कर लगाती जाती। पटरी से नीचे क्यारियों में लहराती गेहूं की ओर उदास निगाह से देखती.. और फिर से इंतजार करने लगती। इधर वह इंतजार करती और उधर पानी इंतजार करता रहता, कि कब लड़की अपने पांव उसकी पनीली देह से टकराए और कब वह अपने हाथ से उसे छुए। लड़की का इंतजार जब कांटे से अधिक तीखा हो जाता तो उसका मन करता जैसे घड़ी-भर के लिए रो पड़े।

जब दिनों के बाद महीने आए और महीनों के बाद साल.. तो कुछ न हो, यह नहीं हो सकता। कुछ न कुछ तो होकर ही रहता है। और कुछ हो गया। हुआ यह कि महीने के वे कठिन पंद्रह दिन अब जरा सरल हो गए। अब लड़की को इंतजार चुभता नहीं। वह आता.. आता तो अभी भी देर से ही पर उसके आने से पहले उसका संदेश आ जाता। राजवी खुद नहीं आता पर राजवी की आवाज आ जाती। पानी में 'छपाक..छपाक' करती लड़की को एकबारगी तो लगता शायद पानी ने कुछ कहा हो.. या फिर 'टन..नन..न..न' की आवाज के साथ दादी के कमरे की वंदनवार

बोली हो। पर फिर एक साथ बजती घंटियों की आवाज सुनते ही अचानक लड़की के हिलते पांव थम जाते। 'हैलो..!' के साथ ही उसके पांव और होंठ, दोनों झूलने लगते। पानी में...बातों में.. सपनों में.. हां..हां, हरियल सपनों में। तब तक..जब तक वह खुद नहीं आ जाता। उसके आने के बाद.. पांव नहीं.. होठ नहीं.. उसकी पूरी देह.. उसका पूरा वजूद झूलने लगता.. उसके संग-संग... उसके अंग-अंग... मतलब..।

यूं झूलते-झूलाते एक दिन वे दोनों उछलकूद कर रहे थे। नीचे पांवों में पानी भी उछल-उछल रहा था। उछलते पानी ने अपनी कौंध में लड़की का प्रतिबिंब देखा। उछलते पानी ने अपनी कौंध में राजवी का प्रतिबिंब देखा। उछलतेअ पानी ने अपनी कौंध में एक नया प्रतिबिंब देखा। कंवला-सा.. चांदनी पगा, गुलाबी...और अनजाना-सा। पानी काफी देर तक अपनी टकटकी बांधे देखता रहा उसे। न जाने कितनी देर तक। उसे तो तब भान हुआ जब बावरी हवा का झौंका धीरे-से आया और लड़की के कान में 'फुस्स..फुस्स..' कुछ कह गया। लड़की शर्माने लगी। उसने अपना बायां हाथ अपने पेट पर फिराया और मुस्कराते हुए नजरें झुका लीं। राजवी पता नहीं कब का जा चुका था।

ऐसे ही किसी दिन, लड़की अकेली अपने पांवों को लटकाए ट्यूबवेल के हौद पर बैठी थी। नीचे हौद में पानी इंतजार कर रहा था। ऊपर हौद पर लड़की इंतजार कर रही थी। पर वह अभी आया न था। लड़की से और इंतजार न हुआ। उसने बटन दबाया। घंटी गई 'टन..न न..न..न'।

बात हो गई। आज नहीं आएगा वह। मौसम खराब था। लड़की ने ऊपर आकाश की ओर देखा। थोड़ी देर पहले का नीला और साफ सफ्फाक आकाश अचानक से काले-काले और मटमैले बादलों से घिर गया था। अंधेरा आज जल्दी-जल्दी नीचे उतरने की तैयारी में था। पक्षियों की आखिरी कतार कब की लौट चुकी थी, अपने घर। ...और लड़की ने अपने घर को याद किया.. सोचा। सोचा मौसम खराब है...सोचा अब चलना चाहिए। वह फदाक-से हौद की दीवार से कूद कर नीचे आ गई। दो कदम चली पर आंखों के सामने अंधेरा छा गया। जी घबराने लगा और आखिर उसे उबकाई आ गई। खाया हुआ तो कुछ न था पर खट्टा-खट्टा सा पानी आ गिरा। 'हो..हो..ऽ' उबकाई करते हुए वह बैठने लगी तो हाथ खुद-ब-खुद पेट पर

आ गया। उसने अपना हाथ पेट पर फिराया। पेट जरा-सा उठ आया था।

थोड़ी देर बाद मन जरा ठीक था। उसके होठों पर टूटी-सी एक मुस्कुराहट पसर आई और.. साथ ही आंखों में चिंता।

'दादी को पता चलेगा तो?' चिंता ने अपने शब्द बाहर निकाले। भय लगा। पर सोचा, दादी तो उसे कभी कुछ कहती नहीं?

पर.. कोई कितना ही भला हो भले ही... ऐसा होने पर सीधे झपट ही पड़ता है, 'कहां गई थी?'

उसने इधर-उधर देखा। ऊपर आकाश की ओर देखा। राजवी कहीं नहीं था। चारों ओर काले बादलों ने अपना कंबल बिछा रखा था। उसके लिए कहां जगह होती। लड़की ने बादलों के पीछे.. बादलों के नीचे.. बादलों के बाएं-दाएं.. हर कहीं ढूंढ लेना चाहा पर वह नहीं मिला। थक-हार कर डरते-डरते वह फिर से हौद की दीवार पर आकर बैठ गई और अपने पांवों को नीचे झुला दिया। न जाने कितनी देर तक बैठी रही वह.. चुप-चुप। उसे तब होश आया जब पत्तों-पत्तों.. टहनी टहनी.. नालों-नालों, खेत-क्यारियों और ढाणी-डेरों से होता हुआ बावरी हवा का झौंका दबे पांव आया और हौले-से उसके कान में 'फुस्स..फुस्स..' कुछ कह गया।

लड़की ने सुना.. सुना और अपने होठों ही होठों में फिर से दोहराया। अचानक फदाक-से छलांग लगाते हुए वह हौद से नीचे उतर आई। अपने कपड़ों को जरा ठीक किया और चल पड़ी। अब वह सीधे घर की ओर जा रही थी। हवा के झोंके से नहीं.. जैसे दादी से उसकी बात हो गई थी।

OOO

www.ingramcontent.com/pod-product-compliance
Lightning Source LLC
LaVergne TN
LVHW060448051026
849518LV00002B/669
* 9 7 8 9 3 5 4 8 6 9 3 7 2 *